젊은 시인의 교실

젊은 시인의 교실

초판 1쇄 인쇄_ 2019년 02월 15일 | **초판 1쇄 발행_** 2019년 02월 20일
글쓴이_ 학남고 2학년 학생들 | **엮은이_** 김미향 | **펴낸이_** 진성옥·오광수 | **펴내곳_** 꿈과희망
디자인·편집_ 김창숙·윤영화 | **마케팅_** 김진용
주소_ 서울시 용산구 백범로 90길 74, 103동 오피스텔 1005호(문배동 대우 이안)
전화_ 02)2681-2832 | **팩스_** 02)943-0935 | **출판등록_** 제2016-000036호
E-mail_ jinsungok@empal.com
ISBN_979-11-6186-051-0 43810
※ 책 값은 뒤표지에 있습니다.
※ 새론북스는 도서출판 꿈과희망의 계열사입니다.
ⓒPrinted in Korea. | ※ 잘못된 책은 바꾸어 드립니다.

젊은 시인의 교실

학남고 2학년 학생들 씀
김미향 엮음

꿈과희망

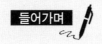

나의 젊은 시인들에게

끝날 것 같지 않던 무더위가 가고, 어느새 선득한 바람이 빈 자리를 파고 듭니다.

매일 보는 당신의 안부가 문득 궁금해집니다.

사랑하는 당신, 잘 지내고 있나요?

생각과 마음이 예쁜, 사고와 표현이 싱싱한 당신들과 함께했던 지난 봄과 여름을 다시 생각해 봅니다.

열여덟, 젊음과 지성의 한가운데, 문과인들과 함께한 문학 시간은 서른이 훌쩍 넘은 나를 설레게 했습니다. 여러분의 글을 읽으며 밤을 새고, 밑줄을 긋고, 고개를 끄덕이고, 아– 하며 감탄을 쏟아냈습니다. 당신 때문에 나도 다시 시를 읽고, 당신 덕분에 나도 다시 글을 썼습니다. 공감하고 위로 받고, 직면하며 깨닫는 풍요로운 날들이었습니다.

선선한 바람이 훌쩍 찾아온 가을밤, 사랑의 열병 같던 더위와 그보다 더 뜨겁던 우리의 1학기가 생각납니다. 우리가 함께했던 시간들, '젊은 시인의 교실'을 되돌아봅니다.

역량이 부족한, 때로는 욕심이 많은 나로 인해 아쉬움이 굽이굽이 남습니다. 하지만 당신들의 신선하고 말랑한 생각들로, 당신들의 진솔하고 안타까운 사연들로, 당신들의 뜨거운 가슴과 우리 함께 잡은 손들로 더 많이 기쁘고 훈훈한 시간들이었습니다.

여기 당신들과 함께 했던 봄과 여름, '젊은 시인의 교실' 18차시 수업 결과를 묶어 책 한 권을 펴냅니다. 표지부터 후기까지, 글과 그림, 여백까지, 어느 것 하나 당신들의 숨과 땀이 묻지 않은 것이 없습니다. 책장을 넘길 때마다 당신들의 웃음과 당신들의 한숨이 들립니다. 젊은 작가들이 열띤 토론을 펼치는, 펜으로 작은 세상을 담아내는 2학년 교실이 눈 앞에 절로 펼쳐집니다.

나의 좋은 친구, 나의 젊은 시인, 당신.

이 책과 함께 우리의 시간과 우리의 추억이 더 오래 더 밝게 빛나기를 바랍니다. 이 책을 읽는 이들도 당신들로 인해 더 젊고 더 싱싱해지기를 바랍니다. 따뜻하고 섬세한 눈, 새로운 생각으로 세상을 보길 바랍니다.

이제 막 발을 들어선 가을과 머지않아 찾아올 겨울도 당신들과 함께 하게 되어 기쁩니다. 시와 함께, 책과 함께, 무엇보다 당신들과 함께, 풍요로운 가을과 겨울을 만들어 가고 싶습니다.

2018년 가을, 젊은 시인의 교실을 다시 들여다보며,
당신들의 미향 쌤

차례

chapter 2 농사가 잘 되어서 좋다

chapter 3 바라본다는 것

chapter 1

_____

길 위에
슬픔이 산다

참 닮은 우리

김가은

머리를 말리다가
젖은 수건을 보고 든 생각
우리 참 닮았구나

머리를 말리느라, 손을 닦느라
물기를 가득 머금어 축축 처진 수건
수업을 듣느라, 숙제 하느라
피곤 가득 축축 처진 나

새벽까지 혼자 깨어
수행평가를 할 때면,
수건에서 떨어진 물처럼
나의 눈물도 툭

아, 따뜻한 햇살 아래서
나도 온몸을 말리고 싶다
햇볕 잘 드는 날만을 기다리는
참 닮은 우리

| 작가의 말 |

요새는 매일이 울고 싶은 날의 연속이었다. 졸음을 참으면서 새벽까지 숙제를 하다 보면 그랬다. 어느 날 아침, 문득 수건의 모습을 보고 동질감을 느낀 나는 수건과 나, '우리'의 모습을 글로 써보고 싶어졌다. 이 시는 나같이 힘든 일상에 지친 사람들을 위한 위로다. 우리 모두 뽀송하게 마를 수 있는 '햇볕 잘 드는 날'을 기다려 보자.

띵동

신수진

띵동-

핸드폰 알람이 울려
확인을 해 보니
페이스북 손 흔들기

처음에는 호기심
두 번째에는 관심
세 번째에는 진심

이제는 내가 더
너의 연락을 기다린다

너의 말투가 달라지면
혼자 꿍
너의 말투가 달달하면
혼자 설레

나의 청춘을
너와 함께 그려 나가고 싶다

오늘은

자존심 버리고

먼저 연락해 봐야지

| 작가의 말 |
청소년기에 썸 타는 아이들의 마음을 적어 놓은 시이다. 공감이 될 수도 있고 안 될 수도 있지
만 마음이 간질간질해져 또 읽고 싶은 시가 되면 좋겠다.

우리 엄마

조유진

"이게 돼지우리지 책상이니? 얼른 안 치워?"
수행평가와 숙제로 넘치는 책상
잔소리하는 우리 엄마

그렇지만 학교에서 돌아오면
어느새 가지런히 정리되어 있는 내 책상

"주는 대로 먹던지 아님 먹지 마!"
반찬투정 하는 나를 혼내는 우리 엄마

그렇지만 그날 저녁 식탁에 올라온
내가 좋아하는 반찬들

"칠칠맞게 무릎이 그게 뭐니? 조심 좀 해!"
다치고 온 나를 보며 소리지르는 우리 엄마

그렇지만 나보다 더 속상해하며
호호 약을 발라주는 손길

추운 겨울 전기장판 같은
우리 엄마

│ 작가의 말 │
평소에 엄마의 말을 듣고 서운할 때도 있었다. 그런데 엄마의 행동을 돌이켜보니 참 따뜻했었
던 것 같다. 말로만 혼내고 정 많은 우리 엄마의 행동은 나를 더 감동적이게 만들었다. 그리고
엄마에게 말과 행동 둘 다 살갑게 하지 못한 나를 반성하는 계기가 되었다.

볼펜 마니아

최서윤

지각한 날 바쁘게 뛰어가면
가방 속 필통에서
이리 치이고 저리 치이고
시끄럽다고 욕먹는

1분 1초가 급한 시험시간
빨리 안 나오면
엄청 구박 받는

필통 안에서
고개를 빼꼼 내밀다
지렁이를 그렸다고 핀잔을 듣는

"너 이거 어디서 났어!"
늘 엄마에게
취조를 당하는

그래도 나를 도와
나와 함께 일상을 살아가는
고마운 너는

극한 직업, 볼펜
숨은 조력자, 볼펜

| 작가의 말 |
평소에 필기구를 모으는 게 취미인데 특히 볼펜을 형형색색 모으는 게 취미라서 시를 쓸 때
가장 먼저 볼펜이 생각났다. 늘 나에게 구박만 받고 엄마에게도 취조당하지만 내 삶에서 빠지
면 안 되는 볼펜에 대해서 깊이 생각해 보고 들여다볼 수 있어서 좋았다. 이 시를 통해 지금까
지, 또 앞으로도 나를 위해 일 해줄 볼펜에게 고마움을 전하고 싶다.

오빠의 일기장

홍진윤

어린 그가 쓴 일기장을 꺼내봅니다
순수한 아이의 꿈이
담겨 있었습니다

조금 큰 그가 쓴 일기장을 꺼내봅니다
힘든 일이 있었지만 소소한 행복도
담겨 있었습니다

어른이 된 그의 일기장을 꺼내봅니다
아무것도 적혀 있지 않은
그의 일기장에
한마디
담았습니다.

화이팅!!

| 작가의 말 |
오빠의 일기장을 보고 이 시를 쓰게 되었다. 나의 영웅이자 꿈이었던 오빠가 사라져가는 듯한
느낌이 들었다. 하지만 나는 오빠가 다시 돌아올 수 있도록 노력한 것들이 없는 것 같아 시를
통해 오빠에게 힘내라는 한마디를 하고 싶었다.

參

김다은

미용은 참 매력있다
참 넘친다

실패한 파마 한통에도 참 기가 빠지고
못 말면 참 실망하지만

참 열심히 준비해서
참 잘나오면
참 기쁘다

내가 어떤 사람을 미용으로
더욱 참있게 해주고
고맙다는 말을 들었을 때

나는
미용의 넘쳐나는 참을 느낀다

| 작가의 말 |

나는 미용을 배우고 있다. 우리말로 '참'이라는 표현과 영어의 매력이라는 뜻이 있는 'charm'
을 자유자재로 섞어서 미용의 매력을 표현한 시이다.

미완의 그림을 그리며

방혜인

남들은 청춘이 아름답다는데
어째서 괴롭기만 한 건지
남들은 젊음이 용기라는데
어째서 변명밖에 되지 않는지

나의 붓은 헛돌기만 하고
색들은 어지럽게 섞여만 간다

뭘 그리고 싶었던 건지
어디서부터였는지
흑백이 나았던 건지
내 욕심일 뿐이었는지

이 그림에 과연
완성이 있긴 한 건지

나는 오늘도
오늘도
오늘도
미완의 그림을 그린다

| 작가의 말 |

나는 그림을 그릴 때면 막막해질 때가 많다. 그림을 그렇게 좋아하는데도 어쩔 때는 정말 힘들다. 내가 떠올렸던 분위기를 최대한 살려 보려고 색을 계속 입혀 봐도 점점 더 그림이 어지러워지는 게 보이기도 한다. 그럴 때면 이렇게 생각한다. '내가 바랐던 그림은 내 욕심일 뿐인가' 하고, '과연 그림에 완성이 있긴 한 건가' 하고. 이게 나의 다른 고민과도 닮았다고 생각했다. 나는 항상 내가 바라는 미래의 나를 위해 노력한다. 이 과정이 뿌듯할 때도 많지만 힘들 때도 많다. 노력할수록 망가지는 내가 보일 때 더 처참해진다. 하지만 이에 굴하지 않고 계속해서 노력하는 나를 시로 표현하고 싶었다.

변신

김수연

딱딱하고 못생긴 당근이
색이 곱고 깔끔한 당근으로

찢어지고 타 버리던 지단이
탱글탱글 윤기 나는 지단으로

울퉁불퉁 지저분한 고기가
반짝반짝 윤기 나는 고기로

배우면 배울수록
바뀌는 생각

못생겼던 재료들이
점점 예뻐지는 순간

| 작가의 말 |

요리학원을 다니면 다닐수록 바뀌던 내 생각을 표현한 시이다. 처음 학원에 갔을 땐 모든 재료들이 나에게 생뚱맞았고 뜬금없었다. 손질을 해도 예쁘지 않았고 엉망이었다. 하지만 학원을 다니면 다닐수록, 배우면 배울수록 실력이 점점 늘었고 손질 후 모든 재료들이 엉망이 아니라 깔끔해지고 보기가 예뻤다. 재료들이 예뻐 보이기 시작하면서부터 내 실력도 점점 늘어가는 것 같다는 생각이 들어서 지은 시이다.

냄새

배규민

어제도

오늘도

내일도

나는 한 냄새만 맡는다

4년째 한 냄새만 맡는다

모른 체하고 싶지만 너무 진하고

따라가고 싶지만 너무 두려운 냄새

그날의 기억이 떠오를까 봐

그날의 고통이 다시 시작될까 봐

어제도

오늘도

내일도

나는 그 냄새에 등을 진다

ǀ **작가의 말** ǀ

이 시는 부상으로 꿈을 포기했지만 그것에 대한 미련이 남아 쓰게 된 시이고, 이 시에서 냄새는 수영장 냄새. 수영선수라는 꿈을 포기한 후 수영장을 다시 찾아가 보고 싶은 마음을 냄새라고 하였고 수영장을 다시 찾아가면 그날의 기억이 다 떠오를까 봐 다시 힘들어질까 봐 못 간다는 내용을 적었다. 이 시는 부상으로 수영선수라는 꿈을 포기한 후 그 결과를 받아들이지 못하고 잊지 못하며 살아온 4년 동안의 내 자신의 마음을 담아낸 시이다.

햄스터

배혜림

오늘도
우리 집 햄스터는
쳇바퀴를 돈다

매일매일
지루하지도 않은지
하루 종일 돈다

같은 시간
같은 방향
같은 학교
같은 학원
나도 쳇바퀴 위에 섰다

아무리 달려도
끝이 없는 쳇바퀴

내일은 다르길
제발, 내일은 다르길
희망을 품지만
다시 반복되는

나의 쳇바퀴 일상

오늘도
우리 집 햄스터는
쳇바퀴를 돈다

| 작가의 말 |

매일 같은 방향, 같은 행동, 같은 말들을 하며 정해진 똑같은 시간에 일어나 학교에 가고 하교를 하고 학원을 가고 학원에 가다 보면 가끔씩 허무하고 공허한 기분이 들고는 한다. 무슨 새로운 일이 일어나지 않을까 기대하면서 하루를 지내는 내 모습이 어느 날 친구 집에서 본 햄스터가 계속 쳇바퀴를 도는 모습과 비슷하다고 느껴졌다. 항상 새로운 일을 바라면서.

사진

안은정

휴대폰 갤러리를 정리하며
내 사진들을 구경했다

눈 감는 사진
꽃받침을 한 사진
손하트를 한 사진
윙크하는 사진
브이하는 사진

그중에서 딸바보 우리 아빠가
골라준 사진은

초등학교 5학년 때
달리기 1등 했다고
함박웃음 짓는 사진

"아빠, 그게 뭐가 이뻐!"
하지만 다시
옅은 미소를 지으며
사진을 보는 나
'내가 저렇게 웃을 때가 있었구나.'

지금은
웃는 방법조차
잊어버렸다

| 작가의 말 |

학업 때문에, 친구 때문에, 우리는 다양한 이유로 점점 미소를 잃어간다. 그 와중에 어린 시절 환하게 웃었던 자신의 모습을 보면 '저 때가 좋았는데…'라는 생각이 들기도 한다. 아빠가 나에게 가장 예쁜 사진 한 장을 골라주었을 때는 하나도 안 예쁘다고 투정을 부렸지만, 사실은 나도 알고 있었다. 정말 행복해서, 자연스럽게 지은 미소가 훨씬 더 예뻐 보인다는 것을… 시간이 지날수록 내가 '진짜 웃음'을 지었던 적이 언제였는지 모를 정도로 잘 안 웃은 것 같다. 마지막 연의 내용은 나뿐만 아니라 공감하는 친구들이 많을 것이라는 생각에 쓰게 되었다. 작은 것에도 잘 웃던 어린 시절… 추억이 그리운 이유는 그때로 다시 돌아갈 수 없기 때문이 아닐까?

액자와 사진

최성빈

나는 누굴까?
혹시 너는 아니?
예전엔 분명 알고 있었던 것 같은데
이젠 그 기억조차 희미해져 버렸어

사람들은 날더러 변했다고 하는데 나는 잘 모르겠어
내가 정말 딴 사람이 된 걸까
나는 더 이상 내가 아닌 걸까
가만히 돌이켜 보면,
나는 남이 만든 나라는 틀에 맞춰
나를 만들고 있었던 것일지도 몰라

하지만 분명
예전의 나도 나고
지금의 나도 나야
바뀐 건 없어 단지 성장한 내가 있을 뿐

나는
너라는 틀에 맞춰 잘 짜여진 액자
너는
내게 꼭 맞게 담긴 조그만 사진

얼마나 예쁜지는
우리가 앞으로 쌓아갈 추억
못나보여도 뭐 어때
우리만 이쁘면 됐지
니가 아니었다면 난
틀을 짜지도 않았어

| 작가의 말 |

나는 변화가 나쁜 건 줄만 알았고 나는 내가 절대 안 변할 줄 알았다. 노는 게 좋고, 친구가 좋고, 사람이 좋았다. 옛날엔 다 같이 스스럼없이 놀던 친구들이 이제는 무리를 나누고 알 수 없는 선을 긋는다. 그런데도 내 마음이 가는, 항상 곁에 두고 싶은 사람이 있기 마련이다. 그 사람들을 생각하며 시를 썼고 예전엔 사고뭉치던 내가 어른들이 원하는 아이에 맞게 변해 버린 것에 대한 회의감, 또래들과 어울리기 위해 변화시켰던 내 모습에 대한 의문 등이 사실 생각해 보면 나의 성장이라는 것을 최근에 깨달았고, 아무리 나에게 잘해 주어도 마음이 안 가는 인간관계에 대한 싫증도 담아봤다. 내 이야기를 평소에 잘 하지 않는데 이렇게 시로 적 고나니 마음이 편안해졌다.

학생들의 지우개

한주형

문제를 풀었다
틀려서 나를 조금씩 깎아낸다

나를 필요로 하는
친구들 사이를 오고가며

무언가를 완성시키기 위해
몇 번을 썼다 지워진다

나는 오늘도 노력한 만큼
깎여간다.

| 작가의 말 |
이 시는 모든 학생들이 쓰는 지우개를 중점으로 두었다. 학생들의 학업이나 꿈을 위해 노력하는 과정을 자신의 희생으로 이루어 낸다고 생각하는 지우개에 비유하여 표현하고 싶었다. 학생들의 관점이 아닌 지우개의 관점으로 보아서 슬프면서도 한편으로는 뿌듯한 느낌을 더 잘 전달할 수 있는 것 같았다. 흔한 소재 같지만 또 다른 느낌이어서 좋은 것 같다.

아빠의 손

오다영

밥을 먹던 도중
보게 된 아빠의 손

많이 트고
온갖 상처에
주름이 쭈글쭈글

예전부터 아빠의 손엔 힘들다고 적혀 있었는데
철없던 나는 알아보지 못했다
옛날엔 아빠가
마냥 행복한 딸 바보인 줄만 알았는데

18살인 나에게
보이기 시작한 아빠 손의 감정들

아빠의 손을 보다 나도 모르게 흐른 눈물
아빠는 말없이 나를 다독여 주었다

| 작가의 말 |

나는 어렸을 때부터 아빠에게 관심이 없었다. 아빠는 항상 나를 사랑해 주고 챙겨주었는데 나는 알아채지 못하였다. 하지만 18살인 지금 성숙해진 나에게 아빠의 힘든 모습이 하나하나 보이기 시작했다. 아빠에게 관심이 없던 게 후회가 되고 마음이 쓰라렸다. 지금부터라도 아빠에게 잘해드려야겠다.

쉼표

안서현

마침표를 찍을까 고심하다
마침내 쉼표를 찍었다

점을 찍으려다 삐끗해
작은 삐침 그린 손이 고마워라

| 작가의 말 |

나는 살면서 무언가를 그만두고 싶었던 적이 한두 번이 아니었다. 심지어는 나 자신조차도 포기하고 싶었으니까. 하지만 내가 마침표를 찍으려 할 때마다 옆에서 툭, 하고 건드려 쉼표를 찍게 만들어준 소중한 사람들이 있다. 그래서 그들에게 감사하게도 나는 여태 마침표를 찍은 적이 단 한 번도 없다. 너무 힘들 땐 쉬어가면 쉬어갔지, 적어도 그만둔 적은 없다는 뜻이다. 내 인생이라는 종이에 비록 쉼표는 가득할지라도 마침표는 없다. 그리고 앞으로도 전혀 없을 예정이다. 소중한 사람들이 나를 끊임없이 툭- 하고 건드려 줄 테니까.

바람

김다진

교실 안은 조용하게 멈춰 있다
정해진 대로만 머리를 돌리는
선풍기만이 살아 있다
죽어 있는 모든 것들을
똑같은 모습으로 펄럭이게 하면서

교실 밖은 자유롭게 움직인다
태극기와 나무를, 나뭇잎을
그 그림자를
자유롭게 춤추게 하는
제 멋대로 날뛰게 하는

저 바람이 있는 곳으로
나가고 싶다

| 작가의 말 |
이 시는 수업시간에 교실 안과 밖을 관찰하며 쓴 시이다. 조용하고 멈춰 있고 선풍기만 움직
이는 교실 안과 달리 자유롭게 움직이는 밖이 부러웠고 밖으로 뛰쳐나가고 싶은 마음을 담았
다. 아마 많은 학생들이 나처럼 뛰쳐나가고 싶을 것이다.

동전

김대영

누군가 날 집 밖으로 내보냈다
이리저리 모험을 했지만
여기저기 치이고 상처만 덧났다
나는 이제 평온한 집으로 갈 수 없다
바닥으로 떨어져버린 나는 차갑게 식어만 갔다
이제 나는 더 이상 희망이 없다
내 삶은 여기서 끝이다
그때 아장아장 나에게 걸어오는 아이
날 덥석 잡더니 새로운 보금자리로 날 옮겨준다
나는 이제 삶의 온도가 달라졌다

| 작가의 말 |
한 가지 주제로 시를 쓴다는 건 그 주제에 대한 배경을 잘 알아야 쓸 수 있는 것 같다. 그래서
나는 동전에 대해 알아보고 전지적 동전 시점으로 시를 써봤다.

그 추억들은

구다원

여느 때와 다름없이
눈을 뜨고 자리에서 일어나면
보이는 내 컴퓨터
그 안에는 무엇이 있을까

그림, 노래, 사진
몇 년간의 내 추억들이
차곡차곡

몇 날 며칠이 지난지도 모르고
차곡차곡 끝도 없이
쌓여만 간다

그때 그 추억들

| 작가의 말 |

자신이 열심히 관찰한 것을 가지고 시를 쓴다는 것은 꽤 힘든 일이었다. 아무리 열심히 관찰
해도 창작하는 것에 대한 어려움은 잘 없어지지 않는 것 같다. 나는 내 컴퓨터에 대해 살펴보
고 그 안에 있는 것들에 대해 시를 썼다. 옛 추억들, 현재 내가 하고 있는 것 등 여러 가지 것
들을 경험을 바탕으로 쓴 시이다.

물웅덩이

신효원

집으로 가는 길
움푹 파인 웅덩이
비가 온 건지
어디서 물이 흘러와
그를 가득 채웠다

그가 말했다
나는 어디도 갈 수 없어
더 내려가지도 올라가지도 못하고
나는 여기에 있단다

내가 말했다
날은 맑고
바람이 불고
꽃도 피었지만
나도 여기에 있단다

| 작가의 말 |
일상 속 어떤 것을 주제로 할까 고민하면서 버스, 나무, 책상, 흙, 다이어리… 평소 시간을 들여 자체에 대해 생각해 본 적 없는 것들에 대해 수많은 생각을 떠올려보았다. 생소하고도 신기했다. 요즘 나는 너무 답답하다. 고3도 아니고 고1도 아닌, 애매한 고2, 어디로 가야 할지도 모르겠고 내가 걸어온 길이 맞는 길인지도 헷갈린다. 이런 내 상황이 물웅덩이의 상황과 비슷하다고 생각했다. 나만 빼고 다 즐겁고 행복하고 예쁘다. 나는 언제쯤 그렇게 될 수 있을까 하는 생각에 쓰게 되었다.

시꺼먼 양말

이민경

내 일상을 포기하고
아르바이트를 하고 올 때면

나의 흰 양말은
언제 그랬냐는 듯
시꺼매진 채로 나를 올려다본다

양말 속 활짝 웃는 이모티콘은
나를 보고 비웃는 건지
나를 불쌍히 여기는 건지

가만히 있어도
이리저리 치이는 이곳
그래도 나를 봐주는 건
양말뿐

| 작가의 말 |

평소에 아무런 고민이 없어보였지만 들어보면 깊거나 얕은 고민이 있었던 것 같다. 요즘 들어서는 더욱 주변 친구들이나 아는 사람들이 여러 생각 때문에 힘들어하는 것을 들었는데 그럴 때마다 무슨 말로 위로해 주어야 좋을지 쉽게 말이 나오지 않았었는데, 내가 해결할 수는 없지만 응원하고 싶다는 생각으로 써보았다 특히 앞으로 진로에 고민이 많은 친구들이 힘냈으면 좋겠다!

학교에 갇혀 있다

원혜영

나는
학교 안에 갇혀 있다

나를
감시하는 선생님들
도망치지 못한다

나를
힘들게 하는 많은 과목들
하루 종일 벌을 받는다

나를
관리하는 상점벌점
매일 착한 행동을 해야 한다

자퇴? 졸업?
나는
이제 지겨워져
탈출하는 방법을 생각했다

그런데

자퇴를 하면
인정받지 못해
더 큰 감옥에 갇힌다
졸업을 하면
사회라는 더 무서운 감옥에 갇힌다

나는 언제 탈출할 수 있을까?

| 작가의 말 |
학교에 있으면 빨리 집에 가고 싶고 학교도 오기 싫은 마음은 누구나 가지고 있을 것이다. 이 시는 학교가 싫은 학생이 학교를 다니면서 느낀 점을 이야기하는 시이다. 시를 읽고 나만 힘들고 학교 오기 싫다는 느낌을 덜고 모든 학생들이 힘을 냈으면 좋겠다.

#오늘의 훈녀

안엄지

내친구 소연이
평소엔 김종국
잘때는 문가비

내친구 소연이
인스타 연예인
좋아요 100개
"웨이팅 미쳤네"
갬성이 미쳤네

내친구 소연이
가창력 이은미
애창곡 '애인 있어요'
현실은 '애인 없어요'

| 작가의 말 |

나는 우리 반 친구 박소연을 관찰하며 시를 지었다. 소연이는 SNS 중 인스타그램을 자주 한
다. 소연이가 올린 글 중 "웨이팅 미쳤네"가 떠올라 시에 넣었고, SNS의 용어 중 감성을 갬
성으로 하기 때문에 소연이의 갬성이 넘쳐서 라임 있게 맞춰 적었다. 그리고 3음보로 맞춰
적음으로써 운율을 살렸다. 소연이는 사실 김종국을 닮았다. 그리고 잘 때는 모델 겸 인스타
스타인 문가비를 닮아서 시에 넣었고, 평소에 자주 부르는 이은미의 '애인 있어요'를 시에 넣
었다. 이 기회를 통해 소연이를 관찰함으로써 알게 된 점이 많아져 기쁘고, 소연이가 좋아하
니 뿌듯하다.

문지기

정유진

덜컹덜컹 오늘도 어김없이
새벽 버스에 올랐다

덜 마른 머리를 터는 대학생
잠시라도 눈을 붙이는 직장인
시간을 쪼개 단어를 외우는 고등학생

그때 한 사람이
아-함
너도나도 차례차례
하아아아암

버스는 승객들의 고단함을 싣고
무거운 몸을 이끌며
하루의 문을 연다

| 작가의 말 |

버스, 누군가에게는 그냥 굴러다니는 네모상자일지 모르지만 내게는 아침을 열어주는 문지기 역할을 한다. 버스를 타면 모두가 서로의 행동을 신경쓸 겨를도 없이 자기 할 일, 오늘 할 일에 정신이 없다. 그런 사이 한 사람이 하품을 하면 다른 행동을 하던 사람들도 하품을 하며 모두 똑같은 행동을 한다. 모두 하는 일은 다르지만 삶에 지치고 피곤을 느끼는 것은 똑같은 것 같다는 느낌이 들었다.

밤길

조승희

야자를 마치고
집으로 가는 길

나를 스쳐가는 길고양이,
드문드문 길을 밝히는 가로등,
인공위성인지 별인지 모를 작은 반짝임,
나를 등진 달,
깜깜한 하늘

아침과는 전혀 다른 길
바람도 숨죽인 길
괜히 발걸음을 늦추는 길
오로지 내가 되는
5분도 채 안 되는 길

오늘 치 소음을 내려놓고
문득 발걸음을 멈추면
고요함이 나를 삼킬 것만 같은 길
더 이상 나이고 싶지 않은 길

| 작가의 말 |

야자를 마치고 집으로 가는 그 길은 분명 아침의 길과 같으면서도 다르다. 5분도 채 안 되는 길이면서 일부러 발걸음을 늦추며 보는 길고양이, 가로등, 별, 달, 하늘. 늘 걷는 길이면서도 걸을 때마다 새롭고, 나까지 숨을 죽이게 되는 고요함과 차가운 밤공기, 수만 가지의 잡념, 그 끝의 나를 이 시에 담고 싶었다. 이 시는 혼자 다니기를 싫어해 늘 돌아가더라도 조금이라도 더 친구들과 같이 가려고 하는 내가 혼자가 되는 유일한 시간의 내가 느끼는 감정들을 비추는 시이다.

우리 집 토끼

차훈

초점을 잃은 눈동자로
나를 노려다 보던 그 녀석

초점을 잃은 눈동자로
바깥을 내어다 보던 그 녀석

마법이라면 마법일수도
저주라면 저주일지도 모르는 마법에
우리 집에 오게 된 녀석

처량하게 혼자
바깥을 내어다 보던 그 녀석이

가끔 눈물 한 방울에
슬픔을 슬픔으로 달래던 그 녀석이

어딘가 우리 아버지를 닮아 있다

| 작가의 말 |

우리 집에 온 토끼의 첫날 모습을 보고 느꼈던 생각들을 시로 풀어 보았다. 멀리 떠나가서 자식들과 떨어져 있는 모습이, 그리고 슬퍼도 혼자 울며 자신을 다독이던 모습이 어쩌면 내가 예전에 본 아버지의 눈물과 같은 감정을 가지고 있지 않을까 하는 생각이 들었다. 아버지도 그 토끼도 결국은 자식들을 그리워서 보고 싶어서 항상 바깥을 내어다 본 것이 아닐까? 하는 생각이 들었다. 그 토끼도 오고 싶어서 온 것이 아닌 저주라고 생각 할지도 모르지만 내게는 그 저주를 마법으로 바꾸어 주고 싶은 마음이 있었다. 우리 아버지에게도 그런 마법 같은 일이 일어나기를 바라는 마음도 이 시에 담았다. 모든 생명체를 포함한 아버지들이 이 시에 감동하기를.

흑백 사진 속의 그대

텅 빈 방 속 벽에 걸려 있는 흑백 사진 한 장
그 속에는 한 대의 열차가 어디론가 달려가고 있다
어느 순간 나는 그 사진을 뚫어져라 쳐다보고 있다
평소 너를 몰래 힐끔힐끔 쳐다보기만 해서일까
그 사진을 너라고 생각하고 뚫어져라 쳐다본다

사진 속의 열차가 나를 향해 달려온다
나는 재빨리 시선을 피한다
평소 내가 너와 눈을 마주칠까 고개를 돌렸던 것처럼
심장이 더 빨리 뛰기 시작한다
평소 너와 눈을 마주쳤을 때의 내 심장처럼

이윽고 그 열차는 나의 앞으로 다가온다
나는 간이역이 되고 싶다
열심히 달려온 열차를 잠시나마 쉬게 해주는 간이역이
너라는 열차를 편히 쉬게 해주는 간이역이 되고 싶다

하지만 그 열차는 오늘도 나를 지나친다
난 언제쯤 내 품 속에서 너를 쉬게 해줄 수 있을까
난 오늘도 내일도 단 하나의 열차를 위한 간이역이 되고 싶다

| 작가의 말 |

모두들 살면서 한번쯤은 해보는 짝사랑. 사랑한다는 말이 목구멍 끝까지 차올라도 말할 용기가 나지 않아 매일매일 망설이고 혹시나 눈을 마주칠까 힐끔힐끔 바라만 보는 묘한 긴장감과 바라만 볼 수밖에 없다는 아픔이 교차하는 순간. 저는 이 사랑을 가끔 오는 열차만을 한 자리에서 기다리는 간이역으로 비유하고 싶었습니다. 또 떠나가는 사랑은 작은 간이역 앞을 그냥 지나치는 열차에 비유하고 싶었습니다.

아무리 자신에게 관심을 주지 않는 열차이지만 매일 그 열차를 오매불망 기다리는 간이역의 모습은 저의 모습과 같다고 느껴집니다. 오늘도 내일도 좋아할 그 사랑을 오지 않는 열차를 기다리는 간이역처럼 기다리며 밤마다 수없이 썼다 지웠다를 반복하던 많은 시들 중 한 편인 이 시가 제가 좋아하는 그 사람에게 전해지기를 바랍니다.

굴러가는 시간

최유진

시계는 누가 굴리기에
눈 감았다 뜨면 아침이고
눈 감았다 뜨면 월요일인지

시계를 돌리면 시간도 돌아갈까
시간이 돌아가면
흘려보낸 시간이 다시 돌아올까

텅 빈 방 가운데 외로이 돌아가는 시계

갇혀버린 시간에 허우적대며
또 다시 부유하고
또 다시 후회하고
지난 시간들을 원망하며
어리석은 나 자신을 원망하며

누군가 나에게 '넌 잘하고 있어'
한마디만 해주기를

모든 것이 실수투성이인 나라도
딱 한마디만 해주기를

| 작가의 말 |

인생이란 것을 처음 고민하게 된 중학교 2학년, 그날부터 나는 까칠하고 예민해졌다. 정말 내가 원하고 내가 잘할 수 있는 것이 무엇인가를 고민하지만 답도 없이 고민만 하며 힘들었던 그때의 나에 대한 시이다. 누구나 한번쯤은 겪게 되지만 쉽사리 결론 나지 않는 그때. 누군가의 위로가 절실했던 그때. 지금은 후회하고 원망하지만 꼭 필요한 시기. 혹시나 이 시기를 겪고 있을 누군가에게 위로가 되기를 바란다.

추억의 원

권나영

어렸을 때 추석마다 원을 보았다
할아버지, 할머니, 고모네, 우리 식구,
큰할아버지, 큰할머니, 아빠의 사촌의 식구들까지
다 같이 모여 그리던 원

동그란 보름달
동그랗게 모이는 강강술래
동글동글 굴려 빚는 송편
그때는 이 원들이
추석의 즐거움이었는데

돌아가신 큰할아버지,
바쁜 고모네,
멀리 사시는 아빠의 사촌

언젠가
그때의 마음으로 돌아가
한 번이라도
다시 그리고 싶은
나의 원, 추억의 원

| 작가의 말 |
이 시는 나의 어린 시절 내가 추석에 한 활동과 시간이 지나 그것들을 그리워하는 내용의 시
이다. 대부분 어렸을 때 친척들끼리 모여서 강강술래나 송편 빚기 등을 해 본 적이 있을 것이
다. 그러나 지금도 이 모든 것들을 하는 집은 거의 없을지도 모른다. 나 역시도 똑같은 상황
에 처해 있기 때문에 독자들의 심정을 더 잘 이해할 수 있다. 이 시를 읽으면서 어린 시절의
추억에 잠겨 보길 바란다.

아빠의 빈자리

강하빈

매일 아침 선잠에서 깨어
현관문 센서등 불빛에
부스스한 얼굴로 나와
아빠, 밥은 드셨어요

잠이 덜 깬 눈으로
내 목소리에 환하게 입꼬리부터 웃으시며
문 밖을 나서는 가벼운 듯 무거운 발걸음

가끔 점심을 같이 먹자는 전화에
학원 핑계로 시간 없다며 둘러대는 아들
서운한 목소리로
다음에 먹지 뭐

아빠와 함께 소풍을 갔다 온 지 5년
가족이 놀러 가도 언제나 비어 있는
아빠의 빈자리
누구도 어떻게 채울 수 없는
아빠의 빈자리

집에 돌아와 안마의자에
누워계신 아빠를 보니
콧등에 내린 안경
처진 눈, 코, 입.

| 작가의 말 |
매일 아침 일찍 일어나셔서 이른 아침 나가시는 아버지를 보고 든 생각을 이 시에 적어 보았습니다. 평소에 보는 아빠의 모습과 평소에 있었던 일을 적어 이 시를 쓰면서 참 가슴이 북받쳐 올라온 적이 많았고 마지막에 안마의자에 앉아 있는 아버지의 모습을 어떻게 표현해야 할지 몰라 힘들었습니다. 저는 커서 꼭 아빠 같은 사람이 되고 싶습니다. 꼭….

나의 무대, 나의 그림

김수진

내가 어떤 모습이든 나를 맞이해 주는
나의 무대 도화지
네가 있어 든든해!

서로 다르지만 하나 되어 새로워지는
여러 색깔 물감
나와도 하나가 되자!

어떤 색이든 끌어안고 와주는
편견 없는 붓
너를 닮고 싶어!

이런 너희와 나의 상상이
하나 되어 펼쳐지는
아름다운 이 순간

나의 무대, 내 그림은
너희가 있기에 빛날 수 있어

| 작가의 말 |

보통 그림을 볼 때 완성된 그림의 아름다움만을 보고 감탄하고 감동하게 된다. 그러나 만드는 과정 속에도 감동과 아름다움이 스며들어 있다. 그렇기 때문에 이런 점을 사람들에게 알려주고 싶었다. 나는 이렇게 재료들에게 애정을 가지고 바라보고 하나 되기 위해 노력한다면 비로소 멋진 그림이 탄생한다고 생각한다. 그렇기에 완성된 그림의 아름다움만이 그 그림의 전부는 아니라고 말하고 싶었다. 앞으로 이 시를 읽어보신 분들이라면 그림 그리는 과정의 아름다움을 알아주길 바란다.

고등학생의 책상모서리는 둥글다

김정민

시간 지나면 라면만 붇는 게 아니라
나이 먹으면 할 공부도 불어난다
미루고 미뤄 팅팅 부은
숙제 한 바가지

괜한 신경질이나
책상 위에 드러누웠다

덜컹거린 책상에
굴러가는 볼펜

그 끝에는

초등학생 때와 똑같은 책상 모서리
이젠 뛰어다니다 다칠 일도 없는데
뭐하러 둥글게 깎았나 생각할 때

책상 다 밀치며
우당탕 뛰어오는 친구

부딪힌 곳 아픈 줄도 모르고

밥 먹자고 칠푼이처럼 웃는다

나도 책상 다 밀치며
우당탕 일어나니
부딪힌 곳이 하나도 아프지 않았다

아직도
고등학생의 책상 모서리는
둥글다

| 작가의 말 |
이제 직장을 다니게 된 아는 언니가 책상 모서리에 부딪혀 피멍이 들었다. 회사의 사무 책상
은 모서리가 날카로워서 살짝만 부딪혀도 크게 다친다는 것이다. 학교에서 책상에 부딪힌 경
험은 많은데, 생각해 보니 크게 다친 경험이 없었다. 학교 책상 모서리는 어린 초등학생 시절
부터 고등학생 때까지 책상 모서리는 변함없이 둥글었다. 아직 우리는 어리고, 실수해도 괜찮
은 존재이다. 부딪혀도 다치지 않는 둥근 모서리는 벌써 어른인 척해야 하는 애어른 고등학
생들을 위한 배려라고 생각됐다.

내일이 되는 순간

김수빈

자정이 되는 순간
세 개의 선이 하늘로 향하는 순간
괘종시계의 종소리가 울리는 순간

시계가 새로운 시간을 재는 순간
바늘이 다시 움직이기 시작하는 순간

내일이 되는 순간

| 작가의 말 |
오늘에서 내일로 넘어가는 그때를 표현하고 싶었다. 11시 59분 내일로 바뀌는 때가 1분도 되지 않고 빠르게 내일이 된다는 사실을 알려주고 싶었다. 많은 사람들이 밤에 시계를 보면 바늘이 12를 넘어가고 있는 내일이 되는 순간을 보게 되는데 오늘이 어제가 되고 내일이 오는 것이 아주 빠르기 때문에 시간을 아끼고 금방 오는 내일을 철저히 준비했으면 좋겠다.

길 위의 고양이들

문해주

길 위에 고양이들이 산다
길 위에 사랑스러움이 산다

길고양이들은 살기 위해 발버둥친다
하루를 살아내기 위해,
버텨내기 위해 발버둥친다

고단한 길고양이들의 삶
오늘도 길고양이들은 굶는다
또 한 마리의 고양이가 고양이별로 떠난다

길 위에 고양이들의 슬픔이 산다
길 위에 고양이들의 눈물이 산다

| 작가의 말 |

나는 길고양이들을 생각하고 시를 썼다. 옛날에는 길고양이들이 많이 보였는데 요즘에는 잘 안 보여서 다행이다. 길고양이들이 좋은 곳으로 입양 갔으면 좋겠다는 생각을 한다. 그래서 나도 곧 고양이를 키우는데 유기묘를 입양할 것이다.

시소

조아연

오르락내리락
눈을 감으면
구름에 있는 듯
높은 기분

눈을 뜨면 보이는
너의 얼굴
기분 좋게
방실방실

괜스레 기분이 좋아
더욱
힘차게
오르락내리락

하늘과 땅을 번갈아가며
너와 나는 가까워진다
아, 세상이 빙글빙글
내 속도 빙글빙글
내 머리도 빙글빙글

하늘에 닿을 것 같던 난 어디 있고
기분 좋게 웃던 넌 어디 가고
어느새
나 홀로 모래 위 앉아 있네

| 작가의 말 |

서로 마음이 맞아야 탈 수 있는 시소인 만큼 사랑도 그렇다고 생각한다. 바라보기만 해도 행복했던 시절이 있었기에 후에 헤어져도 슬픈 것이 아닐까. 원래 없는 것보다 있다가 없는 것이 더 허전한 법이다. 시소는 혼자 탈 수 없다. 사랑도 혼자 할 수 없다. 마음 맞는 사람끼리 만나 잠깐이라도 만나 이별하더라도 그 또한 어린 시절의 추억이지 않을까 하는 마음을 담았다.

몽땅연필

주왕규

필통 속에 있는
자그마한 몽땅연필

누군가는 이제 그만 버리라고 하지만
가장 필요한 순간 함께했던
몽땅연필

누군가는 새 연필을 사라고 하지만
익숙해서 더 정이 가는
몽땅연필

누군가는 의미 없다고 하지만
나를 가장 잘 아는
몽땅연필

있었겠지, 너에게도 긴 새 연필이던 때가
닳고 닳아서
이제 볼품없어졌지만

오랜 시간 함께한
너에게

고맙다고 말할래

내 필통 속
자그마한 몽땅연필

| 작가의 말 |
시를 쓰고자 마음을 먹었을 때 '오래된 인연'에 대해 쓰고 싶었는데 그때 필통 속에 있던 작은 몽땅연필이 눈에 들어왔고 이 작은 몽땅연필도 나랑 오랜 시간 함께하였으니 비유의 대상으로 사용해도 적절할 것 같아서 '몽땅연필'을 시어로 정했다. 긴 새 연필이던 시절부터 지금의 자그마한 몽땅연필이 될 때까지 오랜 시간 함께했으니 그만큼 정도 많이 들었을 것이고 그만큼 나에 대해 잘 아는 존재일 것이다. 그렇게 나와 오랜 시간 함께한 대상에게 고맙다는 말을 전하고 싶었다.

행복

박소현

피곤한 날
깊은 잠

더운 날
아이스크림

추운 날
전기장판

슬픈 날
노래 하나

행복,
항상 가까운 곳

| 작가의 말 |
'소확행'에 대해 시를 적어보고 싶다는 생각에서 이 시는 출발했다. 딱딱한 공부 얘기보다는
공감을 할 수 있으면서 편한 마음으로 쓰고 읽을 수 있는 주제를 찾다가 '소확행'이라는 단어
를 떠올렸기 때문이다. 처음에 쓸 때는 어렵기도 하고 사족이 좀 많았지만, 다시 쓰면서 어느
정도 정리가 된 거 같아서 좋다. 이 시를 읽는 모두가 자신만의 소확행에 대해 생각해 보는 시
간을 가질 수 있으면 좋겠다.

내 친구 하빈이

허준혁

땀 몽글몽글 콧등
음식 먹을 때마다 홍수가 터진다

앞머리 칼 베어낸 듯
마치 가위로 종이 자른 것 같다

불 그으른 듯한 피부
배에 거지가 있는지
시도 때도 없이 들어간다

라디오 달아 논 듯한 목
노래 술술 뱉는 내 친구 하빈이
오늘도 우린 어깨동무하고 걷는다

| 작가의 말 |

하빈이를 알게 된 건 얼마 되지 않았지만 그래도 매일 보는 하빈이의 얼굴을 자세히 보니 특징들이 정말 많았다. 그리고 내가 직접 시를 만들어 보는 것 자체가 이번이 처음이자 마지막일 수도 있다는 생각에 열심히 쓴 것 같다. 특징 많은 하빈이~ 잘 부탁하오.~

지렁이

정혜리

축축하게 젖어버린 어두컴컴한 땅
속에서
꿈틀대며 올라와 흐린 하늘을 보다

비를 맞으며 가고 싶은 대로
마음대로 이리저리 움직이다
생애 처음 보게 된 맑은 하늘을
정신없이 바라만 보다

말라 굳어가는 땅을 알아채지 못하고
물 한 방울 남김없이 말라버린 길가의 지렁이

| 작가의 말 |

비가 그친 후 맑아진 하늘을 보며 즐겁게 집으로 가던 길에 말라죽은 지렁이를 보았다. 처음
에는 대수롭지 않게 넘어갔는데 길을 가다 보니 말라죽은 지렁이가 여기저기 널브러져 있었
다. 그제야 촉촉해진 땅 속에서 열심히 꿈틀대며 올라온 지렁이가 다시 딱딱하게 굳은 땅 때
문에 집으로 갈 길이 막혀 돌아가지 못한다고 생각하자 아스팔트에서 노릇노릇하게 구워지
며 죽어갔을 많은 지렁이들이 불쌍해졌다. 그래서 이 시를 쓰게 되었다. 사람들이 만들어놓
은 편리함을 위한 것들이 미처 생각하지 못한 다른 생명들에게도 영향을 준다는 것을 죽은 지
렁이를 보며 깨닫게 되었다.

교복

김성우

교복을 입다가 생각해 본다
왜 이렇게 귀찮은 걸까
왜 이렇게 단추가 많은 걸까
왜 이렇게 생긴 걸까
왜 이렇게 불편할까

단추를 채우다가 깨닫는다
아, 지각이다

| 작가의 말 |
교복을 입으면서 많은 것을 느낀다. 그리고 그 사이에서 많은 시간이 흐른다. 그 사이에 생각
나는 걸 시로 풀어보았다.

바닥

김민지

터덜터덜
오늘도 밟고 있는 이 바닥
차갑고 딱딱한 이 바닥
내 맘속처럼 칙칙한 회색인 이 바닥
저기 구석에 쌓인 먼지처럼
내 마음속에 쉼표들이 쌓여만 간다
언제쯤 이 쉼표들을 쓸 수 있을까

늘 멍 때리다 보면
초점은 항상 이 딱딱한 바닥

한숨을 쉬다 고개를 떨구면
항상 나를 반겨주는 이 회색 바닥

쉴 틈 없이 바쁜 나를 위로해 주는 건
이 바닥뿐

| 작가의 말 |
힘들고 지칠 때나 멍 때릴 때, 고개를 떨구면 항상 차갑고 칙칙한 바닥이 보였다. 힘들 때 바닥을 보며 멍 때리면 바닥이 나를 위로해 주는 느낌이 들었다. 많은 할 일들로 스트레스 받은 내가 사용하고 싶은 쉼표들이 쌓인 것을 바닥 구석에 쌓인 먼지에 대입해 보았다. 어쩌면 바닥을 보며 멍 때리는 건 구석의 먼지를 보며 마음속의 쉼표를 쓰고 싶다는 생각이 들었을지도 모르겠다. 한 편으로는 차갑고 칙칙한 회색 바닥이 나를 위로해 줄지도 모른다는 생각도 들었다. 처음에는 구석마다 쌓인 먼지와 더러운 바닥에 정이 가지 않았는데 그런 바닥이라도 날 위로해준다고 생각하니 바닥의 칙칙한 회색도, 구석에 쌓인 먼지도, 그런 모든 걸 가진 바닥도 이제는 마음에 드는 듯하다.

짝사랑, 첫사랑

김여진

하루 종일 너를 기다리는
나의 마음은
향기로 가득해 봄 냄새가 나고
너를 향한 나의 마음은 사계절 모두 품었지

따뜻했다가 몹시 더웠다가
쓸쓸했다가 다시 춥기를 반복하던
나의 계절에는
지금 라일락꽃들로 가득해

chapter 2

농사가
잘 되어서
좋다

별 헤는 밤

윤동주

계절이 지나가는 하늘에는
가을로 가득 차 있습니다

나는 아무 걱정도 없이
가을 속의 별들을 다 헬 듯합니다

가슴 속에 하나 둘 새겨지는 별을
이제 다 못 헤는 것은
쉬이 아침이 오는 까닭이요,
내일 밤이 남은 까닭이요,
아직 나의 청춘이 다하지 않은 까닭입니다

별 하나에 추억과
별 하나에 사랑과
별 하나에 쓸쓸함과
별 하나에 동경과
별 하나에 시와
별 하나에 어머니, 어머니,

어머님, 나는 별 하나에 아름다운 말 한마디씩 불러 봅니다. 소학교 때 책상을 같이 했던 아이들의 이름과, 패, 경, 옥, 이런 이국 소녀들의 이름과, 벌써 아기 어머니 된 계집애들의 이름과, 가난한 이웃 사람들의 이름과, 비둘기, 강아지, 토끼, 노새, 노루, '프랑시스 잠', '라이너 마리아 릴케' 이런 시인의 이름을 불러 봅니다.

이네들은 너무나 멀리 있습니다
별이 아스라이 멀듯이

어머님,
그리고 당신은 멀리 북간도에 계십니다

나는 무엇인지 그리워
이 많은 별빛이 내린 언덕 위에
내 이름자를 써 보고
흙으로 덮어 버리었습니다

딴은 밤을 새워 우는 벌레는
부끄러운 이름을 슬퍼하는 까닭입니다
그러나 겨울이 지나고 나의 별에도 봄이 오면
무덤 위에 파란 잔디가 피어나듯이
내 이름자 묻힌 언덕 위에도
자랑처럼 풀이 무성할 거외다

하늘과 바람과 별과 나

여운서

세상에서 가장 아름다운 것은 무엇일까? 나는 자연이라고 생각한다. 인간의 때가 묻지 않은 푸른빛의 숲과 강, 넓고 넓은 바다와 높고 높은 산, 언제나 우리를 비춰주는 해와 달. 나는 이 중에서도 가장 아름다운 것은 별이라고 생각한다. 언제나 우리의 머리 위에서 우리를 향해 끝없는 빛을 내려 보내는 별들만큼 아름다운 건 없을 것이다.

별 헤는 밤

나는 어릴 때부터 궁금한 것이 참 많았다. 하늘은 어째서 파란색이며, 비는 왜 내리며, 바람은 왜 부는지 등에 대해서 많은 고민을 했고, 질문을 했다. 이 중에서도 나는 공룡이나 별 같은 내 눈으로는 직접 확인할 수 없는 것들에 대해 각별한 흥미를 가졌다. 별은 밤하늘에서 항상 반짝이고 있지만 그 실체를 사진으로 확인하고 태양 또한 별이라는 사실에 대해 꽤나 놀랐었다. 나는 매일 밤마다 창문에 붙어서 밤하늘을 바라다보며 하늘에 뿌려진 무수한 별들과 아름다운 노란빛을 발산하는 커다란 달을 바라보았다. 별과 달을 바라보면 바라볼수록 나의 흥미와 관심은 더욱 커져갔고, 별과 달에 대해 알아가는 과정 또한 매우 재미있었다. 어느새 나는 매일 밤 밤하늘의 별들을 세고 있었다.

나의 꿈

나는 어릴 때도 지금도 이렇다저렇다할 만한 꿈이 없다. 무엇을 하든 새로 알게 되고 경험하는 것들이 너무 재미있어서 모든 일을 한번쯤은 해보고 싶다. 그래서 나에게는 꿈이 많지만 하나의 꿈이 없다. 현재는 간호사를 장래희망으로 하고 있지만 단지 지금일 뿐이지, 언제든지 바뀔 수 있는 장래 희망이다. 중학생 때부터는 진로 희망을 써내라 했는데 나는 꿈이 없어서 뭘 가장 하고 싶은지 고민 했다. 중학생 때는 당연히 천문학자가 되고 싶었다. 별을 관찰하는 것이 일인 직업이라니. 나에게는 꿈의 직장이었을지도 모른다. 그러나 천문학자가 되기 위해서는 당연히 수학을 잘해야 한다. 하지만 나는 수학이 싫었다. 내가 문과를 선택한 것도 수학이 싫어서이다. 답을 찾기 위해 과정을 생각하고 풀어나가고 답을 찾는 것은 좋았지만, 같은 유형들을 외우기 위해 반복해서 풀고 그럼에도 틀린다는 것이 너무 싫었다. 과학은 자신 있었지만 수학 때문에 포기하는 것이 안타까웠다. 별에 대한 나의 애정은 취미로 남겨두기로 하였다.

나와 별

내 삶에 있어서 별들은 많은 의미를 지닐 것이다. 나의 길잡이가 되어줄 수도 있고, 친구가 되어줄 수도 있고, 어느 때는 선생님이 되어줄 수도 있을 것이다. 나는 매일 밤 밤하늘을 보며 하루 동안 있었던 일들이나 아니면 또 다른 생각들을 한다. 그 시간동안 나는 나와는 멀어져서 나에게 있었던 기분 나쁜 일들과 생각하고 싶지 않은 고민들로부터 해방될 수 있다. 내가 별을 보는 시간은 나에게 안정을 얻을 수 있는 시간이다. 내가 윤동주의 시 '별 헤는 밤'을 고른 이유는 나와 비슷하다고 생각해서이다. 이 시에서 그는 별 하나하나를 세어갈 때마다 추억과 사랑, 쓸쓸함과 동경 등을 떠올렸다. 나 또한 하늘에 보이는 별 하나하나를 세고 이어갈 때마다 나와 사람들의 여러 가지 일들을 떠올린다. 윤동주는 시 마지막에서 그의 별에 봄이 오면 그의 이름이 묻힌 언덕 위에도 풀이 자라날 것이라고 했다. 언젠가 내게도 봄이라고 불릴 만한 날이 찾아온다면 그때 내 언덕 위에는 풀과 꽃이 자라날 수 있을까.

그만입니다

박성빈

사랑했다 한들 당신이 믿으시겠습니까
내 마음 반의 반만큼이라도
당신이 이해하시겠습니까
밤 새워 그리워 한 그 많은 밤
당신이 헤아려 주시겠습니까

당신을 다시 만나고
내 슬픈 세월 넋두리한들
당신이 울어주시겠습니까

저는 그만입니다

당신이 이해하지 않아도
내 슬픔 헤아리지 않아도
내 눈물 슬퍼하지 않아도
당신이 살아계시기에
그만입니다
 그만입니다
당신을 사랑했기에

그만입니다
살아서 당신 앞에
내 눈물로 쓴 시를 읽어드릴 수 있기에

그것만으로도 벅차
이젠 행복합니다

소소한 행복

조혜림

누구나 일생에 한번쯤 누군가를 사랑하는 감정을 느낀 적이 있었을 것이다. 누군가를 좋아하는 일은 부끄러운 게 아니라 당연한 일인 것 같다. 사랑은 예고하지 않고 갑자기 찾아오는 경우가 많다. 사랑하는 감정을 느끼는 데에는 예외가 없다. 처음 보는 낯선 사람을 좋아하게 될 수도 있고 오래보던 사람이 좋아질 수도 있다. 사랑은 예측할 수 없고 사람이 느끼는 감정 중에 제일 행복하고 아름다운 감정이라고 생각한다.

순간의 감정

어린이든 성인이든 사람은 누구나 사랑을 해본 적이 있을 것이다. 나 역시 누군가를 좋아해본 적이 있다. 좋아하는 감정은 처음 보는 낯선 사람에게 생길 수도 있고 알고 지낸 사람에게 느끼게 될 수도 있다. 마치 나태주 시인이 '풀꽃'이라는 시에서 오래 보아야 예쁘다고 했듯이 자주 보면 그 사람에게 관심이 생기게 되고 장점이 보이기 시작한다. 상대방의 모든 것이 멋있어 보이고 행동 하나하나가 신경쓰인다. 그 순간부터 무의식적으로 좋아하는 사람에게는 더 잘해주고 싶고 다쳤다고 하면 밴드하나 건네주면서 자연스럽게 챙겨주게 된다. 이 시의 화자처럼 짝사랑을 하면 그 사람이 뭘 하든 좋고 고맙다고 느껴진다. 그 사람에게는 하나라도 더 챙겨주고 싶고 그 사람이 자꾸 눈에 밟힌다. 그리고 나에 대한 상대방의 행동들이 하루에도 수십 번 나의 기분을 바꿔놓았다. 나에게 잘해주면 혼자 의미부여를 하고 기분이 좋아지고 나에 대한 태도가 조금이라도 달라지면 기분은 갑자기 바닥으로 추락한다. 이렇게 갑자기 누군가를 사랑하는 감정을 느끼게 되면 내가 일상생활에서 하는 모든 것들에 그 사람을 대입하기 시작한다.

마음 앓이

누군가를 좋아하는 감정은 자기 마음대로 가질 수 있지만 그것을 상대방에게 표현하는 것은 어렵고 마음대로 되지도 않는다. 나는 내 마음을 표출해내지 못할 정도로 소심하다. 핑계라면 핑계일지 모르겠지만 나는 항상 내가 누군가를 좋아하는 게 부끄럽다고 느꼈다. 그래서 적극적으로 좋아한다고 표현하지도 못하고 이 시의 화자와 같이 누굴 좋아해도 말 하지 못하고 무턱대고 혼자 포기하고 말았다. 항상 내가 좋아하는 사람은 나를 좋아하지 않을 것이라는 부정적인 성격 탓에 포기가 빨랐다. 누군가를 좋아하게 되면 괜히 나 혼자 조바심을 내곤 했다. 좋아하는 사람이 생기면 그 사람이 내 마음을 알아줬으면 하는 생각이 들기도 한다. 짝사랑을 하게 되면 표현하는 게 어려워 힘들 수 있지만 누군가를 좋아하는 감정을 가진 것은 행복이다.

감동적인 구절들

사랑에 관한 시를 찾아보면서 마음에 와 닿는 시를 찾지 못했다. 시들을 검색하고 찾아보다가 '그만입니다'라는 제목이 눈에 띄었다. 나는 이 시에서 상대방이 자신을 좋아하지 않아도 그 사람이 살아서 자신이 쓴 시를 읽어줄 수 있는 것만으로도 가슴 벅차고 충분히 행복하다는 화자의 말이 너무 가슴에 와 닿았고 자신을 사랑하지 않아도 네가 행복하기만 하면 그만이라는 구절들이 슬프기도 했다. 단지 좋아하는 사람이 행복하기만을 바라는 화자의 짝사랑이 너무 아름다웠다. 누군가를 엄청 좋아하게 되면 그 사람만 보인다. 나도 이 화자처럼 정말 그 사람이 날 좋아하지 않을지라도 행복하기만 하면 그만이다. 그 사람을 행복하게 하는 게 내가 될 수 없을지라도 누군가에 의해 행복했으면 좋겠다.

늙은 어머니의 발톱을 깎아드리며

이승하

작은 발을 쥐고 발톱 깎아드린다
일흔다섯 해 전에 불었던 된바람은
내 어머니의 첫 울음소리 기억하리라
이웃집에서도 들었다는 뜨거운 울음소리

이 발로 아장아장
걸음마를 한 적이 있었단 말인가
이 발로 폴짝폴짝
고무줄놀이를 한 적이 있었단 말인가
뼈마디를 덮은 살가죽
쪼글쪼글하기가 가뭄못자리 같다
굳은살이 덮인 발바닥
딱딱하기가 거북이 등 같다

발톱 깎을 힘이 없는
늙은 어머니의 발톱을 깎아드린다
가만히 계셔요 어머니
잘못하면 다쳐요
어느 날부터 말을 잃어버린 어머니
고개를 끄덕이다 내 머리카락을 만진다

나 역시 말을 잃고 가만히 있으니
한쪽 팔로 내 머리를 감싸 안는다

맞닿은 창문이
온몸 흔들며 몸부림치는 날
어머니에게 안기어
일흔다섯 해 동안의 된바람 소리 듣는다

딱딱한 발을 위해

방혜인

나는 이승하 시인의 '늙은 어머니의 발톱을 깎아드리며'를 읽었다. 이 시는 제목처럼 화자가 늙은 어머니의 발톱을 깎으며 들었던 생각들과 화자와 어머니가 서로 공유하는 애틋한 감정을 표현한 시다. 화자는 가뭄못자리 같고 거북이 등 같은 어머니의 거친 발을 만지며 이 발도 어렸던 때가 있었다고 그 시절을 상상하는데 이 부분이 나의 경험과 아주 닮아 있어서 감명 깊게 읽었다. 그래서 나는 이승하 시인의 '늙은 어머니의 발톱을 깎아드리며'와 관련해 나의 경험을 적어 보려고 한다.

내 발이 부드러웠을 때는

지금보다 더 어리고 작았던 유년시절 나의 조그마한 손으로 엄마의 발을 조물조물 만질 때면 나는 신기하고 궁금한 마음에 항상 똑같은 질문을 했던 기억이 있다. 나의 발바닥은 이렇게나 말랑말랑하고 부드러운데 엄마의 발바닥은 왜 이리 까칠까칠하고 딱딱한 것이냐고. 그럴 때마다 엄마는 그저 나이가 들면 원래 이렇게 발바닥이 굳는 것이라고 말해 주었다. 그때는 그저 깊은 생각 없이 그러려니 했었다. 그 당시의 나는 깊은 생각을 하기엔 너무나 어렸고 엄마는 나보다 나이가 많은 어른이니 엄마의 말을 곧이곧대로 받아들였다, 엄마의 발이 딱딱한 것은 당연하고 자연스러운 현상이라고. 그때부터 나는 엄마의 발바닥은 원래 이렇게 거친 것이라는 생각을 갖게 된 것 같다.

나의 어머니의 발을 안마해드리며

나는 아직도 엄마의 발을 종종 주물럭댄다. 엄마를 안마하던 나의 오랜 습관이기도 하고 엄마의 살이라서 그런 것일까 만지고 있으면 왠지 마음이 편해지는 듯하다. 시간이 흐르고 흘러 나의 머리가 굵어지면서 엄마의 발을 안마해 주는 횟수가 줄어들었다. 그러다 어느 날 엄마의 발을 만졌는데 괜히 생소한 기분이 드는 것이 아니겠는가. 전과 다를 것 없는 엄마의 단단한 발이었고 나의 손도 오히려 더욱 단단해졌음에도 불구하고 왠지 그 느낌이 익숙하지 않고 낯설기까지 했다. 그러다 전에 읽었던 이승하 시인의 '늙은 어머니의 발톱을 깎아드리며'가 떠올랐다. 그리고 이런 생각이 들었다. 엄마의 이 발도 나의 발처럼 부드러웠던 적이 있었겠지…. 그러고선 나는 옛날처럼 나지막이 엄마에게 다시 물어보았다. 엄마, 엄마는 발이 딱딱해진 것이 슬프지 않느냐고.

딱딱한 발을 위해

이승하 시인의 '늙은 어머니의 발톱을 깎아드리며'를 읽고 나는 많은 생각이 들었었다. 일흔다섯 해 전의 바람이 기억하는 어머니의 뜨거운 울음소리, 아장아장 걸음마, 폴짝폴짝 고무줄놀이…. 이러한 것들을 읽으며 나는 엄마의 부드러웠을 어린 발의 모습이 떠올랐다. 그래, 엄마의 딱딱한 발도 새살처럼 여렸던 적이 있었겠구나. 엄마도 어린 아이였던 적이 있었겠구나. 남들에게는 너무도 당연하고 재미없는 깨달음이 될지 몰라도 나에게는 새롭고 흥미로운 생각이었다. 놀랍게도 나는 그 전까지 엄마의 어렸을 적 모습을 구체적으로 상상해본 적이 없었기 때문이다. 이 시를 통해 엄마의 어렸을 적 모습을 상상해 보게 된 것이다. 다른 아이들과 같은 부드러운 발을 가지고 여기저기를 쏘다녔을 어린 시절의 엄마를 떠올리자 왠지 기분이 이상해졌다. 나는 본 적도 없고 알수도 없는 엄마의 과거이지만 그 말랑했던 발이 점점 딱딱해지는 과정이 어땠을지 상상하자 마음이 저렸다. 이곳저곳을 열심히 다녔겠지. 언니들과 나를 키우고 보살피면서 발이 더욱 딱딱해졌겠지. 엄마도 발이 다시 부드러워지고 싶겠지. 그리고 나는 부끄러움도 느꼈다, 이 시가 아니었다면 엄마의 어린 시절을 언제 상상해 봤겠나 싶어서. 이 시 덕분에 나는 엄마의 과거를 물어보게 되었고 또 알게 되었다. 그리고 엄마의 딱딱한 발을 떠올리며 엄마를 더욱 사랑하고 엄마에게 효도를 열심히 해야겠다고 다짐했다. 나의 경험과 깊은 이 시는 나에게 엄마를 더욱 사랑하는 법을 가르쳐 준 고마운 시다.

어머니

한하운

어머니
나를 낳으실 때
배가 아파서 울으셨다
어머니
나를 낳으신 뒤
아들 됐다고 기뻐하셨다
어머니
병들어 죽으실 때
날 두고 가신 길을 슬퍼하셨다
어머니
흙으로 돌아가신
말이 없는 어머니

부모님

노기태

이 시는 나에게 어머니 생각을 깊게 할 수 있게 해주는 아름다운 시라고 생각한다. 나를 위해 항상 아침 일찍 나가시고 밤늦게 축 처진 몸으로 들어와 쪽잠 같은 잠을 주무시고 나가시는 나의 슈퍼맨 어머니, 아버지가 주마등처럼 내 머릿속에 지나간다. 바다와 같은 어머니, 아버지가 있어서 나는 잘 자라는 씨앗인 거 같다.

아버지

2001년 5월 8일 내가 세상으로 나왔을 때 어머니, 아버지가 얼마나 기쁜 표정을 지었는지 나는 모른다. 나중에 어머니한테 들었다. 아들인 나를 낳고 세상에서 가장 행복한 미소를 지은 아버지를 보셨다고 말씀하셨다. 지금은 무뚝뚝하시고 일하기에 바쁜 아버지가 행복한 표정을 짓는 모습을 머릿속에 그려봤을 때 가슴이 뭉클해졌다. 아버지는 훌륭한 군인이시다. 직업 특성상 나와 어울려 지내던 시기는 그리 많지 않았다. 그래서인가 아빠가 좋았던 나도 어느새 아버지에게 무뚝뚝해지고 말았다. 매번 아침 일찍 나가시고 밤늦은 시간에 들어오시고 나와 놀아주시지 않던 아버지의 뒷모습을 어렸을 적에는 몰랐다. 이제야 그때의 아버지가 왜 그럴 수밖에 없는지 알게 되었다. 아버지라는 책임감에 가족의 짐을 한껏 메어 싸고 혼자서 큰 바위와 부딪치며 싸우는 아버지의 모습을 생각하게 되었을 때 눈물이 글썽거렸다. 어렸을 적 사진 속 듬직한 모습에서 이제는 듬성듬성 흰머리에 주름이 생기신 아버지에게 다시 세상에서 가장 행복한 미소를 선물로 드리고 싶다.

어머니와의 갈등 그리고 후회

고등학교에 들어와 늦바람이 들어 매번 늦게 들어오고 어머니의 말씀을 듣지 않았다. 시험 성적은 계속 떨어지고 매번 어머니에게는 다음에 잘하겠다고 말했다. 어머니는 내가 시험 성적이 낮아도 나를 믿기 때문에 다음에 잘 치면 된다며 격려해 주시고 칭찬도 해주셨다. 그러던 어머니의 신뢰를 내가 깨버린 것이다. 다음부터는 잘하겠다는 말을 지키지 못하고 끝없는 방황을 하고 더 이상 떨어질 곳이 없는 시험 점수지만 진지하게 말씀하시던 어머니에게 나는 매번 대답도 하지 않고 나가버렸다. 그렇게 집에서 어머니랑 둘이 남았을 때 엄마가 내 앞에 앉으셔서 말씀했다. 도저히 너를 믿을 수 없다고, 그 말을 듣고 나는 성질을 내버렸다. 나에게 잔소리하는 어머니가 마음에 들지 않은 것일까 혼내는 것에 대꾸도 하기 싫었다. 지금까지는 몰랐다. 어머니가 스트레스 때문에 머리가 많이 아프고 병원 치료를 받고 있다고 말씀하실 때 어머니의 눈에서 눈물이 흘렀다. 그걸 보고 나도 모르게 눈에서 눈물이 흘렀다. 내가 했던 말만 지키고 믿었던 어머니를 배신하지 않았더라면 어땠을까 돌이킬 수 없는 길에 후회가 되고 어머니에게 죄송한 마음뿐이었다. 날 낳았을 때의 기쁨이 날 낳고 나서의 후회로 바뀌지 않게 다시는 어머니의 눈에서 눈물이 나지 않게 정신을 차리고 살겠다고 다짐했다. 그때의 어머니에게는 말을 못 했지만 지금이라도 말하고 싶다. 실망시켜 죄송합니다.

마음

매번 나만 생각해 주시고 늘 지우개와 같이 나의 걱정근심을 덜어주시던 아버지 어머니가 항상 내 옆에 그 모습 그대로 있어줄 거라고 생각했지만 지우개처럼 점점 줄어든다. 지금도 나를 위해 밖에서 일을 하는 부모님에게 이제는 내가 부모님의 그늘 막이 되어주어야겠다고 생각한다. 이 시를 보며 많은 감정이 오고 갔다. 짧지만 어머니 아버지에 대해 많은 감정을 돋아나게 해주는 좋은 시인 거 같다. 특히 흙으로 돌아가신 어머니는 말이 없다. 이 부분에서 눈에 눈물이 고였다. 이 글을 쓰면서 나는 부모님에게 슬픔 말고 행복을 드리겠다고 다짐하였다.

엄마는 그래도 되는 줄 알았습니다

심순덕

엄마는
그래도 되는 줄 알았습니다
하루 종일 밭에서 죽어라 힘들게 일해도

엄마는
그래도 되는 줄 알았습니다
찬밥 한 덩이로 대충 부뚜막에 앉아 점심을 때워도

엄마는
그래도 되는 줄 알았습니다
한겨울 냇물에 맨손으로 빨래를 방망이질해도

엄마는
그래도 되는 줄 알았습니다
배부르다 생각없다 식구들 다 먹이고 굶어도

엄마는
그래도 되는 줄 알았습니다
발뒤꿈치 다 해져 이불이 소리를 내도

엄마는
그래도 되는 줄 알았습니다
손톱이 깎을 수조차 없이 닳고 문드러져도

엄마는
그래도 되는 줄 알았습니다
아버지가 화내고 자식들이 속썩여도 전혀 끄덕없는

엄마는
그래도 되는 줄 알았습니다
외할머니 보고싶다
외할머니 보고싶다, 그것이 그냥 넋두리인 줄만……

한밤중 자다 깨어 방구석에서 한없이 소리 죽여 울던 엄마를 본 후론
아!
엄마는 그러면 안 되는 것이었습니다.

엄마는 그래도 되는 줄 알았습니다

황연희

우리들의 모두 같은 고향은 엄마의 뱃속이라고 생각한다. 우리 모두는 엄마의 배에서 시작되었고 엄마 덕분에 이 세상에 나와 빛을 볼 수 있었다. 나는 이런 엄마가 어렸을 시절에는 엄마는 모든 것이 그냥 그래도 되는 줄 알았고 당연하게 여겼다. 또한 나뿐만 아니라 다들 사춘기를 겪고 커가며 엄마에 대한 이러한 감정들이 있다고 생각한다. 그런 나의 철없던 어린 시절을 회상하며 이 글을 시작하겠다.

나의 어린 시절

나의 어린 시절은 철없고 별났다. 엄마의 립스틱을 얼굴에 바르고 나오기도 하고 냉장고 문에 매달려 놀며 심심하면 이리저리 뛰어다니며 정신없이 놀았다. 어린 시절 엄마는 젊고 힘도 세고 나보다 훨씬 컸다. 그때는 엄마가 소리라도 지르면 무서워서 헐레벌떡 도망가기 정신없었다. 그 어린 시절에는 엄마가 나를 씻겨주고 밥 먹여주고 나를 따라다니는 것을 당연하게 여겼고 엄마는 그런 줄만 알았다.

나의 사춘기

나의 사춘기는 초등학교 6학년 때부터 왔다. 그 당시로는 일찍 온 거라고 할 수도 있었다. 그래서 그런지 가장 가까이 있는 엄마에게 너무 모졌다. 엄마가 죽어라 힘들게 돈 벌고 와서 땀 흘리며 집안일을 해도 혼자 방에 있으며 모른 척해버렸다. 엄마가 집안일 다 하고 앉아서 발뒤꿈치가 아프다고 딱딱해진 엄마의 발뒤꿈치도 모른 척했다. 그냥 엄마는 그렇게 사는 게 엄마인 줄 알았다. 학교 갔다가 집에 와서 마음에 안 들면 그냥 엄마한테 소리지르고 짜증냈다. 그냥 엄마 때문이 아닌 사소한 일에도 엄마한테는 다 짜증내도 된다고 생각했던 것 같다. 그 당시는 엄마는 강하고 끄떡없는 줄 알았다. 하지만 엄마의 가슴에는 뺄 수 없는 대못이 박히고 있었던 것이다. 나의 사춘기는 그렇다, 애정표현 따윈 없었고 짜증밖에 못 내는 딸이었다.

이제야 보이는 엄마

지금 고등학생이 된 나는 질풍노도의 시기도 지나가고 어느 정도 철을 든 것 같다. 그러고 나니 이제야 엄마가 보인다. 자식들을 먹여 살리러 힘든 일터에 힘든 몸을 이끌고 가는 엄마, 내가 등교하고 나면 남긴 식은 밥을 먹는 엄마, 일하고 와서도 자식들과 아빠는 누워있고 혼자 집안일 하랴 밥하랴 바쁜 엄마, 자식들의 모진소리에도 다 받아주고 달래주는 엄마… 이제야 봤다, 엄마를. 우리 가족은 모두가 그걸 당연하게 여겼다. 엄마는 그래도 된다고. 엄마니까. 근데 어느 날 한밤중에 내가 뒤척이다 깼는데 누구의 흐느끼는 소리가 들렸다. 엄마의 흐느낌이었다. 모른 척하고 다시 자려 해도 그 누구보다 서럽게 우는 엄마의 흐느낌은 아직까지 잊혀지지 않는다. 그날 이후로 많은 생각이 들었다. 엄마는 그 누구보다 강한 사람인 것 같았지만 엄마도 여자고 사람이었다. 엄마는 그러면 안 되는 것이었다. 엄마도 누군가의 자식이었고 그리워할 엄마도 있다. 우리의 모진 말에 상처받으면 우리에게 뭐라고 할 수도 있었고, 남은 밥 말고 따뜻하고, 차려주는 밥을 먹을 수도 있었고 집안일도 다 때려치우고 안 할 수도 있었다. 하지만 엄마는 그러지 않았다. 엄마라는 이유로. 엄마는 혼자 엄마라는 그 책임을 다 짊어지고 있었다. 아무도 도와주지도 않고 오롯이 혼자. 엄마도 엄마가 처음이라는 것을 아무도 인지하고 있지 않았다. 엄마도 엄마가 처음이다. 나도 누군가의 자식이 돼본 것도 처음이다. 그래서 둘 다 서툴고 서로 상처 주는가 보다. 내가 고등학생이 되고 어느 정도 세상이 보이는 나는 지금의 엄마가 나보다 훨씬 작아지고 주름도 많아지고 이곳저곳 아푼 곳도 많고, 흰머리도 엄청 많아졌다는 것을 봤다… 이런 엄마를 이제 봤다.
나는 정말 모진 딸인가 보다.

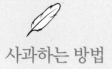

사과하는 방법

신이림

갑자기 먹구름 몰고 와
천둥이랑 번개랑
한바탕 쏟아 놓더니

소나기,
제 딴엔
미안했나 보다

고운 무지개 한 줄
하늘에 척
걸쳐 놓았다

소나기

김민아

세상을 살아가다 보면 사람들과 의견이 부딪히고 서로 싸우게 될 때가 온다. 서로 감정에 의해 심한 말을 하거나 욱한 심정으로 마음에 없는 말을 하기도 한다. 그때 내뱉은 말로 상대방은 계속 상처로 남을 수 있다.

태풍

중학교 때 나는 엄마랑 많이 싸웠다. 그때는 내 감정에 의해서 엄마한테 거칠게 대하고 막 말을 뱉었던 기억이 난다. 내가 잘못을 한 상황이었는데도 뭐라 하면 나는 대꾸하기에 바빴다. 그러면 엄마도 더 화가 나서 나한테 뭐라 하고 상황이 더 나빠진 경험이 있다. 그래서 싸우고 난 후에 며칠 동안 말을 안 한 적도 많이 있었다. 그럴 때마다 내가 그냥 그때 잘못했다고 말하면 됐을 걸 이라고 후회한 적이 많았다.

가랑비

엄마랑 싸우고 나서 말을 며칠 동안 안 하다가 엄마가 밥을 먹으라고 먼저 말을 하면 자연스럽게 풀리게 된다. 그리고 보면 그때 왜 한 발짝 물러나지 못했는지 후회가 된다. 그리고 엄마한테 미안한 마음을 가지고 다음에는 이런 일로 싸우지 않을 거라고 다짐한다. 시간이 지나고 보면 다 넘어갈 수 있는 일인데 자존심 때문에 그러지 못한 것을 항상 후회하게 된다. 그렇게 엄마한테 마음속으로나마 사과를 한다.

무지개

비가 엄청 많이 내릴 때는 꿉꿉하고 꿀꿀한 기분이지만 비가 세차게 내리고 난 후에 무지개가 뜨는걸 보면 기분이 좋아진다. 서로 감정에 의해 심하게 싸울 때는 소나기가 내리는 것과 같지만 한바탕 싸우고 나면 항상 기분이 좋지 않고 왜 그랬는지 후회하게 된다. 그리고 상대방의 생각도 하게 되는 시간을 가지면서 용기내서 사과하고 서로 더 좋은 사이가 될 것이다. 그 모습이 마치 비가 온 뒤에 뜨는 무지개 같다고 생각한다.

하관

이해인

삶의 의무를
다 끝낸
겸허한 마침표 하나가
네모 난 상자에 누워
천천히
땅 밑으로 내려가네

이승에서 못다 한 이야기
못다 한 사랑
대신 하라 이르며
영원히 눈감은
우리 가운데의 한 사람

흙을 뿌리며
꽃을 던지며
울음을 삼키는
남은 이들 곁에
바람은 침묵하고
새들은 조용하네

더 깊이, 더 낮게
홀로 내려가야 하는
고독한 작별인사

흙빛의 차디찬 침묵 사이로
언 듯 스쳐가는
우리 모두의 죽음

한평생 기도하며 살았기에
눈물도 성수처럼 맑을 수 있던
노수녀의 마지막 미소가
우리 가슴속에
하얀 구름으로 뜨네

김병중

김재형

나는 평소에 돌아가신 할아버지에 대해 생각을 많이 한다. 휴대폰 케이스, 책가방에도 할아버지 사진을 넣고 다닌다. 저번 주에 있었던 킥복싱 대회도 이길 수 있던 이유는 할아버지가 도와주셨다고 생각한다. 내가 이해인 수녀의 '하관'을 선택한 이유도 이 시를 보자마자 할아버지 생각이 났기 때문이다.

다시 한 번 할아버지를 생각하며 이 글을 써본다.

수차례의 항암치료

할아버지는 암에 걸리셨었다. 수차례의 항암치료를 했으나 계속 재발되어서 결국 항암치료를 중단하기로 했다. 할아버지가 항암치료하실 때 고통스러워하시는 모습을 보고 싶지 않았지만 항암치료를 안 한다니 할아버지가 돌아가실까 봐 무서웠다. 우리 가족은 마음을 단단히 먹었고 할아버지가 가보고 싶다고 말씀하시던 대전 현충원을, 우리 가족은 할머니, 할아버지를 모시고 4월 8일에 다 같이 대전 현충원으로 갔다. 출발할 때는 할아버지가 돌아가신다는 생각을 하니 마음이 먹먹했지만 도착하고 할아버지가 좋아하시는 표정을 보고 기분이 나아졌었다.

포항 성모병원 호스피스 병동

할아버지의 상태는 점점 안 좋아졌다 5월 중반쯤 할아버지가 칠곡경대병원에서 검사를 받으시고 영덕으로 가시던 길에 갑자기 상태가 많이 안 좋아지셨다. 할아버지는 구급차를 타고 포항성모병원에 있는 호스피스 병동에 입원하셨고 호흡기를 차고 계셨다. 주말마다 혼자 버스를 타고 할아버지를 뵈러 갔었다. 할아버지랑 얘기가 가능했지만 할아버지는 말씀하시다가 까먹으시고, 갑자기 주무시는 등 힘이 많이 없어 보였다. 그리고 며칠 뒤, 학교에서 석식을 먹고 할아버지께 전화를 걸었는데 할아버지와 이젠 대화가 안 돼서 정말 충격을 먹었다. 할아버지 의식이 왔다 갔다 하기 때문이다. 그때 나는 반에 올라와서 울어버렸다. 매일매일 자기 전 할아버지한테 기도를 드렸고 주말마다 계속 할아버지를 뵈러 갔다. 할아버지의 상태가 호전되어서 나는 수학여행을 갔다.

6월 1일 별의 탄생

수학여행 2일째, 저녁 10시에 엄마한테 전화가 왔다 할아버지 상태가 갑자기 안 좋아졌다고 전화드리라고 하셨다. 나는 바로 할아버지께 전화를 드렸고 할머니가 받으셨다. 할아버지는 숨 쉬는 소리만 들렸고 나는 할아버지한테 제주도 잘 놀고 바로 포항 가겠다고 말하고 사랑한다고 말했다. 그리고 자기 전 할아버지한테 기도를 드렸다. 다음날 아침 7시쯤 엄마한테 전화가 왔다 할아버지가 새벽 5시 40분에 돌아가셨다는 것이다. 그 말을 들었을 때 슬펐지만 눈물은 나지 않았고 어느 정도 예상했기 때문에 덤덤했던 거 같다. 나는 바로 9시 비행기를 타고 대구로 와서 버스를 타고 포항성모병원에 있는 장례식장으로 갔다. 할아버지 사진 옆에 꽃이 많이 있고 할아버지는 웃고 계셨다. 울고 싶었지만 꾹 참고 손님들을 맞이했다. 둘째 날 영안실에서 할아버지를 마지막으로 뵀다 할아버지는 차가웠다. 그때 할아버지를 보면서 기도를 했는데 정말 슬펐다. 마지막으로 할아버지를 화장한 뒤 우리는 대전 현충원으로 갔다 할아버지가 오고 싶어 하시던 대전 현충원에 내가 할아버지를 묻어드렸다. 정말 정말 슬펐지만 우는 모습을 보여드리고 싶지 않아서 끝까지 울지 않고 할아버지에게 열심히 살겠다고 다짐했다. 할아버지 댁에 가서 할아버지가 쓰시던 물건 옷들을 다 태웠다. 이때 할아버지가 진짜 돌아가셨다는 것을 느꼈다. 할머니를 위로하고 우리는 며칠 뒤 일상으로 돌아왔다. 나는 한 번씩 할아버지가 정말 보고 싶다 그럴 때마다 휴대폰 케이스 뒤에 있는 사진을 꺼내보거나 휴대폰에 저장돼 있는 할아버지 사진을 찾아본다. 할아버지는 잘 지내시는지 꿈에 한 번도 안 나와 주신다. 할아버지 다시 만날 수 있다면 눈을 보고 말씀드리고 싶다. 진짜 열심히 살겠다고.

토닥토닥

김재진

나는 너를 토닥거리고
너는 나를 토닥거린다
삶이 자꾸 아프다고 말하고
너는 자꾸 괜찮다고 말한다
바람이 불어도 괜찮다
혼자 있어도 괜찮다
너는 자꾸 토닥거린다
나도 자꾸 토닥거린다
다 지나간다고 다 지나갈 거라고
토닥거리다가 잠든다

힘들고 지친 우리에게

김지학

사람은 한번쯤 힘든 일이 생긴다. 각자 다른 이유로 힘든 일이 생기겠지만 힘들고 지치는 상황은 한번쯤 찾아오는 것 같다. 이 세상 사람들 모두가 힘들고 지치는 것을 좋아하지는 않을 것이다. 이 시는 위로가 필요한 사람을 위한 속삭임, 삶에 지친 이들에게 울림있는 치유의 힘이 담긴 시이다. 이러한 생각을 하는 상황에서 이 시를 찾게 되었고 이 시를 보고 힘든 일을 겪고 있는 사람들에게 치유의 힘이 전달되었으면 좋겠다.

무엇이 그렇게 힘들까

초등학교 때는 딱히 힘든 일이 별로 없었던 것 같다. 내가 성장하면서 중학교 3학년부터 서서히 힘든 일이 생긴 것 같았다. 바로 고등학교 준비와 성적 때문이었다. 나는 공부를 잘 하는 학생이 아니었다. 그렇다고 공부를 안 하는 학생도 아니었다. 그래서 시험을 볼 때마다 항상 낮은 점수를 보고 너무 힘들었다. 어디로 갈지 아직 진로도 정하지 않아서 공부라도 잘 해야 한다는 생각밖에 없었는데 성적이 안 나왔다. 일단 인문계고등학교로 가기로 했다. 이 과정에서 나는 너무 힘이 들었다. 초등학생 때도 성적 스트레스, 중학생이 되어서도 성적 스트레스, 고등학교에서도 시험을 치고 성적표를 보니 한 숨만 나오는 나. 항상 이 기간만 되면 너무 힘이 든다.

고등학교 입학 후

고등학교를 입학하고 성적이 중학교보다 더 떨어지게 되었다. 하지만 서서히 내가 좋아하는 것을 찾고 진로도 점점 확실해져 가는 것 같았다. 하지만 고등학교를 입학하니 이제 대학교가 생각이 난다. 내가 원하는 대학을 가기 위해서는 성적을 잘 맞아야 했었고 그 과정에서 너무 스트레스를 받고 힘들어 주위 사람들에게 고민 상담도 받고 위로의 말을 많이 들었던 것 같았다. 이 시처럼 힘든 일을 겪고 있는 나에게 치유가 되었던 것 같다.

더 이상은 힘들지 않을까

이러한 고민 상담과 위로의 말을 고등학교 2학년이 되고 나서 많이 듣고, 나는 진로를 완벽히 정했고 이제는 성적도 올리기 위해 조금씩조금씩 공부를 하고 있다. 확실히 힘들 때 위로의 말과 고민 상담을 받으니 많은 사람들이 격려와 도움을 주셨다. 그 과정에서 나는 힘들었던 게 서서히 없어졌으며 지금 이 글을 작성하는 중에도 확실히 옛날의 나보다 지금의 내가 훨씬 덜 힘든 것 같다. 물론 사람은 항상 행복할 수는 없고, 항상 힘든 일이 생기고 그 힘든 일 때문에 지치고 우울해 진다. 그럴 때는 이 시처럼 주위 사람들한테 고민 상담을 받아보고 위로의 말을 '토닥토닥' 시처럼 들어보면 좋겠다. 훨씬 그 전보다는 괜찮아질 것이다.

이 글을 보고 있는 사람들도 힘든 일이 있으면 나에게 와서 힘든 일을 털어놔도 괜찮을 것 같다. 나는 사람들을 즐겁게, 웃기게 해줄 수 있을 것 같다. 힘든 일을 겪고 있는 친구들에게는 더욱더 그렇게 해줄 수 있을 것 같다. 옛날부터 고민상담 같은 것을 많이 해줘서 그런지는 모르겠지만, 위로의 말과 따뜻한 말들을 토닥토닥 해줄 수 있을 것 같다. 그리고 내가 힘들 때 엄마가 저 시처럼 다 괜찮을 거야 라고 말을 해주셨는데 그 한마디가 너무 좋았다. 나도 나중에 커서 아빠가 되면 우리 엄마처럼 나의 자식이 힘든 일이 있으면 토닥토닥 위로의 말을 해줄 것이다. 이 시를 읽고 나는 힘든 일을 떨쳐냈던 것 같고, 나에게 힘을 실어준 시인 것 같다. 나에게 되게 고마운 시 인 것 같다. 힘든 일을 겪고 있는 사람들, 위로가 필요한 사람들이 이 시를 보고 치유의 힘이 되었으면 좋겠다. 나중에도 힘든 일이 있으면 이 시를 나는 다시 찾을 것이다.

가정

박목월

지상에는 아홉 켤레의 신발,
아니 현관에는
아니 들깐에는
아니 어느 시인의 가정에는
알전등이 켜질 무렵을
문수(文數)가 다른
아홉 켤레의 신발을.
내 신발은 십구문 반(十九文半).
눈과 얼음의 길을 걸어,
그들 옆에 벗으면
육문 삼(六文三)의 코가 납짝한
귀염둥아 귀염둥아 우리 막내둥아
미소하는 내 얼굴을 보아라
얼음과 눈으로 벽(壁)을 짜올린
여기는 지상
연민한 삶의 길이여
내 신발은 십구문 반(十九文半).
아랫목에 모인 아홉 마리의 강아지야 강아지 같은 것들아

굴욕과 굶주림과 추운 길을 걸어 내가 왔다.
아버지가 왔다.
아니 십구문 반(十九文半)의 신발이 왔다
아니 지상에는
아버지라는
어설픈 것이 존재한다
미소하는 내 얼굴을 보아라

우리의 기다림

김다진

우리 부모님은 내가 아주 어렸을 때부터 맞벌이를 하셨다. 그래서 아빠나 엄마가 퇴근할 때까지 할머니께서 우리 집에 오셔서 우리를 돌봐주시거나 나와 동생 단 둘이 집에 있었던 날도 많았다. 이 시를 읽으니 아빠와 엄마를 기다리는 어렸던 나와 동생의 모습이 생각났다.

서로에게는 서로밖에 없었다.

할머니께서 우리 집에 오시지 못한 날이 종종 있었다. 비나 눈이 너무 많이 오거나 무슨 다른 바쁜 일이 있거나 하시는 이유였다. 그런 날에는 엄마는 출근하기 전에 우리를 나란히 앉혀놓고 집에 둘만 있을 때 어떻게 해야 하는지 아주 꼼꼼하고 조심스럽게 말해 주곤 하셨다. 비가 오면 창문을 닫아라, 가스불은 절대 쓰지 마라, 낯선 사람이 와서 문을 열어달라고 해도 절대 열어주면 안 된다 같은 말들이었다. 지겹도록 많이 들어왔던 말들이었지만 나에게는 3살 어린, 아직 그때는 아기였던 동생이 있었기 때문에 흘려들을 수 없었다. 그때부터 나는 동생을 눈에 보이지 않는 어떤 위협으로부터 지켜야 한다는 사명감 같은 것을 지니게 되었던 것 같다. 동생과 나 둘만 집에 남으면 우리는 여러 가지 놀이를 하곤 했다. 이불과 의자를 갖다 놓고 집을 만들기도 했고 인형들을 가져와 파티를 하기도 했다. 폭우가 내리고 천둥번개가 치는 날에는 냉장고에서 사탕이나 요구르트를 꺼내고 손전등, 나침반 같은 것들을 찾아와 이불 속에 들어가 무인도에 조난을 당한 사람 놀이를 하기도 했다. 동생은 그런 놀이들을 무척 즐거워했고 나도 즐거워하는 동생을 보며 뿌듯했지만 나는 사실 우리가 부모님을 절실히 필요로 한다는 것을 느끼고 있었다. 아빠는 보통 7시가 넘어서야 퇴근하셨고 엄마는 더 늦게 퇴근하곤 하셨다. 우리는 날이 어두워질 때까지 몇 번이고 그런 놀이들을 반복하면서 부모님의 빈자리를 메우려 노력했던 것이다.

부모님을 기다리다

아직 초등학교도 들어가지 않은 동생은 맞벌이를 왜 해야 하며 아빠와 엄마는 왜 우리를 내팽개치고 나가버린 것인지 이해하지 못했을 것이다. 동생은 우리의 놀이에 싫증이 나면 종종 울곤 했다. 나는 언니라는 이름을 달고 의젓해야 했기 때문에 동생을 달래야 했다. 그러다 아빠가 퇴근할 시간이 되면 우리는 점점 들뜨기 시작했다. 아빠는 요리를 아주 잘하시고 종종 퇴근하실 때 맛있는 음식을 사 오기도 하셨기 때문이다. 우리 집은 복도식 아파트의 맨 끝집이기 때문에 아빠의 발소리가 들리면 우리는 현관으로 뛰어가 불을 켜고 아빠를 기다렸다. 아빠는 언제나 피곤하고 지친 얼굴이었지만 오래 혼자였던 우리를 반갑게 대해주셨다. 감정 표현에 서툴렀던 아빠였기 때문에 다정한 말과 몸짓은 없었지만 나는 그것이 아빠의 최선의 감정표현이라는 것을 일찌감치 알고 있었다. 아빠와 함께 저녁을 먹고 우리 셋은 함께 텔레비전을 보곤 했다. 엄마는 9시가 넘어서야 퇴근하셨기 때문에 엄마는 그 전에 잠자리에 들라고 하셨지만 우리는 그러지 않았다. 텔레비전을 보다가 저 멀리서 또각 거리는 엄마의 구두 소리가 들리면 그제야 후다닥 침실로 뛰어 들어가 이불을 덮고 자는 척을 했던 것이다. 엄마가 집에 들어오면 우리는 소리 없이 엄마를 반갑게 맞았다. 엄마는 침실에 들어와 우리의 이불을 바로 덮어주었다. 나는 엄마를 완벽하게 속였다는 생각에 늘 뿌듯했다. 잠들어버리면 엄마의 모습을 다음날 아침에야 봐야 했기 때문이었다. 나중에야 안 사실이지만 엄마는 사실 우리가 자는 척하는 것을 다 알고 계셨다고 한다.

퇴근하는 부모님의 심정

가끔 그때를 생각해 보면 내게 떠오르는 건 즐거웠지만 마음 한구석이 허전하고 외로웠던 감정밖에 느껴지지 않았다. 그러나 박목월 시인의 '가정'을 읽으며 나는 그 시절 부모님의 심정에 대해서도 생각해 보게 되었다. 나와 동생은 우리끼리 즐겁게 놀면서도 늘 부모님을 그리워하는 마음이 있었다. 부모님의 마음은 어땠을까. 그때는 속상한 마음에 부모님이 우리보다 일을 더 좋아한다고 생각했던 적도 있었다. 다른 친구들은 부모님과 저녁을 먹으러 나가기도 하고 밤 산책도 나가는데 왜 우리는 그러지 못하는지 혼자 계속 생각하며 슬펐던 적도 있었다. 그러나 지금 생각해 보니 부모님도 무척이나 마음 아팠을 거라는 생각이 든다. 아직 초등학생인 큰 딸과 어린이집에 다니는 작은 딸을 집에 혼자 두고 출근해야 하는 그 심정은 나는 헤아릴 수가 없다. 다만 무슨 일이 있지는 않은지, 둘이 싸우지는 않았는지 늘 조바심을 내지만 바빠서 연락 한 통 하기 힘든 상황이었을 거라는 추측만 할 수 있을 뿐이다. 부모님은 결코 쉬운 일을 하시는 것이 아니다. 밖에서 힘든 일들을 하고 가끔은 온갖 수모도 당해 가며 마음에 상처도 많이 받으셨을 것이다. 그렇게 지친 발걸음을 이끌고 집에 오면 현관에는 불이 환하게 켜져 있고 자식들이 반갑게 맞이해 준다면, 하루 동안의 피로가 싹 가시는 느낌이었을 것이다. 지금의 나는 옛날처럼 퇴근하시는 부모님을 반갑게 맞이할 수 없다. 부모님은 여전히 밤늦게 돌아오시고 여전히 힘들고 지쳐 있다. 하지만 나와 동생은 옛날처럼 순수한 마음만으로 부모님을 기다리기는 어렵게 되었다. 나는 집보다는 학교에서 보내는 시간이 훨씬 길어졌다. 부모님은 춥고 어두운 길을 걸어 불 꺼진 현관으로 들어오신다. 아무도 반겨주는 사람 없이 묵묵히 집으로 돌아와 조용한 집에서 잠드는 것은 얼마나 적적할까? 그때는 외롭고 힘들기도 했지만 부모님을 기다리는 시간은 그 어느 때보다도 행복하고 설레는 기다림이었다. 그 설레었던 기다림을 다시 경험할 수 있을까?

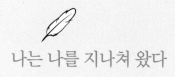

나는 나를 지나쳐 왔다

박노해

인생이 너무 빨리 지나간다
나는 너무 서둘러 여기까지 왔다
여행자가 아닌 심부름꾼처럼

계절 속을 여유로이 걷지도 못하고
의미 있는 순간을 음미하지도 못하고
만남의 진가를 알아채지도 못한 채

나는 왜 이렇게 삶을 서둘러 왔던가
달려가다 스스로 멈춰 서지도 못하고
대지에 나무 한 그루 심지도 못하고
아닌 건 아니라고 말하지도 못하고
주어진 것들을 충분히 누리지도 못했던가

나는 너무 빨리 서둘러 왔다
나는 삶을 지나쳐 왔다
나는 나를 지나쳐 왔다

나는 나를 지나쳐 왔다

최서윤

꿈은 남녀노소 누구나 다 꾼다. 그런데 '꿈'이라고 하면 사람들은 서로 생각하는 것이 다를 것이다. 누구는 직업, 누구는 하고 싶은 일, 누구는 사고 싶은 것, 누구는 롤 모델, 또 누구에게는 그저 밤에 꾸는 내가 주인공인 드라마. 그중에서 나는 미래의 직업, 꿈에 대해서 말해 보려 한다. 나의 꿈은 다양한 듯 다양하지 않은, 적은 듯 적지 않은 수의 꿈을 꿔왔다. 내가 눈치를 채지도 못하게 생겼다 사라질 때도 있었고 기억 깊숙이 남아 지금까지 나를 괴롭히고 있기도 하다.

처음으로 꾼 꿈

내가 처음으로 꾼 꿈은 음악 쪽 직업이었다. 시작은 피아니스트였고 끝은 가수였다. 막연하게 음악이 좋았고, 노래가 좋았다. 아주 어릴 때부터 피아노를 배워서 그랬던 건지 아니면 나에게 숨겨진 음악적 DNA가 있었던 건지는 몰라도 그저 음악이 이 세상 전부이고 어떤 일이든 음악과 함께라면 뭐든 상관없다고 생각했다. 음악을 들을 때면 어떤 힘들었던 일이든, 머릿속을 계속해서 괴롭히는 어떤 고민이든 다 잊어버리고 음악 속에 나를 맡길 수 있었다. 또 나를 위로해 주는 음악, 노래를 불러서 다른 사람들에게도 내가 받았던 그 위로를 주고 싶다고 생각했다. 그렇게 음악의 꿈을 꾸던 나는 음악은 취미로 두는 것이 어떻겠냐는 엄마의 권유에 서서히 생각을 접어가기 시작했다.

한 번의 좌절 후 다시 꾼 꿈

그후 다시 꾸게 된 나의 꿈은 인문계열의 직업이었다. 처음에는 사람들에게 정확하고 빠르게 정보를 전달해 주는 아나운서가 되고 싶었는데 초등학교

6학년 때 담임 선생님의 영향으로 교사의 꿈을 꾸게 되었다. 일 년 동안 반에서 '도우미' 역할을 맡아 친구들이 모르는 것을 하나씩 가르쳐주면서 내가 알고 있는 어떤 것을 남에게 가르쳐주어서 그 사람이 그것을 알게 된다는 것이 너무나도 좋았고 뿌듯했다. 그래서 나는 선생님이 되기로 결심했다. 중학교에 들어와서 중·고등학교는 과목별로 선생님이 달라진다는 것을 알게 되고나서 나는 포괄적인 선생님이 아니라 내가 가장 자신 있고 잘 가르칠 수 있는 한 과목을 맡아서 가르치고 싶다는 생각을 했다. 그때부터 계속해서 선생님이 되기 위해 노력했다.

고민에 고민에 고민…

그런데 최근에 내 마음속에는 아직도 희망의 끈을 놓지 못한 음악이라는 친구가 있다는 것을 알게 되었다. 완벽히 사라졌다 생각하고 살아온 나는 너무나도 혼란스러웠다. 공부에 집중해야 하는 시기에 공부가 잘 되지 않았고 이로 인해서 성적이 떨어지고 집중이 전혀 안 되는 슬럼프도 여러 번 겪었다. 지금 곧 고3이 되는 나는 아직도 두 꿈 사이에서 나의 길을 정하지 못했다. 음악과 공부, 두 마리의 토끼를 다 잡을 수는 없을까? 라는 생각을 수도 없이 해보았지만 그럴 수는 없었다. 이미 다시 음악을 시작하기에는 너무 멀리 와버렸고 지금 시작한다고 해서 그 길로 성공한다는 보장도 없다. 그렇다고 음악을 이렇게 포기해버리기에는 너무 음악이 좋았다.

나는 나를 지나쳐 왔다

이러한 상황에서 '나는 나를 지나쳐 왔다'라는 시는 정말로 나의 상황에 공감하는 시로 다가왔다. 평소에도 힘들 때 나의 상황과 딱 맞아서 그 상황에 공감을 해주어 마음이 조금이라도 편안해지는 노래를 많이 듣는데 이 시가 딱 그랬다. 시인이 나의 마음을 들여다보고 쓴 것이 아닐까? 라는 생각까지 했다. 그리고 이 시처럼 나도 '정말로 나는 왜 제대로 시작도 못해 보고 음악을 포기해

버렸는지, 나는 정말로 음악이 너무 하고 싶다고 엄마에게 말을 못했는지, 또 이렇게 중요한 시기가 될 때까지 나는 왜 음악을 하고 싶은 나의 마음을 알지 못했는지', 후회하고 또 후회했다. 이 시의 마지막 연처럼 나는 너무 빨리 서둘러 왔다, 나는 삶을 지나쳐 왔다, 나는 나를 지나쳐 왔다.

우리 아빠

원태연

나는 봤다
큰누나 시집가던 날 현관에서
[아빠 갈게요] 했을 때
몰래몰래 맺히려던 눈물을
나는 느꼈다
엄마 수술하시던 날
접수창구에서 줄 서 계시던 아빠의 뒷모습에
어렴풋이 보이던 떨림을
나는 안다
매형과 큰누나 큰절 올리던 날
엄마 완쾌하셔 퇴원하시던 날
나 대학 합격하던 날
아빠는
세상에 누구보다 행복한 분이셨다는 걸
우리 아빠를 아는 사람들은
모두 알고 있을 것이다
너무너무 훌륭한 분이시라는 걸
아빠는 알고 계실까
내가 얼마나 자랑스러워 하고 사는지

우리 아빠

고영준

나는 봤다. 아니 나는 알게 되었다. 아빠의 진짜 마음을… 얼마 전 우리 형은 군대를 가게 되었다. 우리 형은 하루빨리 군대를 가서 한번 고생해 보고 싶다고 말했다. 그런데 아빠는 정작 군대에 대한 이야기는 하나도 안 하셨다. 그렇게 형은 군대를 갔다.

형이 군대 가던날

아빠는 군대까지 데리다 주면서 형한테 군대에 대한 이야기를 안 하셨다. 나는 너무 이상해서 엄마에게 물어보니 아빠는 귀가 아파서 군대를 못 갔다고 하셨다. 나는 그 말을 듣자마자 알게 되었다. 아빠는 군대가 엄청 힘든 것만 알지 정확히 왜 힘든지 모른다. 그래서 그런지 아빠는 군대에 대한 얘기를 하나도 안 하셨다. 그렇게 우리 가족은 군대훈련소 앞에까지 왔다. 군대에서 이제 마지막 인사를 하고 그만 가야 한다고 했다. 그때까지는 실감이 안 났다. 형이 마지막으로 "저 잘 갔다 오겠습니다."라고 하자 나와 엄마는 참았던 눈물이 터졌다. 그런데 아빠는 눈물이 맺히지도 않고 됐다고 하면서 빨리 가자고 뒤돌아서 갔다. 나는 그 모습을 보고 아빠에게 엄청난 충격을 받았다. 옛날에 아빠는 엄마가 조금만 다쳐도 하던 일을 그만두고 와서 엄마를 보살필 정도로 정이 깊다. 엄마가 배가 아파서 병원에 입원했을 때 아빠는 맨날 맨날 가서 엄마를 보살폈다. 또 주말이 되면 아빠는 병원에서 엄마 곁에서 나오지 않았다. 이 정도로 아빠는 자상하시고 좋은 아빠이다. 또 내가 감기나 장염이 걸리면 죽을 맨날 사주시고 밤마다 내 옆에서 물수건으로 날 보살폈다. 그러한 아빠가 갑자기 이런 모습을 보니 나로선 엄청 충격이었다. 나는 아빠가 형이 군대 갈 때 엄청

우실 것 같았다. 그렇게 나는 아빠에게 실망을 하고 집으로 돌아왔다. 슬펐지만 충격적인 날이 지났다. 나는 평상시대로 돌아왔다. 하지만 아빠에 대한 충격은 쉽게 사라지지 않았다.

그날 밤, 아빠는

나는 아빠의 그 모습을 보고 하루하루 왜 아빠가 그때 그랬는지 이해하고 싶었지만 나로선 도무지 알 수가 없었다. 그래서 나는 엄마에게 그날에 대한 아빠의 모습을 말했다. 그런데 엄마는 이미 아빠의 모습을 이해하고 있다는 표정이었다. 엄마의 말을 듣고 나는 아빠를 원망하던 마음이 사라졌다. 오히려 아빠를 원망하던 나를 더 원망하였다. 엄마의 말은 이것이었다. 아빠는 우리에게 우는 모습을 보여주기 싫어한다고, 아빠는 당당하고 씩씩한 모습을 보여줘야 한다고 생각하였다. 또 아빠는 형을 데려다 주고 온 날 밤에 혼자서 형 방에서 밤새도록 울었다. 아마 아빠는 그때동안 참아왔던 눈물이 터진 것 같았다. 아빠는 얼마나 힘들었을까? 혼자 울고 참고 견디는 것, 나는 정말 아빠를 존경한다. 그제야 나는 알았다. 아빠가 왜 형에게 군대에 대해 말 안 했는지 아마 아빠는 자신이 안 간 군대를 형에게 잘 못 말해서 해를 끼칠까 봐 또 군대 가는 형을 이해할 능력이 없다고 생각했을 것이다. 아빠가 형의 방에서 밤새도록 운 것은 형을 그리워할 뿐만 아니라 군대에 대해 아무 얘기 안 하고 위로도 안 해 준 자신에 대한 후회의 마음도 있는 것 같다. 아빠는 그런 맘을 갖고 있어도 울면서 소리 한번 안냈다. 물론 우리가 자고 있어서 못 들었을 수도 있지만 밤새도록 소리 내며 우는데 바로 옆방인 내가 못 들었을 리가 없다. 엄마가 아빠가 밤새도록 울었다는 사실을 알게 된 순간은 다음날 아침에 아빠 눈이 엄청 부어 있었기 때문이다. 그리고 또 아빠는 나에게 그 사실을 숨기기 위해 엄마에게 나에게 말하지 말라 했고 서둘러 나가셨다. 나는 이 말을 들은 순간 생각했다. 아빠는 이렇게까지 우리에게 우는 모습을 보여주기 싫어한다는 것을. 그래서 나는 아빠에게 이 사실을 알게 된 것을 숨겼다. 대신 아빠에게 안겼다. 역시 아빠는 정이 깊고 자상하시다.

아빠의 손 편지

아빠는 지금도 형이 편지를 보내면 우리에게 먼저 보여주시고 나중에 혼자
서 보신다. 아마 또 혼자 보시는 이유가 있을 것이다. 아빠는 밤마다 맨날 손 편
지로 형에게 편지를 쓰신다. 맨날 조그마한 등불을 켜고 편지를 쓰신다. 나는
봤다. 아빠가 얼마나 혼자서 힘들게 지내셨고 견디셨는지. 나는 알았다. 그렇게
지내고 견디는 이유가 다 우리 가족을 위한 것이라고. 아빠는 아니 우리 아빠
는 세상에서 가장 좋은 아빠다.

다이어리

이환천

끽 해 봐 야
보 름 쓸 껄

왜 샀 는 데
일 년 치 껄

잘못된 만남

윤진

시를 써 본 경험은 몇 번 있으나 시에 대한 경험을 직접 써 보는 것은 정말 처음이다. 물론 시를 읽으면서 시의 내용이 공감이 되고 내 입장 같다고 느낀 적은 많지만 그 생각을 글로 써 보는 것은 처음이다. 다이어리라는 시를 처음 읽었을 땐 이 시가 너무나 공감이 되고 정말 내 이야기 같아서 재밌는 느낌을 받았다. 마치 이환천이라는 시인이 꼭 내 경험을 가지고 시를 쓴 것 같았다. 물론 모두가 공감할 수 있겠지만. 이번 시 경험 쓰기 수업을 통해 많이 공감되었던 나의 이야기를 쓸 수 있을 것 같다.

첫 만남

일기를 쓴다는 것은 우리가 매우 어렸을 때부터 시작된다. 초등학교를 다니면서는 주말에도 물론이고 방학 때까지 일기를 써야 했다. 그 당시엔 너무나 당연했던 모두의 숙제였다. 지금 다시 읽어 보면 웃음이 나오는 재밌는 내용도 많고 무슨 생각으로 썼나 하는 알 수 없는 내용도 많으며 가끔은 진솔한 내용도 많이 담겨 있었으며 순수했던 예쁜 꿈들도 담겨있었다. 정말 가끔 그 시절의 순수했던 일기를 읽고 나면 지금 다시 그때의 해맑은 마음을 가지고 일기를 써 보고 싶다는 생각이 문득 들게 된다. 보통 나를 포함한 많은 사람들은 새해가 되거나 새 학기가 시작되면 새로운 마음가짐으로 올해는 다르게 성실하게 살아보자는 마음으로 매일매일 꾸준히 다이어리를 써보겠다고 다짐한다. 그러면서 예쁘장한 다이어리를 구매한다. 나도 그렇다. 거의 매년 그래왔다.

계속되는 만남

다이어리를 구매하고 첫날에는 설레는 마음을 가지고 예쁜 글씨로 오늘의 일들을 기분 좋게 한 자 한 자 써내려간다. 또 일기를 다 쓰고 나면 귀여운 스티커를 가지고 다이어리를 예쁘게 꾸미기 시작한다. 처음에는 다이어리를 예쁘게 꾸미는 것이 좋아서 일기 쓰는 시간이 너무 재밌게 느껴지고 그 시간이 기다려진다. 또 그렇게 다 쓰고 나면 왜인지 모를 뿌듯함이 생겨서 더 기분이 좋아진다. 그러고 나면 내일도 꼭 다시 써야지 하는 마음을 가지고 기분 좋게 잠에 든다. 모두 공감하는 이야기일 것이다. 그리고 다음 날에도 처음 같은 마음을 가지고 설레는 마음으로 일기를 써 내려 간다. 그렇게 일주일이 지나 간다. 일주일 정도 지나가면 이제 다이어리를 쓰는 시간은 점점 귀찮은 시간이 되어버린다. 그러다가 하루하루 씩 쓰지 않게 되고 결국 다이어리는 밀리게 되는 것이다.

잘못된 만남

결국 다이어리는 책상 한구석에 홀로 놓여 있다. 그 옆에는 예전에 쓰던 다이어리부터 올해까지 쓰던 다이어리들이 예쁜 쓰레기로 함께 방치되어 있다. 다이어리를 펼쳐 보면 앞부분은 예쁘게 잘 꾸미고 글씨도 예쁘게 적은 흔적들이 많은데 뒤로 넘길수록 점점 대충 적어가는 것이 느껴진다. 그러다 더 뒤로 넘기면 백지가 나온다. 아마 많은 다이어리 중에서 열 페이지 넘게 쓴 다이어리는 드물 것이다. 분명 처음에는 꼭 매일매일 쓰겠다는 마음을 가지고 시작한 것이지만 결국 다이어리는 예쁜 쓰레기가 되어버렸다. 어쩌면 다이어리를 처음 살 때부터 예쁜 쓰레기 신세가 될 거라는 것을 알고 있었을지도 모른다. 처음 있는 일이 아니기에. 이것 또한 다들 공감할 수 있을 것이다. 그렇지만 나는 내년에도, 내년 새 학기에도 새로운 설레는 마음을 가지고 다이어리를 구매할지도 모른다. 그땐 할 수 있다고 생각하면서. 잘못된 만남이 될 것이라는 것을 알고 있으면서도. 어쨌든 다이어리를 쓰는 그 순간순간이 소중한 것 같다. 나중에라도 읽어보면 풋풋한 추억이 될 수 있기에 나는 오늘도 다시 다이어리를 펼쳐본다.

선운사에서

최영미

꽃이
피는 건 힘들어도
지는 건 잠깐이더군
골고루 쳐다볼 틈 없이
님 한 번 생각할 틈 없이
아주 잠깐이더군

그대가 처음
내 속에 피어날 때처럼
잊는 것 또한 그렇게
순간이면 좋겠네

멀리서 웃는 그대여
산 넘어 가는 그대여

꽃이
지는 건 쉬워도
잊는 건 한참이더군
영영 한참이더군

내 맘속에 처음으로 피어난 꽃

배규민

이 시에서 꽃을 사람으로 보고 꽃이 피는 것을 절정으로 보았을 때 사람의 삶과 같아 보인다고 느낄 수 있었다. 사람도 꽃도 둘 다 자신의 절정을 맞기는 힘들다. 절정을 맞더라도 꽃이 지는 것과 같이 사람도 추락하는 것은 한 순간이다. 그 절정이 점점 멀어 지는걸 보고 느끼면서도 그것을 잊는 것은 오랜 시간이 걸린다.

내 맘속에 피어나줘서 고마워

나도 이와 유사한 경험이 있다. 나는 초등학교 1학년 때 베이징 올림픽을 보고 있었다. 박태환 선수의 자유형 200m 결승전 경기였다. 수영뿐만 아닌 운동에 관심이 없던 나는 아버지 품에 안겨 "따른 거 보자아."라며 어리광을 부렸다. 하지만 아버지께서는 한번만 보자고 타이르셨고, 나는 그 경기를 보게 되었다. 이때까지만 해도 수영이라는 게 내 인생에 영향을 미칠 거라고는 상상도 못했다. 하지만 이 경기를 본 나는 단번에 수영의 매력에 푹 빠져버렸고 박태환 선수의 팬이 되어 버렸다. 이 시에 비춰 보았을 때 그날 그렇게 수영이란 그대가 처음 내속에 피어난 것이다. 그렇게 취미로 수영을 시작하였다. 나는 날이 갈수록 수영이 점점 더 좋아졌고 더더욱 열심히 연습했다. 그 결과 실력이 빠른 속도로 늘어났다. 어느 날 나의 모습을 지켜보던 수영선수반 감독님은 나에게 재능이 있어 보인다며 수영선수를 해보자는 제안을 하셨다. 나는 그 제안을 받아들였고 그날 이후부터 수영이 취미가 아닌 꿈으로 대하게 되었다. 선수반에 들어가 형, 누나들과 힘든 훈련을 하루하루 버티며 실력을 쌓아갔다. 매일 학교 가기 전에 운동을 하기 위해 6시에 일어나 아침운동을 하고 학교를 갔다가 마치면 수영장으로 갔다. 하루를 학교에서 보내는 시간 빼고는 수영장에서 보냈다. 정말 힘들고 고독하고 외로웠다. 하지만 나는 내가 결정한 것이기에 매일 마음을 다잡으며 버텼다. 그렇게 수많은 슬럼프와 포기하고 싶은 마음을 견디고 버티다보니 학년이 올라가면 갈수록 수영 실력은 점점 늘었다. 각종 대회마다 상을 휩쓸며 승승장구했다. 그렇게 6학년이 되었다. 그러자 각 명문 학교에서 나를 원했다. 나는 그렇게 절정에 절정에 오른 것이다. 이 시에서 보면 이것이 나의 꽃이 피는 과정이다. 꽃이 피는 건 오랜 시간과 노력의 결실로 맺어지기에 매우 힘든 과정인 것 같다.

잊기엔 힘들지만 후회하진 않아

하지만 절정은 너무나도 짧았다. 학교 진학문제로 고민을 하던 시기에 나에게 부상이라는 장애물이 찾아온다. 승승장구하던 나는 거만함이 가득 찬 상태였고 긴장이 풀린 틈을 타 찾아온 것이다. 그 부상으로 나는 한 군데를 크게 다치게 되었고 진단 결과에 따라 의사선생님께 "선수생활은 더 이상 무리이다."라는 진단을 듣게 되었고 나는 그 현실을 부정하였다. '얼마나 길고 힘들고 고통스럽고 외로운 수많은 슬럼프를 이겨내며 버텨내며 여기까지 왔는데.'라는 생각에 나는 눈물을 흘리며 소리를 버럭 지르며 진료실을 빠져나왔다. 위 시에서 꽃이 지는 것은 잠깐인 것처럼 나의 꿈이 지는 것은 한순간이었다. 나는 여태껏 노력한 시간이 너무 아까워 모두가 반대하지만 어떻게든 다시 시작해 보려고 '처음부터 다시 쌓아나가는 거야'라는 독한 마음을 가지고 재활을 받았다. 어떻게든 수영선수를 계속 하고 싶었다. 하지만 그후로 성적은 점점 떨어졌고 부상의 고통은 점점 커져만 갔다. 수영부 학교에서도 나에게 등을 돌렸고 나는 포기함으로써 수영 선수의 꿈을 마음속 깊숙한 곳에 담아 두게 되었다. 그 마음속 깊숙한 곳에 담아둔 수영선수라는 꿈이 아직까지 나를 울리기도 하고 괴롭히기도 한다. 그날의 기억을 떠올리면 수많은 감정이 든다. 빨리 이 기억에서 벗어나고 싶지만 쉽게 잊혀지지 않는다. 이 시처럼 꿈이 지는 것은 쉽지만 그 꿈을 잊을 때까지는 오랜 시간이 걸린다. 그렇다고 내가 내 맘속에 피어나준 수영이라는 꽃을 원망하는 것은 아니다. 나에게 실패라는 중요한 경험을 주었기에… 나에게 첫 도전의 기회를 주었기에… 한편으로는 자랑스러운 나의 경험이다. 잊고 싶지만 자랑스러운 나의 기억…경험… 여기까지가 나의 첫 도전 이야기이다.

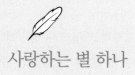

사랑하는 별 하나

이성선

나도 별과 같은 사람이
될 수 있을까
외로워 쳐다보면
눈 마주쳐 마음 비쳐 주는
그런 사람이 될 수 있을까

나도 꽃이 될 수 있을까
세상일이 괴로워 쓸쓸히 밖으로 나서는 날에
가슴에 화안히 안기어
눈물짓듯 웃어 주는
하얀 들꽃이 될 수 있을까

가슴에 사랑하는 별 하나를 갖고 싶다
외로울 때 부르면 다가오는
별 하나를 갖고 싶다

마음 어두운 밤 깊을수록
우러러 쳐다보면
반짝이는 그 맑은 눈빛으로 나를 씻어
길을 비추어 주는
그런 사람 하나 갖고 싶다

나에게 별이 되어준 존재들

배혜림

요즘 살아가다 보면 정말 마음이 잘 맞는 사람, 자신을 이해해 주고 서로 힘이 돼주는 그런 사람을 만나거나 찾기가 쉽지가 않다. 또한 나 자신도 남들에게 그런 사람이 되기가 쉽지 않다. 남들을 신경써가며 살아가기에 너무 삭막한 사회가 되어가고 있을 뿐만 아니라 혼자서 살아가기에도 너무 바쁜 세상이 되어 자신에게조차 좋은 사람이 되고 힘이 되어 줄 수 없는 그러한 자신이 되어가고 있기 때문이다. 나 또한 그렇고… 하지만 이런 삭막한 사회에서도 한 줄기 빛과 같은 그런 존재들이 있다. 나에게 힘이 돼주고 이해해 주는 나는 이 시를 보고 옆에 있어 너무 익숙한 그러한 존재들을 다시금 떠올릴 수 있었다.

혼자인 것 같던 날들

내가 초등학교 때부터였다. 나는 소심하고 남들 눈치를 보며 힘든 일이 있어도 혼자 썩히고 있던 성격이었다. 물론 그 흔한 속마음을 털어 놓을 친구를 사귀는 것도 힘들었었다. 왜 힘들거나 울고 싶을 때 그 어릴 때 엄마에게 아빠에게 응석을 부리지 않았냐고 다들 물어보았다. 그 어릴 때 나는 벌써 철이 들었다고 해야 할지 유치원생인 여동생이 있었고 응석꾸러기 걱정꾸러기 여동생을 돌보며 일을 하시는 부모님이 힘드실 거라고, 첫째인 내가 응석을 부리면 부모님이 안 그래도 힘드실 텐데 내 걱정과 응석으로 더 힘드실까 걱정하는 마음에서였던 걸까 나는 중학교 때까지도 그래왔고 많이 변하긴 했지만 지금까지도 나는 나의 걱정을 힘듦을 부모님께 잘 드러내지 않는다. 혼자 썩혀서인지 나는 힘들고 세상에 혼자인 것 같은 기분이 들곤 했다. 친구를 잘 못 사귀고 사귄다 해도 다들 금방 나에게서 떠나가고 말았기 때문이다. 나에 대한 모든 것을 알려주고 나면 그들은 내 곁에 남아 있지 않았다.

별 같은 나의 존재들

하지만 나에게 믿음이라는 것을 알려주고 외로움, 걱정을 잊게 만들어준 친구 두 명이 나에게로 찾아왔다. 한 명은 지금까지 18년 동안 알고 지내오며 모임도 하고 자주 만났지만 초등학교 때까지 학교가 달라 연락을 자주 하지 않던 사이였다. 물론 친하지 않았던 건 아니었지만 자주 보지 못해서 어색할 뿐이었다. 다른 한 명은 18년 동안 알고 지내 왔던 그 친구와 같은 중학교가 되면서 알게 되었다. 처음 그 친구를 만났을 땐 서로 아무것도 몰라 이름 외우는 것부터 점차 그 친구를 알아가는 것은 나에게 엄청나게 새로운 일이자 너무 특별한 일이었다. 그렇게 서로를 알아가면서 3명이 중학교를 같이 다니고 함께 놀러 다니며 싸우고 울면서 풀고 서로의 새로운 모습을 좀 더 알아가고 서로의 안 좋은 점까지 알아가고 감싸주며 서로가 외로울 때나 일이 잘 풀리지 않을 때 같이 화를 내면서 서로의 감정을 공유하며 그렇게 지금까지 5년을 지내왔다. 이 5년간 수많은 일들이 있었고 고난도 많았지만 5년 동안 있었던 모든 일들을 지금 여기서 다 설명하기 힘들만큼 외롭고 힘들었던 나에게는 나의 감정을 누구보다 먼저 알아주고 이해해 주는 그 친구들이 이 시의 별과 같은, 또 꽃과 같은 친구들이다. 나에게 그 친구들은 친구라는 새로운 존재를 알려주고 서로를 위로하고 힘이 돼주는 법을 알려준 삭막한 사회에서 빛이 되어주는 별 같은 존재이다.

가슴 속의 사랑하는 별 하나

서로에게 힘이 돼주고 마음을 알아주는 그러한 사람은 드물다. 자신이 그런 사람이 되는 것도 드물다. 하지만 주위를 잘 둘러보면 너무 익숙해서 알아차리지 못 했을 뿐 분명히 자신을 알아주고 이해해 주는 별과 꽃과 같은 사람이 있기 마련이다. 나는 가끔 저 친구들이 없었으면 지금의 나는 어떨지 생각하곤 한다. 사실 혼자서 아무것도 못하고 끙끙 거리고만 있을 것 같다. 물론 그런 상황을 생각하고 싶지도 않다. 나에게 있어 이 친구들은 혼자 어둠의 저 구석에 있던 날 위로 꺼내주며 세상은 이런 거야 우리랑 같이 이겨내 보자 도와줄게라며 날 도닥이며 일으켜 세워준 존재들이다. 이 시에서 글쓴이가 바라는 가슴속의 사랑하는 별 하나를 가지고 싶다. 라는 말에서 나는 별 두 개를 가지고 있는 것이다. 이 시가 너무 익숙해서 옆에 있어주는 것이 당연하게 느껴왔던 나를 다시금 그 친구들에 대해 떠올리게 해주었고 이 시를 읽으며 친구들과의 추억을 떠올리게 해주어서 너무 고마웠고 인상 깊었다.

제목없음

하상욱

아파도 괜찮아
아빠 또 괜찮아

괜찮은 건 없다

조유진

사람들은 말한다. 가장 가까운 게 가족이니까 가장 쉽게 함부로 대하게 되는 것도 가족이라고. 나도 이 이야기를 처음 들었을 때 많은 공감을 받았다. 가족이라는 울타리 안에서 항상 곁에 있을 거라는 생각으로 주변 사람들에게는 하지 못하는 말과 행동들을 가족에게는 함부로 내뱉었다. 이 짧은 시를 읽으면서 정말 많은 생각이 들었다. 가까운 사이일수록 더 예의를 갖춰야 한다는 걸 알면서도 '엄마니까, 아빠니까 괜찮아'라는 생각으로 여기까지 와버린 것일지도 모른다.

우리 엄마

생각해 보면 18년 동안 살아오면서 내가 가장 많이 상처를 줬던 사람은 엄마이지 싶다. 내가 제일 좋아하는 사람도 엄마지만 제일 많이 상처를 준 것도 엄마니까 이게 참 모순적인 것 같다. 요즘 들어 우리 엄마는 나에게 짜증을 많이 낸다. 생각하니까 또 서러운데 요즘 나는 철이 좀 들면서 엄마에게 애정표현을 많이 해야겠다고 다짐했다. 그래서 엄마한테 애교도 많이 부리고 치대기도 했다. 그런데 그럴 때마다 엄마는 힘들게 하지 말라고 성질을 낸다. 동생들은 잘만 받아주면서도 말이다. 그러면 나는 또 서운해서 엄마에게 화를 내고 결국 엄마와 나, 둘 다 기분이 상한 채로 상황은 종료된다. 하지만 또 생각해 보면 이건 내가 초래한 결과가 아닌가 싶다. 예전에는 엄마와 나의 상황이 반대였다. 내가 침대에 누워 있으면 엄마는 내 옆으로 와서 오늘 하루는 어땠는지, 무슨 일이 있었는지 묻곤 했고 내가 컴퓨터나 폰을 할 때면 내가 뭘 하는지 궁금해했다. 그때마다 나는 피곤하다고 귀찮다고 엄마 말에 대충 대답하고 엄마를 내 옆에서 먼 곳으로 보내려고 했다. 내가 상처받았던 것처럼 엄마도 상처받았을 텐데 말이다. 어쩌면 내가 이것을 깨달았을 때는 이미, 내가 다가와 주길 기다리고 기다리다 지쳐버린 그때의 엄마가 사라져버린 게 아닐까?

우리 아빠

우리 아빠는 자랑스러운 아빠다. 어딜 가든 아빠 이야기가 나오면 칭찬밖에 없기 때문에 내 어깨는 항상 올라가 있다. 아빠가 이렇게 칭찬이 자자한 데에는 이유가 있다. 아빠는 항상 누군가를 만나면 그 사람이 편할 수 있도록 정말 배려를 많이 해주기 때문이다. 내 친구들에게서도 친구 아빠 중에 우리 아빠가 제일 편하다는 말이 나올 정도로 아빠는 주변 사람들에게 정말 잘한다. 하지만 아빠는 나에게 말한다. 아빠처럼 살지 말라고, 나 자신을 먼저 챙기는 게 우선이라고 말이다. 그래서 우리 아빠는 내가 아빠를 닮아가는 게 싫다고 말했다. 나보다 다른 사람들을 우선시하게 되면 정작 내가 하고 싶은 것, 해야하는 것들을 못하게 되고, 그러다 보면 결국 내가 지쳐서 진짜로 잘해야 할 나의 사람들에게 상처를 주게 된다고 했다. 그래도 나는 우리 아빠가 좋다. 아빠 말대로 밖에서의 아빠와 집에서의 아빠가 좀 다르긴 하지만 둘 다 우리 아빠가 분명하고, 아빠 같은 사람들이 존재하기 때문에 이 사회에서 따뜻함을 찾을 수 있지 않나 하는 생각이 들었기 때문이다. 그렇기 때문에 나는 내가 아빠를 닮는 게 걱정되기보다 아빠가 '친절함'이라는 틀에 얽매여서 자기 자신을 혹사시키고 있을까 봐 걱정이 된다. 아빠가 모든 걸 짊어지려 하지 않고 가족들에게 그 무거운 짐을 나누어 주었으면 좋겠다. 우린 가족이니까. 아빠가 아픈 건 괜찮은 게 아니다.

앞으로 우리가 걸어갈 길

다행히도 나는 이제 18살이라는 나이를 먹으면서 엄마, 아빠의 마음을 헤아려 보려하지만 내 동생들은 아직 그러지 못하는 것 같다. 그래서 항상 동생들이 부모님께 대드는 걸 보면 마음이 아프다. 하지만 이 또한 나도 겪어왔던 과정이었기 때문에 동생들이 하루빨리 철이 들었으면 좋겠고 그때까지 엄마, 아빠가 부모님이라는 무게를 잘 버텨줬으면 하는 바람뿐이다. 이 글을 쓰는 오늘까지도 엄마, 아빠는 지쳐 계시며 앞으로도 엄마, 아빠 속 썩이는 일은 계속될 것이다. 그렇지만 나중에 시간이 지나고 되돌아보았을 때 후회하는 일이 없도록 하는 내가 되고 싶다. 내가 언니, 누나가 처음이라 동생들에게 잘 해주지 못하는 것처럼 엄마도 엄마가 처음이고, 아빠도 아빠가 처음이라 분명 서투르고 어려울 것이다. 그렇기 때문에 나도 엄마, 아빠가 좋은 부모님이 되도록 도와줄 수 있는 좋은 딸이 될 것이다.

결국 나만 아픈 게 아니다. 그렇다고 해서 내가 아픈 게 괜찮은 것도 아니다. 엄마도 아프면 안 되고 아빠도 아프면 안 된다. 엄마라서 괜찮고, 아빠라서 괜찮은 건 없다.

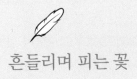

흔들리며 피는 꽃

도종환

흔들리지 않고 피는 꽃이 어디 있으랴
이 세상 그 어떤 아름다운 꽃들도
다 흔들리며 피었나니
흔들리면서 줄기를 곧게 세웠나니
흔들리지 않고 가는 사랑 어디 있으랴

젖지 않고 피는 꽃이 어디 있으랴
이 세상 그 어떤 빛나는 꽃들도
다 젖으며 젖으며 피었나니
바람과 비에 젖으며 꽃잎 따뜻하게 피웠나니
젖지 않고 가는 삶이 어디 있으랴

고난과 시련도 꽃을 피우는 밑거름

천아진

'신은 선물을 고통이라는 포장지에 싸서 준다'라는 말이 있다. 나는 신을 믿지 않지만 이 말을 듣고 난 후 나는 맞는 말이라고 생각했다. 이 시도 그렇다. 내가 원하는 대로 일이 술술 풀리는 경우는 드물다. 나는 그 때마다 이 시를 생각하면서 포기하지 않았다.

95점 → 48점

나는 초등학생 때 시험을 치면 항상 95점, 100점을 받던 학생이었다. 그러나 중학교에 들어와서 살면서 처음 받아보는 점수를 받았다. 수학 시험지에 빨간 글씨로 '48점'이라고 적혀 있었다. 나는 엄청나게 충격을 받았다. 나는 집에 가서 엄마한테 수학 점수를 말하면서 나도 모르게 눈물이 났고, 펑펑 울었다. 왜 나는 펑펑 울었을까? 아직도 잘 모르겠다. 그 이후로 나는 수학을 포기했었다. 시간이 흐른 후, 중학교 3학년이 되었을 때, 나는 다른 친구들보다 조금 빨리 가고 싶은 대학과 학과를 정했고, 농업연구사의 꿈을 가졌다. 그런데 그 학과는 이과라서 수학을 포기할 수가 없었다. 나는 이제부터 수학을 잘해야겠다는 생각을 갖고, 수학 학원을 다니면서 매일 수학 공부를 했다. 그러자 수학 점수가 순식간에 90점대로 상승했다. 그때 나는 수학을 잘 풀 수 있다는 자신감이 아닌, 이번 시험을 잘 쳤으니까 이젠 공부를 하지 않아도 이런 점수가 나올 것이라는 자만심을 가졌던 것 같다.

수학에 대한 공포가 생기다

그래서 나는 고등학교에 올라와서 수학 공부를 소홀히 했고, 당연히 첫 모의고사 때 다시 수학 점수가 잘 나오지 않았다. 그때 나는 내가 풀 수 있는 문제도 풀지 못했고, 시간이 모자라서 마킹을 실수했었다. 그 이후로 수학 시험을 칠 때마다 너무 긴장을 하고, 내가 풀 수 있는 문제도 풀지 못하는 지경에 빠졌다. 나는 수학에 트라우마가 생겼고, 수학이 엄청나게 싫어졌다. 예전처럼 나는 또 수학을 포기했다. 심지어 중학생 때부터 꿈꿔왔던 농업연구사의 꿈을 포기할까 라는 생각을 했고, 고등학교 1학년 2학기가 끝나갈 즈음에 문·이과 선택을 할 때 정말 고민을 많이 했다. 혼자 고민을 해도 결론이 내려지지 않아 부모님께 여쭈어 보았고, 부모님은 "수학이 그렇게 힘이 든다면 문과를 선택하는 것이 좋지 않을까?"라고 하셨다. 나는 결국 문과를 선택했다. 그때 나는 나 자신을 완전히 믿지 못했고, 자신감도 없었던 것 같다. 고등학교 1학년이 끝나고 겨울방학이 되었을 때, 휴대폰을 하다가 우연히 이 시를 보게 되었다. '흔들리지 않고 피는 꽃이 어디 있으랴' 이 구절을 보고 나는 갑자기 멍해졌다. 나는 중학교 3학년 때 빼고 수학 공부를 그렇게 열심히 하지 않았기 때문이었다.

아직 시작하지도 않았는데 포기하는 것은 이르잖아?

나는 책상에 앉아서 내가 이때까지 어떻게 공부했었는지 곰곰이 생각해 보았다. 나는 좋아하는 과목은 열심히 공부하고 흥미를 가졌지만 싫어하는 과목은 아예 시도도 해보지 않고 포기했다. 이 시에 비유하자면 나는 흔들리는 것이 싫어서 꽃을 피우는 것을 포기했던 것이다. 나는 '아직 흔들리지도 않았고, 젖지도 않았는데 벌써 꽃을 피우는 것을 포기하는 건 이른 것 같다'라는 생각이 들었다. 그렇게 겨울방학이 끝나고 고등학교 2학년이 시작하자마자 먼저 수학 수업 시간에 졸지 않고 수업에 집중했다. 그리고 집에 가서 배웠던 내용을 복습하고 꾸준히 문제집을 풀었다. 그런데 수학 성적은 여전히 그대로였다. 혼자 공부하고, 이제 수학 공부를 제대로 시작해서 그런지 수학 점수가 갑자기 엄청나게 상승하지는 않았다. 그렇지만 나는 이제 시작한 단계이기 때문에 조금만 더 공부하면 수학을 잘할 수 있을 것이라는 생각을 가지고, 포기하고 싶은 마음을 꾹 참고 현재도 수학 공부를 꾸준히 하고 있는 중이다. 공부는 눈에 보이지 않아서 중학생 때의 나처럼 성적이 조금만 잘 나오면 "이 점수에 만족해." 하고 더 이상 공부를 하지 않는 것은 매우 멍청한 짓이라는 것이라고 생각한다. 나는 이 시를 읽은 뒤 다시 마음을 다잡고 내가 중학생 때부터 생각해 오던 농업연구사의 꿈을 이루려고 노력 중이다. 다행히 내가 가고 싶은 학과는 교차지원이 된다고 해서 열심히 내신을 준비하고 있다. 나는 이 시에서 줄기가 흔들리고 바람과 비에 젖어 있는 것처럼 크고 작은 고난을 겪고 있지만 이 또한 꽃을 피울 수 있는 밑거름이라고 생각한다. 그래서 나는 포기하고 싶은 마음이 들 때마다 이 시를 읽어보곤 한다만 그립기도 하다.

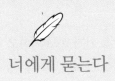

너에게 묻는다

안도현

연탄재 함부로 차지 마라
너는
누구에게 한 번이라도 뜨거운 사람이었느냐

난 연탄, 아직은 연탄

이영철

하얗게 타버려 툭 건드리기만 해도 우르르 무너지는 연탄을 본 적이 있는 가? 며칠 전만 해도 까맣고 튼튼하던 연탄이 왜 이렇게 돼버린 것일까? 연탄은 우리를, 나를 따뜻하게 만들어주기 위해 자신을 희생해왔다. 마치 우리네 부모 님께서 그러신 것처럼. 그리고 나약한 존재로 변해버렸다. 마치 우리네 부모님 께서 그러실 것처럼.

내 꿈은 축구선수?

어려서부터 축구 하는 걸 좋아하던 난 발에 걸리는 것이라곤 공이건 쓰레 기건 가리지 않고 차고 다녔다. 꿈이 축구선수인 것도 아니었지만 그냥 무언가 를 찰 때 기분이 좋아서 계속 그래온 것이 습관이 돼버렸던 것 같다. 좋지 않은 습관이었기에 부모님께 지적도 많이 받았다. 하지만 쉽게 고쳐지진 않았다. 이 시를 읽게 되고 이 시의 의미에 대해 생각해 보기 전까진 말이다.

연탄재를 차던 연탄을 차던 뭔 상관이야

때는 2010년, 초등학교 3학년 때였다. 평소와 다름없이 귀가 후 EBS를 시 청하던 중 안도현의 '너에게 묻는다'라는 시가 TV를 통해 내 눈과 귀에 들어 왔다. 세 줄 밖에 되지 않는 짧은 시였지만 나에겐 강렬했다. 이때까지 무언가 를 차고 다니는 습관을 버리지 못해오던 나에게 연탄재를 차지 말라고 명령하 는 듯한 느낌을 주는 시는 반항심을 가지게 했다. '왜 연탄재를 차지 말라는 거 지?', '소중한 물건도 아니고 비싼 물건도 아닌 다 쓴 연탄재가 뭐가 그렇게 중 요한 거지?' 의구심만을 남긴 채 이 시는 내 기억 속 한구석으로 사라져갔다.

다 쓴 연탄재가 바람에 날려가듯 말이다.

연탄재가 되어버린 연탄

2, 3년이 흐른 어느 날, 이번에도 우연히 TV를 통해 '너에게 묻는다'를 보고 듣게 되었다. 몇 년 전 나에게 반항심만을 남긴 채 기억 한구석으로 사라져버렸던 시가 다시금 내 머릿속에 박혔다. 하지만 이번엔 달랐다. 제대로 된 뜻을 알지 못한 채 거부만 했던 3학년 때 와는 달랐다. 생각이 나만의 결론을 내리기 시작했고, 시의 의미를 스스로 만들기 시작했다. 하찮고 버려지는 것들 또한 누군가를 따뜻하게 만들어줬던 것이니 소중히 여기라는 이 시의 내용이 나에겐 색다르게 다가오기도 했다. 자신의 역할을 다하고 이젠 약해지고 힘없어진 모습이 마치 우리의 또 우리의 부모님의 부모님들 같다는 생각이 들었다. 자식들을 위해 제 몸 바쳐 열심히 일하고 늙어서 머리카락 한 올 한 올이 하얗게 새어버린 부모님들이 이 시에서 말하는 연탄재가 아닐까?

연탄재가 될 연탄

그리고 느꼈다. 난 아직 연탄이고 나도 언젠간 연탄재가 될 것이라고. 나도 언젠가 자식을 낳고 자식을 위해 헌신한 후, 하찮게 변해버린 연탄재처럼, 약하게 변해버린 연탄재처럼, 하얗게 변해버린 연탄재처럼, 쓸모없이 변해버린 연탄재처럼, 변해버릴 것이라고. 지금은 뜨겁게 타오르는 나의 부모님도 언젠간 식은 연탄재가 되어 버릴 것이고, 변해버린 연탄재를 찬다는 게 변해버린 부모님을 소중히 여기지 않는다는 것과 같을 수도 있겠다는 생각이 그때 들었다. 그리고 연탄재가 된다는 게 얼마나 가치 있고 소중한 일인지를 알았다. 물론 나만의 해석이었다. 누구도 이렇게 생각하지 않을 것이다. 비록 있다고 하더라도 얼마나 될까. 하지만 내 마음대로의 해석이 부모님에 대한 존경과 사랑을 키웠고 이때까지 고치지 못했던 발로 물건들을 차던 습관들까지 고쳤다. 그리고 이젠 더 이상 공을 찰 때를 제외하고 의미 없이 쓰레기를 차는 등의 행동을 하지 않는다. 내가 본 이 한 편의 시, 이 짧은 시가 부모님의 잔소리도 해내지 못한 일을 해낸 것이다.

호떡 할머니

김경은

집에 가는 길에 추워서
몸을 부르르 하고 떨다가
편의점 간판 스포트라이트 삼아 있는
호떡 할머니 보고 주머니를 뒤적거린다

주머니 속 종이 한 장의 꼬드김으로
곧 부서질 듯한 수레에 허리를 굽히고
"호떡 하나만요." 했더니
대답대신 할머니
오백 원짜리 세 개 놓여 있는
접시를 가리키시길래

천원 놓고 오백 원 가져가려다가
그냥
"호떡 하나 더 주세요." 한다

집에 가는 길에 호떡 한 입 크게 먹었는데
이 할머니 성격이 급하신 게 분명하다
나는 얼굴을 조심스럽게 찌푸리지만

호떡 때문인지

집에 가는 길이 더 이상 춥지 않다

맛있는 기억

김민정

시에 대한 나의 경험쓰기. 시인들은 자신의 이야기와 생각에 대해 시에 서술하는 경우가 많다. 나와 비슷한 이야기와 생각에 대해 쓴 시에 대해 내 이야기와 생각을 적는 시간을 갖게 되었다. 어릴 적의 기분 좋았던 기억들을 생각해 보며 추억을 꺼내보는 시간을 가져야겠다.

우리 집 단지 앞

어렸을 때, 5살 때 지금 사는 네스빌로 이사 왔을 때. 나는 엄마 손을 잡고 집 주변을 둘러보았었던 것이 기억난다. 우리 집 아파트 뒤에는 논이 있었고 앞에는 아직 지어지지 않은 세븐밸리와 홈플러스가 있었다. 그리고 나는 아직 기억이 난다. 네스빌 단지 맞은편의 동화 골든빌 앞 호떡 트럭. 엄마와 나는 우리 차례를 기다리며 호떡 굽는 아저씨를 구경하며 나는 신기해 하였다. 뜨거운 호떡을 후후 불며 신나하며 집에 가던 나. 이제는 없는 호떡 트럭. 그게 마지막으로 호떡 트럭에서 먹은 호떡이었다. 이제는 집에서 믹스를 사서 직접 만들어 먹는 호떡. 그때의 맛을 내지 못해 아쉬움만 남는다.

한겨울 춥던 그날의

겨울에 꾹 움츠린 채 집에 가는 길. 많은 사람들이 모자를 쓰고 땅만 보고 움츠린 채 바삐 간다. 그러다 본 집 가는 길의 붕어빵 포장마차. 언니가 좋아하는 붕어빵. 슈크림 붕어빵. 나는 언니한테 먹고 싶은 것을 매번 물어보고 사간다. 왜냐면 언니랑 먹는 음식이 제일 맛있기 때문이다. 나는 언니한테 전화로 붕어빵 먹고 싶은지 물었었다. 언니는 매번 슈크림 천 원 치를 먹고 싶어 했다.

나는 팥, 언니는 슈크림. 그렇게 따뜻한 붕어빵 팥 천 원 치, 슈크림 천 원 치를 손에 쥐고 가는 나는 먹을 생각에 신나하며 집에 갈 때는 학업에 무거워진 발걸음을 발걸음은 가볍게 만든다.

가족에게 만들어주는 호떡

나는 가족과 함께 맛있는 것을 먹을 때면 누구와 같이 먹어도 그 행복은 비교할 수 없을 정도로 크다. 요즘은 우리 집 주변에서 호떡 트럭을 볼 수 없어 호떡은 잘 먹을 수 없었다. 겨울에 가장 먹고 싶은 간식은 매번 호떡이었다. 내가 호떡을 좋아해서 매번 홈플러스에서 호떡 믹스를 사서 집에 가서 만들곤 했다. 호떡 믹스 가루에 물을 풀고 반죽을 약 삼십분 동안 숙성시켜 부풀린 후 동그랗게 만들어 안에 소를 넣어 굽는다. 매번 겨울이 되면 한번 씩은 꼭 만들어 먹으니 나는 호떡을 만드는 요리기구가 생겼고 잘 만드는 요령이 생겼다. 겉이 바삭하게 굽고 먼저 가족에게 먹이곤 후기를 들으면 나는 기분이 좋아진다. 가족이 내가 만든 호떡을 맛있게 먹는 장면을 보면 내가 다 뿌듯해진다. 이제는 내가 집에서 호떡을 만드는 담당이 되었다.

맛있는 조합

매년 붕어빵을 팔 정도까지 춥지 않다면 붕어빵 아줌마는 고구마 빵을 파셨다. 나는 처음엔 고구마 빵이 뭔지도 몰랐고 맛이 궁금하지도 않았기 때문에 지나치려고 했지만 고구마를 좋아하는 아빠 생각이 나서 고구마 빵을 사들고 집에 갔다. 냄새는 빵인지라 좋았다. 집에 도착해서 가족 모두가 함께 먹었는데 달기만해서 아쉬웠다. 그때 언니가 갑자기 어떤 소스를 들고 오더니 찍어먹어보래서 먹어보았는데 단짠단짠의 조합이 너무 잘 맞았다. 바로 케첩과 머스터드소스를 섞은 것이었다. 이렇게 또 새로운 간식이 탄생하였다. 여기서 내 진로와 관련하여 생각해 본다면 아주머니께서는 일종의 마케팅을 하시면 더 잘 팔릴 것 같았다. 포장마차 앞에 "고구마 빵은 케첩과 머스터드소스를 섞어 함께 찍어 드시면 더욱 맛있습니다."라든지. 그렇게 된다면 아주머니께서는 더 많은 이윤을 낼 수 있지 않을까 하는 생각이 들게 되었다. 많은 사람들이 이 조합에 대한 맛을 알게 되면 좋겠다.

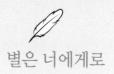

별은 너에게로

박노해

어두운 길을 걷다가
빛나는 별 하나 없다고
절망하지 말아라

가장 빛나는 별은 아직
도달하지 않았다.

구름 때문이 아니다.
불운 때문이 아니다.

지금까지 네가 본 별들은
수억 광년 전에 출발한 빛

길 없는 어둠을 걷다가
별의 지도마저 없다고
주저앉지 말아라.

가장 빛나는 별은 지금
간절하게 빛을 찾는 너에게로
빛의 속도로 달려오고 있으니

가장 밝게 빛날 나의 별

양혜인

모두들 한 번씩은 그럴 때가 있을 것이다. 다 포기해버리고 싶을 때, 누군가 건들면 왈칵 눈물이 쏟아질 것 같을 때, 나에겐 끝없는 어둠만 펼쳐져 있을 것 같다. 하지만 그럴 때 나는 가장 빛나는 별이 올 날을 기다리는 중이라고 생각해 보는 게 어떨까? 별은 수억 광년을 걸쳐 빛은 우리에게 보낸다. 우리는 바로 가장 빛나는 별이 오는 것을 기다리고 있는 것이다. 지금부터 나의 긴 이야기를 들려주겠다.

갑자기 닥친 시련

중학교에 다닐 때까지만 해도 나에겐 큰 고민이나 걱정거리가 없었다. 기껏해야 "주말에 뭐하고 놀지?", "학원가기 싫다." 이 정도? 등급이 나오지 않았으니 성적은 90점 이상으로 항상 무난하게 A를 받아서 한 번도 부모님께 성적으로 꾸중을 들은 적이 없었다. 시험기간이 아니면 여기저기 놀러 다닐 생각만 했다. 고등학교에 입학해도 비슷하게 시험기간에만 벼락치기하면 성적을 잘 받을 줄 알았다. 하지만 고등학교의 내신 경쟁은 차원이 달랐다. 나름 고등학교 1학년 시험을 열심히 준비한다고 했지만 쟁쟁한 상위권 다툼 속에 내신 1등급을 받는 것은 정말 어려웠다. 1학년 1학기 성적표를 받아왔을 때 처음으로 엄마 아빠에게 아주 많이 혼이 났고 교사이신 부모님의 촌철살인 같은 말들은 나에게 큰 충격을 주었다. 마음껏 놀 수 있었던 중학교 때로 돌아가고 싶었고 1등급을 받은 친구들이 정말 부러웠다. 며칠간 울기도 정말 많이 울었고 자꾸 나를 탓하게 되었다.

어둠 속의 나

아무리 열심히 시험 준비를 해도 1등급 받기는 하늘의 별 따기였다. 90점 이상을 받아도 1,2등급이 안 나오니 힘들었다. 해도 안 될 거 왜 하는 거지? 나는 뭘 위해 이렇게 공부를 하는 거지? 정말 포기하고 싶었다. 가장 힘들었을 때는 시험기간에 쏟아지는 졸음을 참으며 새벽까지 밤을 새서 공부할 때였다. 당장 침대에 누워 잠에 들고 싶은 마음이 굴뚝같지만 억지로 눈을 뜨며 공부를 했지만 그만큼 성적이 나오는 것 같지도 않았다. 성적표가 나오면 엄마 아빠가 또 나를 혼낼까 봐 무서웠고 서울에 있는 대학교를 간 오빠와 비교될까 봐 두려웠다. 긴긴 어둠 속이었다.

이 시를 만나게 된 계기

고2가 되고 김미향 선생님의 문학 시간에 시를 읽는 재미를 알게 되었다. 우연히 문제집을 사러 서점에 갔다가 표지가 예쁜 시집이 있어서 오빠 것과 내 것 두 개를 사서 하나는 오빠에게 보내고 하나는 내가 읽었다. 시 하나하나가 내 마음을 울렸다. 그중 이 '별은 너에게로' 라는 시는 읽고 한동안 머리가 멍해질 만큼 큰 위로가 되었다. 그리고 나에겐 작은 변화가 일어났다. 빛나는 별이 오고 있다고 믿게 되었다.

가장 빛나는 나의 별

나는 시골에 있는 외갓집에서 별을 보는 것을 아주 좋아한다. 한적한 시골에서 돗자리를 깔고 밤하늘에 촘촘히 박힌 별들을 세고 있으면 잡생각들이 다 사라지고 마음이 잔잔해진다. 어둠이 있어야 빛이 있다. 저렇게 예쁘게 빛나는 별들도 모두 수억 광년을 지나 빛을 보내는 것이라는 걸 이제야 알았다. 나는 내가 한 노력에 비해 너무 큰 결과를 바란 건 아닐까? 조급해 하지 말고 포기하지 말고 꾸준히 노력한다면 나도 언젠가는 밤하늘의 별들처럼 밝고 아름답게 빛나는 날이 올 것이다. 세상 누구보다 밝게 빛날 그 날을 위해 나는 오늘도 열심히 노력한다.

절정

이육사

매운 계절의 채찍에 갈겨
마침내 북방으로 휩쓸려 오다.

하늘도 그만 지쳐 끝난 고원
서릿발 칼날진 그 위에 서다.

어디다 무릎을 꿇어야 하나
한 발 재겨 디딜 곳조차 없다.

이러매 눈 감아 생각해 볼밖에
겨울은 강철로 된 무지갠가 보다.

칠전팔기(七顚八起)

이건우

우리는 살아가면서 끊임없는 실패와 좌절을 맛보며 살아간다. 때로는 이제 그만 포기해야 하나 할 정도로 끔찍한 실패를 경험한다. 하지만 그럼에도 우리가 무너지지 않고 꿋꿋하게 앞으로 나아가는 것은 우리에게 소중한 무언가가, 자신만이 간직해 온 꿈 같은 것이 있기 때문이 아닐까. 넘어져도 된다. 발을 헛디딜 수도 있다. 무너지지만 않으면 된다.

대구에서 전국으로

올해 4월에 대구 유도대회를 나갔었다. 1승이라는 적은 승수로 메달을 땄기에 다행이면서도 찜찜한 애매한 기분이었다. 그리고 8월 9일, 고창에서 유도전국대회가 열린다는 소식을 접하고 난 뒤, 학교에 부모동행학습 신청서를 내고 전국대회에 출전했다. 긴 시간동안 준비한 대회이기 때문에 정말 열심히 했다. 훈련 도중 손, 발톱이 빠지기도 했고, 무릎으로 떨어져 눈물날 정도로 아팠던 적도 있었다. 그래도 참고 했다. 그렇게 좋아하는 유도라서, 내 삶의 일부이기도 한 유도라서, 진짜 열심히 했다. 그리고 8월 9일 설렘 반 긴장 반인 기분으로 고창으로 향했다. 체급측정을 할 때부터 떨어지는 사람이 있어서 더 긴장했던 것 같다. 그렇게 대회일정 첫날은 긴장한 채로 보냈다.

쓴 패배

다음날, 대회 시작시간은 오전 10시였지만, 긴장을 많이 했던 탓인지는 몰라도, 새벽 6시에 눈을 떴다. 바람막이 하나를 걸쳐 입고, 몸도 풀 겸 나가서 뛰었다. 조금 뛰고 와서 씻고, 짐을 챙기고 나서, 고창 군립체육관으로 이동했다.

경기장은 전날과는 사뭇 다른 분위기였다. 전국 각지에서 모인 유도동호회와 체육관들이 경기장을 채웠고, 나는 더 긴장할 수밖에 없었다. 심지어 플랜카드를 내걸고 떼창을 하며 응원하는 체육관도 있더라. 그렇게 긴장하면서 몸을 풀던 순간에, "이건우, 칠곡관 이건우 있습니까." 내 이름이 불렸고, 나는 상대선수와 함께 입장했다. 긴장하지 말자, '긴장하지 말자' 끝없이 되새기던 내 생각들은 전부 사라졌다. 호흡이 가빠지고, 긴장감이 배가 된 채로 경기장에 올랐던 나는, 평소 하던 대로의 절반도 채 하지 못하고, 상대에게 승을 내주고 말았다. 말 그대로다. 모든 것이 무너졌다. 적어도 나는 그렇게 느꼈다. 진짜 열심히 했는데, 후회 없이 하자 다짐 또 다짐하면서 왔는데. 돌아가는 차 안에서 숨죽여서 울었다. 많이도 울었다. 소리가 새어 나가 들키진 않을까 걱정될 정도로. 그렇게 집으로 온 뒤 삼일 간 유도장에 가지 않았다.

나는 무너지지 않았다

대회가 끝나고 난 뒤 삼일 쯤 지나서 도장을 찾았다. 관장님은 처음 전국대회라는 큰 대회를 나갔다는 것은 나갔다는 사실 그 자체만으로도 값진 일이라 하셨고, 나는 그저 묵묵히 듣고 있었다. 누구라도 그랬을 것이다. 그러고 나서 몸이나 좀 풀 겸 옷을 갈아입는데, 평소 친하게 지내는 선배가 와 내게 말해 주었다. "쉽게 말해 너는 졌다. 최선을 다했지만, 긴장했고, 상대는 그러지 않았다. 명확히 상대와 너의 역량차이다. 하지만 여기서 네가 무너지고 아예 손 떼버린다면, 그건 상대뿐만 아닌 너 자신에게도 져버리는 일이 된다. 경기에서의 승패는 그리 중요하지 않다. 그 패배에서 네가 무엇을 배웠는지가 가장 중요하다." 누군가 내 머리를 한 대 쥐어박은 느낌이었다. 경기에서 진 것은 중요하지 않다. 내 스스로의 정신상태가 제일 중요하다는 것을 왜 몰랐을까, 왜 짧은 시간이지만 이제 그만할까 라는 생각을 품었나, 이러한 생각에 정신을 못 차렸다. 나는 그저 한 번 넘어진 것이다. 어디가 부러지지도 않았고, 다시 연습해 나가면 되는 대회다. 그런데 정작 내가 포기하려 하고 있었던 것이다. 스스로가 무너지려 했던 것이다. 도복을 입었다. 띠를 고쳐 묶고, 몸을 풀었다. 자세를 잡고 예를 하고 상대 눈을 본다. 나는 무너지지 않았다. 힘든 날이 더 많겠지만 의지를 가지고 살아가다 보면, 인생의 무지개를 보는 날이 있을 것이다.

담쟁이

도종환

저것은 벽
어쩔 수 없는 벽이라고 우리가 느낄 때
그때
담쟁이는 말없이 그 벽을 오른다
물 한방울 없고 씨앗 한톨 살아남을 수 없는
저것은 절망의 벽이라고 말할 때
담쟁이는 서두르지 않고 앞으로 나아간다
한 뼘이라도 꼭 여럿이 함께 손을 잡고 올라간다
푸르게 절망을 다 덮을 때까지
바로 그 절망을 잡고 놓지 않는다
저것은 넘을 수 없는 벽이라고 고개를 떨구고 있을 때
담쟁이잎 하나는 담쟁이잎 수천 개를 이끌고
결국 그 벽을 넘는다

평범한 일상

김정은

사실 나는 딴 친구들처럼 열심히 무언가를 해보려고 노력해 본 적도 없었고 인생에서 큰 터닝 포인트가 되었던 일이 없었기 때문에 어떤 일들을 적어야 할지 무척 고민이 많았다. 그래서 흥미롭거나 재미있는 이야기를 되지 않겠지만 소소한 이야기로 나의 글을 써보려고 한다.

어릴 때의 나

사실 나는 어렸을 때 내가 왜 공부를 해야 하는지를 몰랐다. 특히 이해가 되지 않았던 것은 시험을 치기 전에 왜 시험공부를 해야 하는가였다. 시험은 말 그대로 나의 평소 능력을 평가하는 것이고, 시험공부를 해서까지 기본적인 내 능력을 감추고 난 똑똑한 사람이라는 것을 표현해야 하는지에 의문을 항상 가지고 있었다. 그래서 남들은 수학 학원, 영어 학원, 국어 학원, 심지어 주판 학원, 바이올린 학원을 다녔음에도 불구하고 나는 유일하게 피아노 학원 밖에 다니지 않았다. 그 이유는 나는 남들이 다 하는 일에는 흥미가 생기지 않았고 오히려 남들이 배우지 않는 것들에 대해 더 흥미가 있었기 때문이다.

방과후 나머지 공부

나는 초등학교 저학년 때 수학을 못해서 나머지 공부를 했었다. 나머지 공부는 말 그대로 못하는 과목을 방과 후 시간에 하면서 복습하는 시간이다. 나머지 수업 중에 아직까지 기억에 남는 일은 나의 담임 선생님이시던 이정숙 선생님께서 바둑알로 나눗셈 수업을 하셨는데 선생님께서는 나눗셈 문제를 다

푸는 사람 순서대로 집에 갈 수 있다고 하시면서 나에게 정은이가 제일 처음으로 갈 수 있겠다며 용기를 불어 넣어 주셨었다. 하지만 그럼에도 불구하고 나는 5명밖에 안 되는 친구들 중에 4번째로 집에 갔었다. 나를 자책하기도 했고 속으로 부끄럽기까지 했었다. 그 순간 나는 내가 공부를 하지 않은 이유가 단지 공부를 하기 싫어서 스스로 자기 위로를 하며 지금 해야 하는 것들을 회피하고 있다는 것을 깨달았다.

깨달음

초등학교를 졸업하고 중학생이 되었다. 이제 어느 정도 자랐고 생각하는 것도 성숙해졌기 때문에 나는 내가 열심히 공부하며 성실히 살아갈 것이라고 생각했다. 하지만 그 생각은 길게 가지 못했다. 첫 번째 시험을 시작으로 이어지는 시험에서 점점 점수가 내려가며 특히 중학교 1학년 2학기 기말고사 때 영어를 46점을 맞았다. 초등학생 때는 당연히 영어가 쉬웠으니까 90점대를 맞았고, 중1 중간고사 때도 60점대이긴 했지만 50점 밑으로 내려간 적이 없었기 때문에 40점을 맞은 그 충격이 아직도 가시지 않는다. 그때부터 나는 국어, 수학, 영어를 제외하고 다른 부과적인 과목들은 기본적인 수업만 들으면서 하루에 2시간씩 매일 영어를 공부하는 것에 몰두했다. 열심히 몇 달간 공부하고 난 첫 시험인 2학년 중간고사에서 82점을 맞았다. 너무 행복해서 시험치고 집에 와서 방방 뛰어다녔다. 그리고 그때부터 줄곧 A반에서 영어수업을 들으며 기초를 다니면서 열심히 임했다 그 결과 고등학교에 와서도 빛을 볼 수 있었고 지금도 완벽치는 않지만 열심히 해서 20살이 되자마자 영어로 생각하고 있는 말을 바로 내뱉을 수 있게 되기를 희망하고 있다. 영어뿐만 아니라 국어, 영어, 수학도 그리고 다가오는 이번 고등학교 2학년 2학기 중간고사에는 주요과목뿐만 아니라 다른 과목에도 전력을 다해서 공부하기로 마음먹었다. 그러기 위해 이번 여름방학에 독서와 문법 교과서를 한 번 읽어보았고 평소 내가 어려워했던 문법에 대해 혼자서 공부해 보았다. 혼자 하는 공부는 어려웠지만 그만큼 성취감이 컸다. 영어도 일주일에 세 개 이상 모의고사를 풀어보았고 평소에 내가 어렵다고 생각했던 수학은 기초 내용이 담겨 있는 교재를 사서 풀어보고 점점 더 난이도가 있는 문제집을 사서 풀어보고 있는 중이다. 암기 과목들도 열심히 해야 하기에 아직 갈 길이 멀었지만 지금의 의지 그대로 계속해서 공부한다면 성적도 점점 상승세를 탈 수 있을 거라고 믿는다.

안부

나태주

오래 보고 싶었다
오래 만나지 못 했다
잘 있노라니
그것만 고마웠다

고마워

신효원

직접 얼굴을 보며 대화를 나누지 못하더라도 그냥, 잘 살고 있다는 것만으로도 고마울 수가 있을까? 나는 그럴 수 있다고 생각한다. 비록 바빠서 자주 잊고 살지만 마음 한구석은 온전히 그에게 가 있기에. 잊고 있다가도 가끔 들려오는 소식에 좋았던 옛날 추억들을 꼬깃꼬깃 접어둔 쪽지를 펴듯 머릿속으로만 떠올려보기도 하고, 달라졌을 얼굴들을 어렴풋이 기억해보려 노력한다. 정말 행복했던 시절을 함께 보내서 소중하지만 평소에는 묻어두고 지내는 존재들에 대한 이야기를 하고 싶다.

나의 어릴 적

나는 초등학교 3학년의 추운 겨울을 끝으로 내 고향을 떠나왔다. 화단에 핀 꽃을 빻아 종이에 그림을 그리던 봄, 매미 울음소리 들으며 논밭 사이에 세워진 문화회관에 수영을 하러 가던 여름, 4층짜리 빌라 뒤로 펼쳐진 넓은 논을 향해 손을 뻗어 잠자리를 잡던 가을, 중학교 앞 오르막길에서 포대자루 주워다가 썰매 타던 겨울까지. 인간이 기억할 수 있는 가장 어린 나이인 3살부터 11살까지, 7년간 함께했던 친구들과, 학교와, 논밭과, 동네 분들을 마음 깊숙한 곳에 저장해두고 가끔 힘들 때마다 꺼내보곤 한다. 어쩌면 대구에서 산 기간과 맞먹어서 그곳을 내 '고향'이라고 칭하기에는 과할 수도 있겠지만 '태어나서 자라고 살아온 곳 혹은 마음속 깊이 간직한 그립고 정든 곳'이라는 '고향'의 사전적 의미에 따르면 대구보단 그곳이 훨씬 제격이라고 생각한다. 내 의지와 반대로 어쩔 수 없이, 갑작스레 떠나야 했기에 더 애틋한지도 모르겠다.

11살의 나로 멈춰져 있다는 건

나는 사실 작년까지만 해도 그곳을 생각하면 조금은 울컥하곤 했다. 힘들 때면 엄마 다음으로 떠올렸다. 그런데 나는 8년 동안 그곳에 가지 않았고 친구들과의 연락도 자제했다. 왜냐하면, 우연히 듣게 된 그곳이 많이 바뀌었다는 소식에, 내가 머물렀던 공간은 더 이상 없으려니 했기 때문이다. 마치 '삼포 가는 길'의 '정씨'가 된 기분이었다. 그래서 다시 돌아갈 수 없었던 거다. 내게 너무나도 소중한 그곳이 내게 낯선 곳이 돼버린다면 정말 무너질 것 같았기 때문이다. 그래서 내 기억은 아직도 2011년에 머물러 있다. 혹시라도 나를 잊지는 않았을까, 바뀐 내 모습에 실망하지는 않을까 하는 두려움과 내가 없는 내 친구들만의 추억, 이야기, 우정을 인정하기가 싫어서 그랬단 걸 스스로 깨닫게 되었다.

고마워, 잘 지내줘서.

과연 인정하기 싫다는 이유만으로 평생 보고 싶은 이들을 보지 않을 수는 없다는 생각과 깊은 고민 끝에 가장 친했던 친구 두 명을 만났다. 내가 알던 꼬맹이 둘이 아니라, 정말 멋있어진 모습으로 나타났다. 심지어 나를 배려해 우리 동네까지 찾아와줬다. 같이 나오지 못한 다른 친구들의 근황도 전해 듣고, 동네에 뚜레쥬르도 있고 망고식스도 있고 곧 맘스터치도 생긴다며 좋아하던 모습이 얼마나 귀엽고 흐뭇하던지. 몇 년 동안이나 계속했던 걱정과 고민들이 무색해질 만큼, 마치 어제도 만난 친구처럼 재밌는 시간을 보냈다. 옛날에도 나보다 컸지만 지금은 훨씬 더 커진 키에 참 오랜 시간이 흘렀다는 생각도 들었고, 수능치고 다시 만나자는 친구의 말에 그때가 되면 나도 더 멋있는 사람이 되어 와야겠다는 다짐을 했다. 8년이라는 긴 세월이 지났음에도 우리가 모여서 그때의 11살이 되었다. 잘 지내줘서 고맙고, 잘 커줘서 고맙고, 앞으로도 잘 살아줬으면 하는 게 내 유일한 바람이다. 다시 만날 때까지 서로가 서로에게 존재만으로도 힘이 되는 사람이길 바라며.

화살기도

나태주

아직도 남아있는
아름다운 일들을
이루게 하여 주소서
아직도 만나야 하는
좋은 사람들을
만나게 하여 주고서
아멘이라고 말 할 때
네 얼굴이 떠올랐다
퍼뜩 놀라 그만 나는
눈을 뜨고 말았다

화살기도=소원?

이예서

화살기도라는 단어는 나에게 생소한 단어였다. 이 과제를 계기로 시를 찾아보다 화살기도라는 생소한 단어를 접하고 화살기도라는 단어의 뜻을 찾아보니, 내가 평소에 아무렇지 않게 하는 행동 중 하나였다. 나뿐만 아닌 텔레비전을 틀어봐도, 영화를 봐도, 아니 당장 주변을 둘러봐도 우리가 아무렇지 않게 무의식적으로 무언가를 원하고 바랄 때 하는 행동 중 하나이지 않을까 감히 생각하며 내가 화살기도를 하는 순간의 경험을 써내려보려 한다.

내가 화살기도로 무언가를 바라기 시작했을 때

모든 사람들이 그렇겠지만, 누구든 마음속에 간절히 원하는 소원은 하나씩 있을 것이라 생각한다. 시의 내용처럼 '아름다운 일들이 펼쳐지기를', '아름다운 사람들을 만나기를' 소소하지만 큰 소원들을 내가 꾸기 시작한 게 언제쯤이었을까? 기억을 해낼 수도 없을 만큼 아주 오래 전부터 시작되어 왔겠지만, 어린 아이들이 모두 원하는 예쁜 장난감, 멋있는 장난감을 바라고, 바라고, 또 바라는 어릴 적 나의 모습이 조그마한 기억으로 다가온다. 어린이날, 생일, 크리스마스 등등 선물을 받는 날에 장난감 코너에 가서 하나 골라보라는 부모님의 말에 신난 발걸음으로 하나씩, 하나씩 살펴보며 내가 가지고 싶은 장난감을 찾아 추리고, 추리고, 추려도 도저히 결정이 나지 않을 때 나는 화살기도 같이 짧지만 순간적으로 빈다. '이거 다 가지게 해주세요. 별거 아닌 것 같지만 어린 나에게 화살기도의 의미를 다 갖춘 가장 큰 소원 아니었을까 심심찮게 생각해 본다.

내가 지금 화살기도로 바라는 무언가

어릴 때는 화살기도같이 순간적으로 간절히 장난감같이 물질적인 것을 원했다면, 지금은 다를까? 지금도 물론 물질적인 것을 원하는 것에서 벗어나진 못한다. 하지만 어릴 때와 같이 내가 원했던 장난감 같은 물건들을 화살기도같이 순간적으로 원하지 않는다는 점과 장난감을 받은 날이 최고이고, 그것이 내 기분을 좌우하지 못한다는 점이 어릴 적 내가 빌었던 화살기도와 다른 점이다. 지금의 화살기도는 '이번 시험 잘 치게 해주세요', '찍은 거 다 맞게 해주세요' 이런 좋은 결과를 받을 만큼 노력하지 않고 좋은 결과를 원하는 사소하면서도 큰 소원을 급하게 화살기도로 빈다. 이루어지지 않을 걸 알지만, 화살기도로 빌면서까지 지금의 나는 급하게 바란 소원이 이루어지길 원한다. 내가 어릴 적 바란 화살기도 같은 순간적 소원은 내가 지금 바라는 무언가와 연결이 되진 않지만, 지금 바라는 화살기도는 내가 앞으로 지낼 미래와 앞으로도 바랄 무언가와 연결이 되지 않을까 라는 생각을 해본다.

내가 앞으로 화살기도로 바랄 무언가

내가 지금 바라는 화살기도로 바라는 무언가는 아마 내가 낼 수 있는 가장 좋은 성과를 내는 것을 원하는 게 아닐까? 좋은 성과가 내 미래와 곧바로 이어지진 않겠지만, 어느 정도의 영향력은 있지 않을까? 하며 지금의 나도 미래에 좋은 영향을 줄 수 있는 화살기도를 비는데 미래의 나라고 그 당장의 나를 위한 화살기도를 빌지 아니면 또 먼, 더 미래의 모습을 위한 화살기도를 빌지는 모른다. 하지만 확실한 건, 지금의 나도, 미래의 나도, 시의 내용처럼 더 아름다운 날들을 원하고, 좋은 사람들을 만날 수 있다는 기다림을 화살기도같이 급하게 바라는 무언가는 아니지만, 항상 바라고 원하는 소원 중 하나일 것이고, 미래의 나의 화살기도는 지금의 나로 보았을 때, 지금과 같이 미래의 나의 상황이 더 좋아졌으면 하는 순간적인 화살기도를 빌 것이라는 것을 지금껏 했던 내 화살기도의 경험들과 연결시켜 생각해본다.

국화 옆에서

서정주

한 송이의 국화꽃을 피우기 위해
봄부터 소쩍새는
그렇게 울었나 보다

한 송이의 국화꽃을 피우기 위해
천둥은 먹구름 속에서
또 그렇게 울었나 보다

그립고 아쉬움에 가슴 조이던
머언 먼 젊음의 뒤안길에서
인제는 돌아와 거울 앞에 선
내 누님같이 생긴 꽃이여

노오란 네 꽃잎이 피려고
간밤엔 무서리가 저리 내리고
내게는 잠도 오지 않았나 보다

농사가 잘 되어서 좋다

이현우

이 세상에서 무엇보다 중요한 것은 음식이라고 생각한다. 먹어야 일을 할 수 있고 머리가 돌아가고 기운을 내고 삼시세끼를 먹으면서 삶을 즐거움을 느낄 수 있기 때문이다. 돈이 있지만 음식이 없으면 밥을 먹지 못하듯이 밥을 먹지 못하면 일을 못하듯이 돈보다 중요한 것은 식사라고 생각한다. 그리고 그 식사 보다 중요한 게 농사라고 생각한다.

힘든 농사

중학교 때 여름날에 나는 아빠가 취미로 밭을 만들어서 농사짓는 것을 반강제로 도와드렸다. 아빠의 근무처 옆에 넓은 땅이 있는데 거기다가 농사를 지으신단다. 그래서 나는 아빠가 시키시는 대로 물건을 나르고 땅에 있던 돌을 줍고 닭장을 만들고 고구마를 캐서 소쿠리에 담아서 나르고 반강제로 노동을 했다. 그리고 닭장에 있던 닭한테 음식물쓰레기를 던져주고 닭똥을 치우고 거름을 땅에 붓는 등 지저분한 일도 많이 했다. 아주 힘들었다. 나는 주말마다 와서 아빠를 도와드려서 놀 시간을 뺏겨서 짜증이 났다. 내가 왜 이래야 하는지 이해할 수 없었다. 특히 여름날이라서 너무 힘들었다. 나는 더위를 잘 안 타는 체질이라서 웬만한 더위에는 별로 느낌이 없지만 그때는 덥고 농사일까지 해서 정말 너무 덥고 힘들었다. 열사병 걸려서 죽을 것 같은 날씨였지만 바람 부는 날에는 그나마 좀 나았다. 나는 이게 아동학대 아니냐고 아빠한테 따졌지만 아빠는 현장체험학습을 시켜주는 거니까 오히려 고마워하라고 나를 타일렀다. 아주 짜증이 났다.

크고 작은 사건들

그렇게 농사를 짓다가 집에서 아빠가 닭장에 있던 닭들이 늑대인지 개인지 짐승한테 잡아 먹혀 버린 거 같다고 말씀을 하셨다. 닭장이 부서졌고 닭이 몇 마리 사라져 있었지만 약간에 혈흔도 있었기 때문이었다고 하셨다. 나는 전혀 걱정이 되지 않았다. 왜냐하면 닭한테 별로 관심이 없었기 때문이다. 한 가지 아쉽다고 한다면 내가 삼계탕 해 먹을 닭을 짐승한테 뺏겨버렸다는 것이다. 너무 아쉬웠다. 그리고 나는 힘든 일을 계속해서 손과 발에 물집이 생겼다. 나는 이거 아동학대 아니냐고 아빠한테 따졌지만 침 바르면 낫는다고 나를 또 타일렀다. 아주 매우 엄청 짜증이 났다. 너무 힘들어서 울 뻔했다.

식탁 위에 채소들

그렇게 아빠와 나는 힘들게 농사를 지었고 수확을 하였다. 밭이 꽤 커서 수확량도 꽤 되었다. 오이, 호박, 당근, 양파, 가지, 고구마, 옥수수, 포도 등 많은 과일 채소를 수확했다. 그중에 예쁘게 생긴 것을 골라서 아빠의 지인과 친구들에게 나누어 주려고 상자마다 고구마나 과일을 담아서 상자에 포장하였다. 한 50개 정도 포장을 했는데 그 과정이 너무 힘들었다. 칼에 손에 베이고 상자를 옮기는 것이 너무 힘들었다. 이제 우리 집 냉장고에 채소나 과일이 가득 차있었다. 나는 채소는 그다지 좋아하지 않지만 과일을 좋아해서 과일을 많이 먹었다. 내가 농사를 힘들게 지어서 맛있었다. 그렇게 먹다가 채소와 과일이 다 없어졌다. 내가 힘들게 거름을 주고 손질을 하고 짐을 나르고 물을 주고 손으로 캐고 따고 손과 발에 물집까지 잡혀서 딴 과일과 채소는 가족과 아빠 지인과 친구들이 다 먹어버렸다. 그렇게 오랫동안 힘들게 농사지은 과일과 채소가 며칠 만에 없어져서 짧은 시간에 먹을 수 있는 식량은 그렇게 오랜 과정과 힘든 과정을 거쳐야 먹을 수 있다는 것을 새삼스럽게 깨달았다. 한 송이의 국화를 피우기 위해서 소쩍새와 먹구름 속에 천둥이 울면서 마침내 예쁜 꽃이 피었듯이 나도 맛있고 예쁜 과일과 채소를 수확하기 위해서 힘든 노동을 하여 마침내 맛있고 예쁜 과일과 채소를 수확한 것이다. 나는 무슨 일이든 힘든 노력과 많은 시간을 투자해야 한다는 것을 배운 좋은 경험이라고 생각했다.

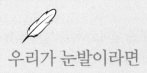

우리가 눈발이라면

안도현

우리가 눈발이라면 허공에서 쭈빗쭈빗 흩날리는
진눈깨비는 되지 말자
세상이 바람 불고 춥고 어둡다 해도
사람이 사는 마을
가장 낮은 곳으로
따뜻한 함박눈이 되어 내리자
우리가 눈발이라면
잠 못 든 이의 창문가에서는
편지가 되고
그이의 깊고 붉은 상처 위에 돋는
새살이 되자

너는 함박눈이었는가

손명진

눈은 이 세상에서 이쁘다고 하는 것들 중 하나이다. 눈을 좋아하는 사람도 있고 싫어하는 사람도 있겠지만 대부분의 사람들은 펑펑 아름답게 내리는 눈을 추운 겨울날에 기다린다. 그렇지만 우리는 펑펑 내리는 함박눈을 좋아하지만 어중간하게 내리는 진눈깨비는 좋아하지 않는다. 이제 이 눈과 같은 아름다운 존재와 그에 대한 부끄러운 나의 경험을 말하려고 한다.

함박눈처럼 아름다운 그분

추운 지난겨울이었다. 예년보다도 훨씬 춥고 눈도 꽤 내렸다. 방학 중이었지만 나는 평소와 같이 독서실에 가기 위해 나에겐 이른 아침 시간에 일어나 머리를 감고 대충 말린 채로 눈을 비비며 집 밖으로 나섰다. 밤새 눈이 왔는지 길가에 소복이 눈이 쌓여 있다. 이른 시간이라 사람이 지나간 자리가 없고 내가 처음으로 그 눈길을 밟았다. 누구나 알듯이 아무도 안 밟은 눈길을 밟는 것은 그렇게 기분이 좋을 수 없다. 그러나 어느 순간 길을 가다가 다른 누군가의 발자국이 보였다. 여러 개도 아니고 단 한 사람 것이었다. 우연히 독서실과 그 발자국이 향하는 방향이 같아서 길을 계속 가다 보니 무엇인가 땅을 쓰는 소리가 났다. 발걸음을 더 재촉해서 가보니 추위로부터 견디기 위해 몸을 감싸고 흔히 볼 수 있는 형광색 조끼를 입은 환경미화원 아저씨였다. 평소에도 학교에 가기 위해 버스 정류장에 나와서 기다리고 있으면 환경미화원 분을 자주 뵌 적이 많았다. 하지만 그날은 몹시 춥고 눈까지 오는 날이었다. 아저씨의 쓰레기 자루는 벌써 반 이상 차 있었고 내가 가는 길목마다 깨끗하게 청소가 되어 있었다. 평소 같으면 쓰레기가 많아 악취로 가득했던 저 골목 전봇대 앞도 깨끗

171

이 청소 되어 있었다. 아저씨는 하나하나의 쓰레기를 놓치지 않기 위해 열심히 청소하지만 나는 그냥 묵묵히 겉옷 주머니에 손을 넣고 고개를 옷에 파묻은 채 그의 곁을 지나쳐 버렸다. 그리고 독서실에 다다를 쯤 나의 옆에 있는 아이스 크림을 먹다가 버린 쓰레기를 보게 되었다. 나는 평소 같으면 주워서 버렸겠지 만 이번에는 아이스크림이 먹다가 남긴 것이라서 더러워서 그냥 지나쳐 버렸 다. 그러고는 그냥 독서실에 가서 공부하고 저녁에 나오는데 지나치다 보니 그 아이스크림 쓰레기는 벌써 없어졌다. 나는 그 쓰레기가 있는 장소에서 멍 때리 고 서 있을 수밖에 없었다.

나는 진눈깨비

그 쓰레기를 보고 한참 동안 멍 때릴 수밖에 없었던 나는 정말 부끄러웠다. 비록 단순한 쓰레기 하나지만 나를 후회하고 다시 생각하게 만들었다. 그렇게 그 장소에서 생각하고 집에 가는 길. 눈이 온다. 하지만 이번엔 하얗고 이쁜 눈 이 아닌 아주 작고 힘이 없는 진눈깨비였다. 그 눈은 역시 작고 힘이 없어서 금 방 땅에 닿자마자 녹아 없어진다. 쌓이지도 않고 춥기만 더 춥게 만드는 진눈깨 비. 나는 남에게 도움도 안 되고 남을 생각하지 않고 오로지 나 자신만 아는 내 가 진눈깨비 같다고 느꼈다. 집에 도착하고 샤워를 하고 잠이 들기 전 창 밖으로 진눈깨비는 계속 내린다. 그리고 지나가는 이웃주민 아주머니 한 분이 쓰레기를 버리면 안 되는 장소에 버리시고 가신다. 나는 3층에서 밖으로 쓰레기를 버리 면 안 된다고 외치려고 소리를 내지만 소리가 나지 않았다. 아니 낼 수 없었다.

당신은 함박눈? 아니면 진눈깨비?

그날 이후 난 진눈깨비라는 약하고 힘없고 다른 사람에게 도움이 안 되는 존재에서 벗어나고 싶었다. 그래서 나는 이 시처럼 가장 낮고 붉은 상처를 지닌 곳에 내리는 함박눈이 되기 위해 봉사 점수가 목표가 아닌 오로지 봉사라는 그 자체로 꾸준히 참여하게 되는 계기가 되었다. 항상 남에게는 관심이 없고 나만 알던 내가 함박눈을 맞으며 환경미화원 아저씨 때문에 이렇게 생각이 바뀌게 된 것에 감사한다. 마지막으로 당신은 가장 낮은 곳까지 깊숙이 내리는 따뜻한 함박눈입니까? 아니면 처음의 나처럼 내리자마자 사라지는 진눈깨비 입니까?

행복

나태주

저녁 때
돌아 갈 집이 있다는 것

힘들 때
마음속으로 생각할 사람이 있다는 것

외로울 때
혼자 부를 노래가 있다는 것

사소한 것에 행복하기

이지윤

과거의 나는 항상 행복이 저만치 멀리에 있다고만 생각했었다. 내가 가지고 있는 안에서 만족하지 못했고, 남의 것과 비교하기 급급했다. 하지만 지금 나는 사소한 것에 행복하려고 그 순간순간에 충실하려고 노력하고 있다. 나태주의 〈행복〉처럼 나는 매우 일상적이고 평범한 일 속에서도 행복을 느끼려고 하고 있다. 곰곰이 생각해 보니 나는 저녁에 돌아갈 집이 있고, 힘들 때 마음속으로 생각할 사람이 있고, 심지어 외로울 때 혼자 부를 노래가 있다. 나는 얼마나 행복한 사람인가? 내가 가진 것에 감사하고 행복해 할 줄 알아야겠다는 다짐을 다시 한 번 하게 하는 시이다. 설령 내가 돌아갈 집이 없고 생각할 사람이 없고 외로울 때 부를 노래가 없다고 한들 내가 그 상황 속에서 최소한의 행복을 느낄 줄 안다면 되는 것 아닌가?

행복에 대한 나만의 기준

행복은 상대적이라 느낄 때가 많다. 그래서 남과 비교하면 끝이 없다. 행복은 상대적이기 때문에 나만의 기준을 세워야 한다. 나의 기준은 그냥 단지 그 순간 나의 기분이다. 남의 행복과 비교해 보는 것은 어리석은 일이다. 하지만 나도 그런 어리석은 짓을 하곤 했다. 남의 떡이 더 커 보인다는 말이 있듯 내가 가진 것의 크기와 양을 남의 것과 비교하면서 나의 행복을 평가하곤 했다. 나를 끊임없이 불만족의 굴레에 빠뜨리는 짓이었다. 고등학교에 올라온 후 더 심해졌고 그런 상황에서 나 자신이 가장 힘들었다. 뭔가 변화가 필요하다고 생각했다. 가장 친구에게 고민을 털어놓았다. 그 친구가 그랬다. "니가 가진 것에 만족하면 되잖아." 진부해 보이는 말일지라도 그 순간 나에게 가장 필요한 말이었다.

"그렇네? 내가 가진 것에 만족하면 되는 거네? 없는 걸 가지려고 괴로워하기보다는 있는 것에 만족하고 행복하다고 느끼면 그게 진짜 행복인 거지." 그때부터 행복에 대한 나의 가치관에 변화가 생기기 시작했고 사소한 일상을 소중히 여기고 그 속에서 행복을 찾으려 했다. 생각했던 것보다 행복은 가까이에 있더라.

일상 속 행복들

학교 심야자습을 마치고 집에 돌아와서 남동생과 별 쓸모없고 우스운 소리를 서로 주고받았던 적이 있었다. 얼마나 의미 없는 말이었으면 아무리 생각해도 무슨 말을 했는지 기억도 안 나는 그런 말들을 하면서 깔깔댔다. 곧 고3이라는 압박감, 진로 고민 등으로 지쳐 있던 상태였기 때문에 그런 사소한 것들로도 웃음이 났었나보다. 엄마가 뭐가 그렇게 행복하냐고 물었다. 나는 그냥 두 살 터울 동생과 아무 생각 없이 정말 의식의 흐름대로 이야기를 주고받을 수 있다는 것 자체로 좋았다. 정말 사소한 일이지만 나는 행복했다.

몇 년 전, 아빠가 발등을 크게 다치신 적이 있었다. 다시 생각하기 싫을 정도로 위험하고 끔찍한 사고였다. 매일 저녁 일 끝나고 집에 오셔서 게으름 피우고 있는 나에게 방 치우라고 뭐라 하시던 아빠가 한 달 정도를 병원에 계셨다. 그때 깨달았다. 매일 있던 것이 없으니까 그때서야 알게 되었다. 너무나도 당연했던 일상이 한순간에 사라질 수도 있겠구나. 너무나도 일상적인 것들이 다 '행복'이었구나. 매일 들을 것만 같았던, 한 귀로 듣고 한 귀로 흘렸던 아빠의 잔소리를 그렇게 듣고 싶었던 적도 그때가 처음이었다. 요즘도 아빠 발등을 보고 생각한다. 지금 내가 당연하게 여기는 것들이 영원히 그런 것만은 아니라고. 그 순간을 소중히 여기고 행복해야겠다고.

행복, 긍정적 변화

현재의 나는 과거에 비해 많이 바뀌었다. 사소한 것에 만족하고 행복해 하다 보니 자연스럽게 긍정적인 생각도 많이 하게 되었다. 가장 크게 바뀐 것은 남과 비교하는 것보다 나의 것에 행복할 수 있게 되었다. 이런 변화를 통해서 나 자신이 만들어 내는 정신적 스트레스가 줄었다. 실제로 가족들이 내가 웃음이 많아졌다고 말한다. 작은 것에 행복해 하는 것이 이렇게 중요한 것이라는 걸 새삼 깨닫는다. 지금이라도 깨닫게 되어 다행이지만 좀더 일찍 알게 되었으면 어땠을까 하는 아쉬움이 남는다. 물론 항상 행복한 일들만 있는 것도 아니지만 힘들고 불행한 일들은 빨리 잊고 내일의 행복을 찾으려 한다. 그냥 사소한 것에 감사하는 것이다. 심지어 나는 샤워 중 떨어지는 샴푸 통을 아슬아슬하게 피한 것 가지고도 '휴… 발등에 맞지 않아서 감사하다'라고 생각한다. 좀 웃길 수도 있겠다. '누구한테 감사한다는 거야? 하나님?' 안타깝게도 나는 종교가 없기 때문에 하나님은 아니다. 정해진 대상은 없다. 그냥 감사하는 거다. 암 환자가 이런 식으로 사소한 것에 감사하는 습관을 들인 이후로 암을 극복했다고 하는 것을 어디선가 들었다. 그것이 거짓일 수도 인과관계가 없을 수도 있지만 나의 긍정적인 변화에 영향을 준 것들 중 하나이다. 가장 큰 영향을 준 나의 친구에게 너무 감사한다. 그리고 이런 친구가 있다는 것에 나는 충분히 행복한 사람이다. 앞으로도 '작은 것에 행복해 할 줄 알기'와 나태주의 시〈행복〉을 마음속에 소중히 간직할 것이다. 나는 사소한 것에 행복하기로 했다.

친구에게

이해인

나무가 네게 걸어오지 않고서도
많은 말을 건네주듯이
보고 싶은 친구야
그토록 먼 곳에 있으면서도
다정한 목소리로 나를 부르는 너를
어떻게 잊을 수 있겠니?

겨울을 잘 이겨냈기에
즐거이 새 봄을 맞는
한 그루 나무처럼 슬기로운 눈빛으로
나를 지켜주는 너에게
오늘은 나도 편지를 써야겠구나

네가 잎이 무성한 나무일 때
나는 그 가슴에 둥지를 트는
한 마리 새가 되는 이야기를
네가 하늘만큼 나를 보고 싶어 할 때
한 편의 시로 엮어 보내면
너는 너를 보듯이 나를 생각하고
나는 나를 보듯이 너를 생각하겠지?
보고 싶은 친구야

우리는 멀어도 상관없어

김수진

　서로 의지하고 가깝게 지내던 친구와 이별하기란 쉽지 않은 일이다. 이별하면 그리움에 아파하고 눈물 흘리겠지만 먼 곳에서도 친구가 나를 생각해 주고 찾아준다면 그것만으로도 상처가 아물듯 그리움으로 인한 아픔들도 사라져 간다. 물론 내가 먼저 나를 그리워하고 있을 친구에게 먼저 편지를 보내 안부를 전하는 것도 친구의 사랑에 보답할 수 있는 것이다. 이처럼 진정한 친구라면 가까이 있든 멀리 있든 마음이 통하고 분명 서로를 떠올리며 미소 짓고 의지하고 있을 것이다.

어떤 곳일까

　인천에 살던 11살 때 부모님께 이사 간다는 소식을 들었다. 그것도 멀리 대구로 간다고 하셨다. 하지만 어린 나이의 난 이사가 그저 설레기만 하는 일인 줄 알았다. 내가 자라온 곳을 떠난다는 것이 썩 좋지는 않지만 새로운 곳에 간다는 생각에 그곳은 어떤 곳일지, 새 집은 어떻게 생겼을지, 친구들은 어떨까 하는 생각으로 머리를 채웠다.

잘 있어

　그런데 생각해 보니 멀리로 떠나면 이곳의 모든 사람과 언제 다시 만날지 모르는 이별을 해야만 했다. 그곳 사람들은 나에게 소중했기에 한 명 한 명에게 편지를 써 마지막 인사를 전해 두기로 결심했다. 친구들에게도 이사 소식을 전하고 우린 마지막으로 추억을 만들기 위해 어렸을 때부터 자주 가던 산의 공원에 가서 소중한 시간을 보냈다. 친구들 모두 나에게 기억될 마지막 모습이라 생각하고 좋은 모습만 기억나게 해주려고 웃고 있었지만 속으로는 웃지 못했다는 것을 난 안다. 전날까지만 해도 가지 말라며 날 붙잡고 울고불고 하던 너희 모습이 이미 내 마음 깊이 자리잡고 있었기 때문이지. 이제 진짜 마지막이다. 친구들을 뒤로하고 난 가야 했다. "잘 있어!" 이 인사를 끝으로 나는 날 맞이할 새집으로 떠났다. 발길이 어찌나 무겁던지 내 발에 고철을 달아둔 줄 알았다. 친구들을 한 번이라도 더 보고 싶은 마음에 살짝 뒤를 돌아보니 우린 같은 슬픔이 눈에서 흐르고 있었다.

잘 있어?

우리가 떨어져 지낸 지 7년이 넘은 지금. 보고 싶다 정말. 하지만 우리는 서로 멀어도 상관없어. 이토록 먼 곳에 있으면서도 우린 언제나 서로의 편이었고, 너넨 모두를 두고 혼자 떠나야 했던 나에게 먼저 안부를 묻고 그리움이 담긴 편지를 나에게 전했으니까. 그리고 언제나 첫인사가 "잘 있어?"인 우리지만 저 한마디는 어느새 정말 잘 지내는지 힘든 일은 없는지 인천은 너무 춥진 않은지, 대구는 너무 덥진 않은지 친구를 걱정하는 우리의 마음이 담긴 말이 되었다.

고마워

그때의 인천 친구들은 나와의 추억을 소중히 여겨주고 나라는 친구를 기억해준 것만으로 멀리 이사 오게 되어 힘들었던 나에게 언제나 깜깜한 길의 가로등이 되어주고 빛나는 길의 동반자가 되어줬다. 시간이 점점 흐르면서 날 잊어가는 몇몇 친구들도 있지만 날 기억해 주는 너희만 있다면 나는 그걸로 됐다. 나도 슬프지만 날 잊는 친구들은 미련 없이 보내주고 항상 마음속에 나를 담고 있는 너희에게는 최선을 다하기로 했다. 내가 받은 사랑에 보답하기엔 너무나 큰 고마움이지만 난 언제나 든든한 버팀목이 되어줄 준비가 되어 있다. 그리고 가끔은 보고 싶다는 말보다 고맙다는 말을 하고 싶다. 친구야 사랑하고 고마워!

길

윤동주

잃어 버렸습니다.
무얼 어디다 잃었는지 몰라
두 손이 주머니를 더듬어
길에 나아갑니다

돌과 돌과 돌이 끝없이 연달아
길은 돌담을 끼고 갑니다

담은 쇠문을 굳게 닫아
길 위에 긴 그림자를 드리우고

길은 아침에서 저녁으로
저녁에서 아침으로 통했습니다

돌담을 더듬어 눈물짓다
쳐다보면 하늘은 부끄럽게 푸릅니다

풀 한 포기 없는 이 길을 걷는 것은
담 저 쪽에 내가 남아 있는 까닭이고

내가 사는 것은, 다만
잃은 것을 찾는 까닭입니다

길

박민규

지금 나는 내 꿈을 찾아 걷고 있다. 딱히 내가 무엇을 해야 하는지 무엇을 할지 생각도 없는 것 같다. 내 주위의 친구들을 보면 가끔 부럽다는 생각을 하기도 한다. 나는 지금 뭘 하고 있는지 내가 해야 할 것이 무엇인지 스스로에게 묻는 때가 있다. 그런데 조금 다르게 생각해 보자면 과연 학생에게 장래희망이 꼭 있어야 하는 것일까? 꿈이 없는 것이 비정상일까? 꿈이 있다고 어른이 되어 그 꿈을 이룰 수 있을까?

잃어버린 것

나는 고등학생이다. 학교에서도 학원에서도 내 꿈이 뭔지 묻는다. 나는 내 꿈이 뭔지 잘 모르겠다. 주위 친구들을 보면 다들 자기가 무엇을 하고 싶어 하는지는 몰라도 자신이 무엇을 잘하는지 자신이 자신 있는 것이 무엇인지 알고 있는 것 같아 보인다. 사실 내 친구들도 꿈이 안정해졌을지도 모른다. 하지만 내가 보는 세상에서는 나는 꿈이 없는 사람인 듯하다. 선생님들과 부모님은 꿈이 있어야 한다고 한다. 나는 잘 모르겠다. 내가 지금 잘하는 게 뭘까? 내가 나중에 어떤 일을 가진다면 그 일을 잘할 수 있을까? 이런 질문을 스스로에게 하며 다른 사람들에게 내 꿈에 대한 질문을 받는다면 나는 스스로가 꿈이 왜 없는지 생각해본다.

풀 한 포기 없는 길

풀 한 포기 없는 길을 상상하면 끝이 없을 것만 같고 척박한 흙길, 아스팔트길이 떠오른다. 꿈이 없는 나는 풀 한 포기 없는 길을 걷고 있는 것일까? 그냥 주위 풍경은 없이 길이 가는 대로 걷고 있다고 생각한다면 꿈이 없는 나는 풀 한 포기 없는 길을 걷는 것과 같은 처지라고 생각한다. 그렇다고 이 길을 벗어나려고 무턱대고 모두의 꿈인 9급 공무원을 내 꿈으로 정할 수는 없는 노릇이다. 나는 얼마 전 외갓집에 가서 어두운 밤 그냥 길을 걸었다. 한두 시간 걸었던 것 같다. 그냥 아스팔트길이었다. 풀 한 포기 없는 밤이 되어 차도 없고 사람도 없는 길을 걸었다. 아무것도 없었고 너무 어두워서 내가 걷는 동안 할 것도 없었다. 그냥 아무것도 없는 길을 무작정 걷기만 해야 할 뿐이었다. 나는 그날 계속 걷고 또 걸었다.

내가 사는 것

그 아스팔트의 아무것도 없던 길을 하염없이 혼자 걸으며 나는 외롭거나 쓸쓸하지 않았다. 걸으며 노래를 듣거나 핸드폰을 보지도 않았다. 그냥 아무것도 안 하면서 걷기만 했는데도 나는 그냥 주변의 분위기를 느끼며 많이 걸었지만 금방 도착한 느낌을 받을 수 있었다. 그 길을 걸으면서 잘 닦인 길이나 그런 텅 빈 길이나 다를 것이 없다고 느꼈다. 깨끗하게 포장이 된 길과 빈 흙길의 차이점은 안전하게 지나갈 수 있다거나 조금 더 빨리 갈 수 있다는 것이다. 깔끔한 길이나 흙길이나 목적지로 향하면 된다.

나는 풀 한 포기 없는 텅 빈 길 위에 있을지도 모른다. 하지만 그 길이 걷는다고 해서 내가 도착하는 곳도 아무것도 아닌 것이 아니다. 그리고 그 길을 걷는다고 도착하는 곳도 아무것도 없는 장소가 되는 것이 아니다. 그렇기 때문에 지금 당장 자신의 꿈이 없다고 해서 미래에 아무것도 안 하는 백수가 된다고 생각할 수 없다. 꿈이 없는 것이 좋은 것은 아니지만 당연하지 않은 것은 아니라고 생각한다. 그 길을 걸을 때는 아무 생각이 없었지만 이 경험으로 내 진로에 대해 생각해 보게 되었다. 지금 이 시기의 진로에 대해 고민하는 이 경험이 나중에 도움이 될 것이라고 마음을 먹고 살아야겠다고 생각해야겠다.

너의 하늘을 보아

박노해

네가 자꾸 쓰러지는 것은
네가 꼭 이룰 것이 있기 때문이야
네가 지금 길을 잃어버린 것은
네가 가야만 할 길이 있기 때문이야
네가 다시 울며 가는 것은
네가 꽃피워낼 것이 있기 때문이야
힘들고 앞이 안 보일 때는
너의 하늘을 보아
네가 하늘처럼 생각하는
너를 하늘처럼 바라보는
너무 힘들어 눈물이 흐를 때는
가만히
네 마음의 가장 깊은 곳에 닿는
너의 하늘을 보아

나의 하늘이 되어줘서 고마워

박지윤

당신은 실패를 겪어본 적이 있는가? 나는 당신이 실패를 겪고 좌절감에 너무 움츠러들지 않았으면 좋겠다. 당신은 세상을 살아가면서 앞으로도 더 많은 실패를 겪을 것이며 실패는 당신이 쓸모없다는 의미도, 당신이 패배자라는 의미도 아니기 때문이다. 실패는 그저 다른 방법으로 다시 시도해 보라는 의미일 뿐이다. 하지만 지독한 노력을 쏟아낸 당신을 아무도 알아주지 않는다면 당장은 당신이 우울감과 회의감에 당신이 노력하고 있는 모든 것의 의미를 찾지 못하고 방황할지도 모르겠다. 그럴 땐 '너의 하늘을 보아'라는 이 시를 한번 읽어보라. 이 시는 당신이 힘들었고 힘들어야만 했던 이유가 무엇인지 알려주며 위로한다. 또한 이 시는 당신이 고난과 역경을 겪을 때마다 당신의 하늘이 되어줄지도 모른다. 나에게 이 시가 그랬다.

이 시를 공감하게 해준 순간

내가 이 시를 이토록 좋아하는 이유는 이 시의 화자가 말한 것처럼 자꾸 쓰러지고 길을 잃어버리며 다시 울며 가야 했던 순간, 힘들고 앞이 안 보여 눈물을 흘렸던 순간이 나에게도 있었기 때문이다.

고등학교 1학년 2학기에 있었던 일이다. 나는 내가 할 수 있는 일에 최선을 다하며 조금이라도 무언가 더 해내기 위해 한 달간 각종 수행평가들과 내신 공부를 챙기며 6개의 대회를 나갔다. 기숙사에서 생활 중인 나는 야자시간과 심자 시간에 각종 수행평가 준비, 내신 공부, 대회 준비를 하고 1시가 되어 생활실로 돌아와도 쉽게 잠자리에 눕지 못하고 방 친구들에게 방해가 되지 않게 이불을 덮어쓴 채 스탠드를 키고 글쓰기를 보충하다가 피곤에 지쳐 바닥에서 잠들기 일쑤였다.

하지만 그 결과는 무참했다. 나는 단 하나의 대회에서도 수상하지 못했을 뿐만 아니라 내신 준비도 제대로 하지 못했다. 모든 것을 잘하려고 애쓰다가 하나도 제대로 해내지 못한 것이다. 그 한 달간 누구보다 열심히 살았다고 자부할 수 있을 정도로 노력했는데 그게 노력하지 않은 것이나 다름없는 결과를 낳았다고 생각했기에 억울함에 분통이 터질 지경이었다. 난 자꾸 쓰러지며 길을 잃었지만 다시 울며 가야 했던 것이다.

이 시를 처음 만난 순간

나는 이 시를 내가 정말 존경하고 좋아하는 김미향 선생님의 수업시간에 처음 만났다. 10개의 시를 읽으며 감상평을 쓰는 수업시간. 이 시는 8번째에 있었는데 사실 앞에 있던 7편의 시는 그저 그랬다. 무슨 시가 있었는지 기억조차 안 날 정도로. 아니 어쩌면 그때는 앞에 있던 7편의 시들도 충분히 멋지다고 느꼈는데 이 시 '너의 하늘을 보아'가 너무 감명 깊어서 앞에서 읽었던 시를 다 잊어버린 걸지도 모르겠다. 그렇게 시를 읽으며 감상평을 쓰다가 마침내 이 시를 읽은 순간, 난 한 글자 한 글자 찬찬히 읽어 내려가면서 눈물이 내 눈앞을 가리고 있다는 것을 깨닫고 서둘러 눈길을 다른 곳으로 돌렸다. 그 시를 당장은 더 이상 읽을 수 없었다. 시를 조금이라도 더 읽으면 정말 눈물이 흐를 것 같았기 때문에. 그래서 딴청을 피우다가 결국 그 뒤에 있던 시 2편은 한 글자도 읽지 못한 채 수업을 마쳤다. 그리고 기숙사로 돌아와서 마침내 이 시를 끝까지 읽어보았다. 이번엔 마음껏 눈물을 흘리면서.

이 시를 많은 친구들에게 알릴 수 있었던 순간

수험생활을 겪으며 나 같은, 아니 어쩌면 나보다 더 큰 실패와 좌절을 겪은 친구들이 많을 것 같다. 그래서 나는 소현이와 함께 나간 영어 말하기 대회에서 이 시를 영어로 번역하고 수험생활에서 겪을 수 있는 시련에 대한 위로의 말을 담아 많은 친구들 앞에서 발표했다. 정말로 내가 하고 싶었던 말을 했기 때문일까? 이번엔 노력을 쏟은 만큼 원하는 결과를 이뤄낼 수 있었다.

이 글을 마치며

내가 이 시를 읽으며 자꾸 눈물을 흘릴 수밖에 없었던 이유는 이 시는 내가 힘들었던 것들을 다 알아주고 위로해 주는 것 같았기 때문이다. 또한 이 시에서 '너의 하늘을 보아, 네가 하늘처럼 생각하는, 너를 하늘처럼 바라보는. 너무 힘들어 눈물이 흐를 때는 가만히 네 마음의 가장 깊은 곳에 닿는 너의 하늘을 보아'라는 구절에서 '하늘'이 나에게는 내가 하늘처럼 생각하고 나를 하늘처럼 바라보는, 내 마음 가장 깊은 곳에 닿는 우리 엄마인 것 같았기 때문이다. 누구보다 내가 하늘처럼 의지하는 사람은 엄마라는 것을 깨닫고 엄마께 더 잘해드려야겠다는 생각이 들기도 했다.

나는 앞으로도 살면서 수많은 도전을 할 것이고 역경을 겪기도 할 것이다. 예전엔 실패할 용기가 없어 도전조차 기피했지만 이제 난 더 이상 실패를 두려워하지 않는다. 성공한 사람들은 다른 사람들보다 성공할 확률이 높은 것이 아니라 더 많이 도전하고 더 많이 실패를 겪기 때문에 더 많은 성공을 할 수 있다는 것을 알기 때문이다. 하지만 실패를 겪으면 당장은 마음이 좀 아플지도 모른다. 그럴 때마다 난 이 시를 떠올리며 내 마음을 치유 받을 것 같다. 이 시는 나에게 또 다른 하늘이 되어준 것이다. 나는 끊임없는 도전과 실패로 지친 많은 사람들이 이 시를 읽고 또 하나의 마음의 안식처를 찾을 수 있기를 바란다.

다시

박노해

희망찬 사람은
그 자신이 희망이다

길 찾는 사람은
그 자신이 새길이다

참 좋은 사람은
그 자신이 이미 좋은 세상이다

사람 속에 들어 있다
사람에서 시작된다

다시
사람만이 희망이다

희망 만세!

신대원

이 시에서, 화자는 희망이 별것이 아니라 한다. 그것은 산에서도, 바다에서도, 어느 공간에서도 찾을 수 없는 것이다. 희망은 사람, 즉 자기 자신 속에 있는 것이다. 그래서 희망을 찾기 위해선 자기 속을 들여다봐야 한다. 아래는 내 경험을 바탕으로 작성한 시에 대한 감상이다.

한자를 좋아하는 아이

나는 어렸을 때부터 한자를 좋아했다. 만화나 책 등을 접하면서 어린 시절에 많은 문자들을 알게 되었다. 열정도 대단했다. 물론 지금 생각해 보면 그렇게 새것을 배운다는 것은 힘들지만, 적어도 옛날엔 처음 접해 보는 공부라는 것이 재미가 있었기에 한자를 열심히 배우고 외울 수 있었다.

한문 시험

그러던 어느 날 처음으로 내게 한문 4급 자격증 시험을 쳐보자는 선생님의 제안이 들어왔다. 그때 내가 12살이었는데, 자격증이라는 이름도 생소했지만 무언가에 대한 도전을 한다는 점이 내 마음을 매료시켰다. 결국 나는 몇 달 후에 시험을 치기로 했고, 좋아하는 만화 영화도 보지 않고 공부에 몰두할 정도로 내 관심은 온통 자격증 시험에만 몰려 있었다. 그런데 노력하던 내게 커다란 고난이 닥쳐왔다. 폐렴에 걸린 것이다. 어찌나 심하게 걸렸던지 혼자서는 물도 제대로 마시지 못할 만큼 고된 입원 생활이 계속되었고, 나는 절망할 수밖에 없었다. 더군다나 그때는 시험도 겨우 한 달 정도 밖에 남지 않았는데, 눈 뜨기도 힘들 정도로 크게 아팠다. 지금까지의 노력이 모두 물거품이 됐다는 것이 너무

분해서 엄마 몰래 밤에 펑펑 울기도 했다. 의사 선생님은 적어도 2주간은 병원에서 심신을 편히 달래야 한다고 했다. 너무 슬프고 힘든 나날이었다. 결국 '한자 따위'라는 생각으로 나는 계속해서 병원 침대 위에 누워 있을 뿐이었다. 참으로 고된 시간이었다. 아마 내 과거 중 가장 비참했던 세월이었을지도 모른다. 그런데 입원 중 어느 날, 병원 텔레비전에서 어느 영화가 나왔다. 지금엔 기억이 나지 않아서 어떤 영화였는지는 알 길이 없지만, 적어도 주인공의 명대사만은 기억하고 있다. "흙물에서도 꽃은 핀다." 이 말은 어린 내게 큰 위안을 줌과 동시에 다시 일어설 힘을 부여했고, 나는 힘든 상황 속에서 다시 노력을 계속하기로 결심했다. 엄마를 통해서 책과 카드를 받아 외울 수 있는 것부터 아직 몰랐던 것까지 모두 외웠다. 그 행위는 미래의 시험에 있어 큰 도움이 되었다.

승리하다

며칠 후 나는 퇴원했고, 비실비실해진 몸으로도 한자를 계속해서 외웠다. 학교에서도, 집에서도, 입원 전처럼 의지를 가슴속에 꼭 쥐고 시험에 대해서만 생각했다. 결국 대망의 그날이 다가왔다. 시험실에 입장했을 때의 그 비장했던 공기를 지금도 잊을 수가 없다. 종이 치고 몇 시간이나 지났을까? 시험이 끝나고 집으로 들어섰을 때부터 내 관심사는 시험에서 시험 결과로 바뀌었다. 그때 내가 할 수 있는 것들은 기다림뿐이었다. 몇 주후 답변이 인터넷에 떴다. 합격이었다. 두려움과 긴장감은 환희로 바뀌었다. 지금에 와서는 그 환희들도 모두 추억 밖에 더 될 수 없지만, 그래도 자기 속에서 찾은 희망이 힘을 준 것에 대해 감사한다. 앞으로도 자신의 희망을 찾는 자세로 어떤 어려움도 견뎌내는 힘을 잃어버리지 않기를 두 손 모아 깊게 바란다. 또한 훌륭한 시를 써 주신 박노해 시인께도 감사를 드린다. 희망을 내면에서 찾는 것만큼이나 우수에 찬 행위는, 아마 전에도 후에도 지금도 없을 것이다. 내 속에서 희망을 찾자. 희망 만세!

살아갈 이유

나태주

너를 생각하면 화들짝
잠에서 깨어난다
힘이 솟는다

너를 생각하면 세상 살
용기가 생기고
하늘이 더욱 파랗게 보인다

너의 얼굴을 떠올리면
나의 가슴은 따뜻해지고
너의 목소리 떠올리면
나의 가슴은 즐거워진다

그래, 눈 한번 질끈 감고
하나님께 죄 한번 짓자!

내 삶의 일부

최지민

시에서 '너를 생각하면 세상 살 용기가 생기고 하늘이 더욱 파랗게 보인다' 라는 부분이 있다. 이것처럼 나에게도 생각하면 내 생활에 용기가 생기고 모든 것이 즐겁고 긍정적으로 보이게 하는 사람이 있다. 그 사람을 만나고 내 삶의 일부가 달라졌다. 이때까지는 누군가에게 영향을 받아서 내 삶이 바뀐 적이 없었는데 이 사람을 만나고 나서는 내 삶이 바뀌었다. 이 사람은 내 삶의 모든 부분에서 영향을 주고 있으며 나 또한 이 사람에게 많은 부분에서 영향을 받고 있다. 그래서 '나는 이 사람을 많이 생각하고 있구나'라는 것을 느꼈다. 시의 마지막 부분처럼 나도 '그래, 눈 한번 질끈 감고 이 사람에게 최선을 다해 보자' 라고 생각했다. 이 사람은 나에게 정말 소중한 사람이다. 그에게 '너도 그렇게 생각하니?'라고 묻고 싶다.

그를 만나기 전엔

나는 그를 만나기 전까지는 내 삶에 활력이 없었다. 내가 왜 학교를 다니는지도 잘 모르겠고 어떤 일을 해도 재미를 느끼지 못하였다. 그냥 그렇게 시간 흘러가는 대로 살아왔다. 그리고 왠지 모르게 항상 힘이 없었고 이유 없이 우울한 일이 많았다. 하지만 내가 이렇게 힘든 것을 털어놓으면 진심으로 위로해 주고 공감해 주며 같이 아픔을 느껴줄 사람이 몇 없었다. 있다고 해도 어렸을 때부터 같이 자라온 단짝 친구뿐이었는데 이제는 친구에게조차 털어놓을 수 없는 일도 생기고 항상 나 힘든 것만 말하는 것 같아 미안한 감정도 생겨 친구에게도 말하는 것이 꺼려졌다. 그래서 나는 항상 외로움을 많이 타고 자존감도 낮았다.

사랑이라는 감정

힘들었던 1학년이 지나고 설레는 마음으로 2학년에 올라왔다. 새 학기가 시작된 지 얼마 지나지 않아 내가 이상하게도 자꾸 기분이 좋아지고 빨리 학교에 가고 싶다는 생각이 들었다. 나도 내가 바뀌는 것을 느끼고 있었다. 자꾸만 눈길이 가고 그 사람 행동 하나하나에 신경이 쓰였다. 그래서 나는 그 사람의 관심을 끌기 위해 노력을 했고 그 결과, 그 사람의 마음에도 내가 들어갔다. 그 사람은 조금의 정조차 없던 나를 바꿔놓았다. 그리고 나에게 최선을 다해 마음을 표현해 주었고 사랑이라는 감정도 가르쳐 주었다. 그러면서 나도 점점 내 삶에 활력을 느끼고 웃는 일이 많아지며 '힘들다'라는 생각도 조금씩 잊어갔다.

변화

내가 만난 소중한 사람은 바로 남자친구이다. 남자친구를 만나고 내 생활에서 바뀐 것 중 가장 큰 한 가지는 바로 학교생활이다. 나는 학교생활에 적극적이지 않고 열심히 생활하지 않았다. 하지만 남자친구를 만나고 학교생활에 열심히 참여하기 시작했다. 내가 뭐든지 열심히 하는 모습을 보여서 그의 눈에 예쁘게 보이고 싶을 뿐만 아니라 주변 사람들의 눈에도 우리의 만남이 서로에게 좋은 영향을 끼쳐서 뭐든지 잘 한다는 모습을 보여 더욱 떳떳해지고 싶기 때문이었다.

없어서는 안 될

이렇게 매일매일 함께 지내다 보니 이제는 내 생활에서 남자친구를 빼놓으면 허전할 정도가 되었다. 남자친구는 기숙사 생활을 하는데 시간의 제약이 있다 보니 서로 마음대로 연락할 수가 없다. 그래서 나는 항상 기숙사에서 연락되는 시간만 기다리고 빨리 아침이 되어서 학교에 가서 만나고 싶다는 생각뿐이다. 만약 무슨 일이 있어서 연락이 할 수 없거나 잠시라도 떨어져 있으면 속상하고 불안하고 우울하다. 한 번이라도 더 보고 싶고, 목소리 듣고 싶은 그런 없으면 안 될 그런 존재가 되었다.

섬에서

나태주

그대, 오늘
볼 때마다 새롭고
만날 때마다 반갑고
생각날 때마다 사랑스런
그런 사람이었으면 좋겠습니다

풍경이 그러하듯이
풀잎이 그렇고
나무가 그러하듯이

항상 새로운 사람

황성우

이 시에서는 '그대'가 볼 때마다 새롭고 만날 때마다 반갑고 생각날 때마다 사랑스럽기를 바라고 있다.

나에게도 그런 '그대'가 있다. 그 '그대'도 나와 같이 생각해 줄까? 나의 '그대'도 나와 조금이라도 생각이 같았으면 좋겠다.

아름다운 만남

고등학교 2학년이 되고 한 달이 덜 됐을 무렵, 우리 반에 한 여학생이 눈에 들어오기 시작했다. 나에게 총 총 총 걸어와 새콤달콤을 까주던 그 귀여운 모습을 보고 첫눈에 반했다. 다른 아이들에겐 하나씩 줬지만 나에겐 특별히 두 개를 준다 한다. 그 말이 너무 귀엽게 들렸고, 걔가 가까이 오면 심장박동이 빨라지고 걔랑 있으면 행복해지기 시작했다.

용기

그렇게 좋아하는 마음을 키워가다가 내가 유도 대회에 나가기 전날이 왔다. 그 아이는 나에게 응원을 해주고 싶었는지 종례가 끝나고 수줍어하는 모습으로 담임 선생님께 가서는 "쟤 내일 유도 대회한다는데 파이팅 한 번만 해주세요."라고 했다. 진짜 귀여움의 끝판왕이다. 그런 마음이 너무 예뻐 보였고 난 고백하기로 결심했다. 그리고 난 후, 난 대회에서 나쁘지 않은 성적을 거두었고 그날 밤, 용기를 가지고 고백했다.

항상 새로운 사람

그렇게 그 아이는 내 여자친구가 되었다. 그렇게 내 삶의 일부가 되었고 내가 왜 공부해야 하고 왜 살아야 하는지 동기부여를 할 수 있게 해주는 그런 사람이 바로 내 여자친구이다. 그 아이도 나를 많이 좋아했으면 좋겠고 좋아하는 마음 식지 않게 나는 그 아이에게 항상 새로운 사람이고 싶다. 볼 때마다 새롭고 만날 때마다 반갑고 생각날 때마다 사랑스러운 그런 사람이었으면 좋겠다.

앞으로도 별 탈 없이

여자친구를 사귀면서 이런 일 저런 일을 함께 겪으며 지내왔다. 싸운 날도 많았고 좋은 날은 더 많았다. 싸우고 서로에게 상처를 준 날도 많았지만, 서로 대화하며 잘 풀어갔고 지금까지도 잘 사귀고 있다.

처음에는 싸우면 세상이 무너지는 것 같았고 삶의 희망을 잃었지만, 이젠 싸워도 대화로 잘 해결될 것 같고 금방 풀릴 것만 같다. 지금까지 이런저런 일들 많았지만, 별 탈 없이 잘 지내왔다. 앞으로도 별 탈 없이 잘 지냈으면 좋겠다.

이 글을 쓰며

이 글을 쓰며 나태주 시인의 '섬에서'라는 시와 내 삶을 연관 지어서 생각해 보게 되었는데, 처음 해보는 거라 그런지 조금 힘들기는 했다. 평소 시를 즐겨 읽진 않지만, 시를 한 번 읽게 되면 그 시에 푹 빠져버리곤 한다. 이런 경험을 하고 나니 앞으로도 시를 읽으면 그 시와 내 삶을 연관지어서 생각할 것 같다. 지금까지 이런 글을 쓰며 조금은 오글거린다고도 생각을 했지만, 좋은 시간이었던 것 같다. 앞으로는 시와 내가 좀더 가까워질 것 같다. 그리고 개인적으로 사랑과 관련된 시를 많이 쓰는 나태주 시인의 팬이 된 것 같고 앞으로도 나태주 시인의 시들을 많이 찾아볼 것 같다.

chapter 3

바라본다는
것

고장난 선풍기 ♪

MC몽

바람이 불다 멈춘 고장난 선풍기
어른이 되어가는 2차 성장기
고통아 이제는 난 네가 익숙해
친구 같은 눈물은 내 뼛속 깊숙이

내게 용기란 건 이미 오래 전에 졸업
벌써 서른여섯 허풍도 못 떨어
동생아 들어 봐 이제 형아는
바람이 불다 멈춘 고장난 선풍기

유난히 바람이 세차게도 분다
사람과 사람 사이에 거리를 둔다
불안한 마음에 자꾸 뒤를 돌아본다
자꾸 익숙해지는 두려움이 싫다

매번 똑같은 악몽을 꿔
내 나이 탓에 자꾸 무리수를 둬
아무도 볼 수가 없다 라는 건
마치 바다 위에 피아노

가을 하늘도 세차게 바람이 불고
울려 퍼질 듯 서럽게 서럽게 울고
하루를 살더라도 난 후회
더 후회 안 하려 널 위해 살았었구나 라고

바람아 고장난 날 싣고 떠나가

첫사랑

이윤학

그대가 꺾어준 꽃
시들 때 까지 들여다 보았네
그대가 남기고 간 시든 꽃
다시 필 때까지

(sky is the limit i'm in it to win it)
익숙한 슬픔이 몰아쳐
(start in the bottom start in the bottom)
붙잡기 전에 달아나 달아나
(sky is the limit i'm in it to win it)
달아나 달아나 멀리

저 하늘은 태양을 달을 별을 구름을 친구로 만들고
나는 땅을 사람을 꿈을 친구로 만들어
때론 보이고 때론 보이지 않아
때론 입고 때론 입지 않는 옷장 안
옷들처럼 기다릴 뿐 잡고 싶어도 못 잡아
꽃장단 하고 꽃가마 타는 신부처럼
설레는 삶 걱정 반 기대 반
때론 아무도 곁에 없지만 괜찮아

바람이 불다 멈춘 고장난 선풍기

최성빈

　나는 선물 받은, 아니 굳이 선물 받은 게 아니더라도 물건을 함부로 버리지 않는다. 물건 하나하나에 소중한 추억이 깃들어 있고 선물 받은 물건을 버리면 그 사람과 나의 관계에 대한 실례라고 생각하기 때문이다. 심지어는 선물 포장지도 쉽게 버리지 못하고 모아 놓으니 말이다. 어쩌면 '고질병'같기도 한 이 습관 때문에 엄마한테 핀잔을 들은 적도 꽤 있지만 아직 고치지 못하였다. 이 시의 화자 또한 다 시들어 버린 볼품없는 꽃을 알 수 없는 미련을 가지고 붙잡고 있다. 다시 필 수 없다는 걸 알면서도 붙잡고 있다. 꽃은 아름답지만 시든 순간부터 아름다움을 잃어버린다. 화자는 과연 볼품없는 시든 꽃이 아름다워서 보고 있는 것일까? 내가 생각하기에 화자는 시들어 버린 꽃 뒤의 아름다운, 아름다웠던 추억을 보고 있는 것 같다. 나에게도 이런 물건들이 참 많은데 그중에서도 나의 필통과 관련된, 어쩌면 좀 찌질한 아름다운 이야기를 시작해 보려 한다.

내가 그의 이름을 불렀을 때 그는 나에게로 와서 꽃이 되었다

　내가 초등학생 때의 일이다. 선생님이 옆의 여자 짝꿍과 손잡으라고 시키면 아무 생각 없이 잡던 저학년 시절은 가고 우리도 우리 나름대로의 가치관이 형성되어 갈 시기였다. 지금도 나이가 어린 커플들을 보면 머리에 피도 안 마른 놈들이 연애한다며 곱게 보지 않는 대부분의 시선처럼 나도 여자아이들과 놀면 죄라도 짓는 줄 알았다. 그래서 괜히 여자한테 관심 없는 척이랍시고 관심의 표현을 거칠게 하는 아이들이 많았다. 나는 먼저 다가오면 누구보다 활짝 마음을 열지만 내가 먼저 다가가지는 않는 성격이라 새 학기 짝 정하기를 하면 걱정이 많이 되었다. 활동 위주의 수업이 많은 초등학교에서 옆 짝꿍은 상당히 중요한 부분을 차지하기 때문이다. 그래서 나는 그때 짝꿍이 내게 먼저 말을 걸어주기를 간절히 바라고 있었다. 어색한 첫 만남. 하지만 싫지만은 않은 그 간지러운 느낌은 그때의 나만 느낄 수 있었던 소중한 추억이다. 아마 그 때 내 짝은 나에게 지우개를 빌려 달라 했었던 것 같다. 이 작고 사소한 말 한 마디에 우리는 말문이 트였다.

내가 먼저 다가가기

그후로 우리는 급속도로 친해졌다. 누가 보면 오래전부터 알고 지내던 사이 인 줄 착각할 정도로 어색함 따위는 눈 녹듯이 사라졌다. 예나 지금이나 장난을 좋아하는 성격 탓에 내 심한 장난으로 인해 울기도 하고 웃기도 하고 매일 붙어서 티격태격 했다. 이때가 학기 초였으니깐 내 생일이 있는 달이었는데(3월 23일) 이때만 해도 생일파티 하는 것이 유행이었고 당연했다. 하지만 나는 항상 초대만 받았었지 내 생일 파티를 해본 적이 없었다. 엄마도 집에 누가 오는 걸 별로 안 좋아하셔서 그냥 당연히 안 하는 건 줄만 알았는데 왠지 모르게 그 때는 몇날 며칠을 조른 것 같다. 어쨌든 엄마의 반대를 무릅쓰고 우여곡절 끝에 허락을 받아내어 친구들을 초대해야 되는데 문제가 생겼다. 정말 많은 생일 파티에 가봤고 초대장을 받아봤지만 막상 내가 하는 건 처음이라 어떻게 초대해야 할지, 누구를 불러야 할지 아무것도 모르겠고 말을 꺼내기가 부끄러웠다. 거절에 대한 두려움 때문일까 초대 못한 친구에 대한 미안함 때문일까 생일 바로 전날까지도 제일 가깝게 지내던 친구 한 명한테만 조심스레 말했을 뿐이었다. 삼촌은 동네에서 멀리 떨어진 케이크 가게에 가서서 엄청나게 커다란 케이크를 사오셨다고 했고, 엄마는 갖은 음식들을 직접 만들어 준비해 놓으셨다고 했다. 그때가 노는 토요일이었으니깐 4교시가 끝나고 집에 가서 생일 축하를 하면 되는 상황이었는데 초대한 사람이 없다니? 졸지에 둘이서 생일파티를 하게 되었다. 그때 내 멘탈은 붕괴 그 자체였다. 마음 같아선 옆 짝꿍이라도 부르고 싶었지만 다른 친한 남자인 친구들도 많은데다가 전날 내 심한 장난으로 인해 싸워서 엄두가 나질 않았다. 하지만 쥐도 궁지에 몰리면 고양이를 문다 했던가 에라, 모르겠다는 심정으로 짝꿍에게 생일파티 초대를 했다. 나는 당연히 거절당할 줄 알고 거절에 대한 두려움으로 가득 차 있었다. 하지만 정말 예상 외로 생글생글 웃으며 쿨하게 알겠다고 했다. 그러면서 자기가 데려가고 싶은 애들을 데려가도 되냐고 물었는데 어찌나 고마운지 제발 데려오라고 했다. 뭔가 이렇게 자신감을 얻으니 나를 초대해 주었던 친구들, 친한 몇몇 남자애들을 더 불렀더니 또 문제가 생겼다. 너무 많아졌다. 과유불급이랬던가 좁은 우리 집이 북새통이 되었다. 음식이 모자라면 어쩌나 했는데 다행히도 다 먹고도 남을 양이었다. 조금밖에 못 불렀으면 어찌 됐을까 하는 생각에 안도감과 자신감 없던 나에게 용기라는 변화를 준 짝꿍에게 고마운 마음이 들었다.

그대가 남기고 간 시든 꽃

선물 살 시간도 없었을 텐데 고맙게도 짝꿍은 선물을 사왔다. 당일 날 급하게 불렀기 때문에 선물은 바라지도 않고 아이들이 그저 와준 것만으로도 고마웠는데 선물까지 준비한 친구들이 꽤 있었다. 내 짝꿍의 선물은 커다란 필통이었는데, 당연히 그날 이후로 그 필통만 썼다. 그런데 내 생일이 지난 얼마 후 내 짝꿍이 교통사고를 당해 한동안 학교에 나오지 못하였다. 걱정 안 하는 척했지만 원래 몸이 약하였기 때문에 걱정이 많이 되었다. 그리고 몇 주 후 짝꿍이 전학을 갔다는 소식을 들었다. 그때 당시 휴대폰도 몇 명 없던 시절이라 전학을 가게 되면 소식이 아예 끊기게 되었다. 준비가 안 된 상태에서 맞은 너무나 갑작스런 이별이었다.

물론 내가 그날 이후로 울거나 실의에 빠진 적은 결단코 없다. 그냥 필통을 볼 때마다 한 번씩 그 아이가 생각났다. 그리고 딱히 내가 그 필통에 '집착'을 한 것도 아니다. 그냥 그때 이후로 생일파티를 연 적이 없고, 필통을 바꿀 필요를 못 느꼈으며 그 필통이 편하고 좋았다. 하지만 몇 년을 쓰다 보니 필통은 낡을 대로 낡고 더러워져 있었다. 중학교 올라가서도 그 필통을 계속 썼으니 말이다. 그래서 엄마가 내 방을 들어올 때마다 필통 바꾸란 얘기를 하셨고 실제로 그 필통과 비슷한 필통을 몇 개 사주셨다. 하지만 그때마다 이 필통이 편하다며 아니 편하다는 핑계로 바꾸지 않았다. 더 이상 이 필통을 쓰지 않으면 가끔 떠오르는 추억조차 잊어버릴까 봐서일까. 모르겠다. 하여튼 바꾸고 싶지 않았다.

그러던 며칠 후 엄마가 친구한테 하는 얘기를 엿들었다. "얘는 무슨 병이 있는지 헌 거에 집착을 해. 안 쓰는 물건은 버리라 해도 잘 버리지 않고 모아두고 얼마 전엔 더러워져서 못 쓰는 필통을 바꾸라고 비슷한 걸로 사줘도 바꾸지를 않아. 나 욕 얻어먹으라고 그러는 건가." 이 말을 듣고 좀 충격에 빠진 나는 내 나름대로의 항변을 했다. "새 친구보다는 옛 친구가 좋고 옛것이 편한 것처럼 사람이 너무 새것만 좋아하면 안 돼." 하지만 결국 그날 나는 필통을 바꿨다.

쓰던 필통은 내 방 서랍 한쪽으로 곱게 접어 넣었다. 나는 이 시의 화자처럼 내 필통을 보며 나의 소중한 추억들을 바라보았고 내 눈에만큼은 절대로 더럽고 낡은 필통이 아니었다. '세상에서 가장 아름다운 내 어린 그날의 추억'이었다. 고장난 선풍기에서도 '바람이 불다 멈춘 고장난 선풍기', '바다 위의 피아노' 같은 가사들이 나온다. 그냥 듣기엔 정말 쓸모없어 보인다. 얼른얼른 프로펠러를 돌려 우리를 시원하게 해줘야 할 선풍기가 고장나 있으면 어쩌자는 거야? 피아노가 바다 위에 있으면 무슨 소용이지? 하는 생각이 들 수 있다. 하지만 그렇다면 당신은 틀렸다. 누군가에게는 소중한 추억을 모독 했으니 말이다. '보물 1호'는 그리 대단한 물건이 아니다. 그 물건이 내제하고 있는 소중한 추억이 바로 당신의 보물이다. 당신의 '보물 1호'는 무엇인가? 이 글을 읽었다면 꼭 찾길 바란다!

사람이 온다

이병률

바람이 커튼을 밀어서 커튼이 집 안쪽을 차지할 때나
많은 비를 맞은 버드나무가 늘어져
길 한가운데로 쏠리듯 들어와 있을 때
사람이 있다고 느끼면서 잠시 놀라는 건
거기 사람이 있기 때문이다
낯선 곳에서 잠을 자다가
갑자기 들리는 흐르는 물소리
등짝을 훑고 지나가는 지진의 진동
밤길에서 마주치는 눈이 멀 것 같은 빛 또는 어떤가
마치 그 빛이 사람에게서 뿜어나오는 광채 같다면
때마침 사람이 왔기 때문이다
잠시 자리를 비운 탁자 위에 이파리 하나가 떨어져 있거나
멀쩡한 하늘에서 빗방울이 떨어져서 하늘을 올려다볼 때도
누가 왔나 하고 느끼는 건
누군가가 왔기 때문이다
팔목에 실을 묶는 사람들은
팔목에 중요한 운명의 길목이
지나고 있다고 믿는 사람들이겠다
인생이라는 잎들을 매단 큰 나무 한 그루를
오래 바라보는 이 저녁
내 손에 굵은 실을 매어줄 사람 하나
저 나무 뒤에서 오고 있다
실이 끊어질 듯 손목이 끊어질 듯
단단히 실을 묶어줄 사람 위해
이 저녁을 퍼다가 밥을 차려야 한다
우리는 저마다
자기 힘으로는 닫지 못하는 문이 하나씩 있는데
마침내 그 문을 닫아줄 사람이 오고 있는 것이다

어느 봄날 ♪

그대 오늘 아침 출근길은 어땠나요
한결 포근해진 날씨는 그댄 어땠나요
유난히도 추위를 타던 그댄
나는 오늘 아침 정신 없이 바쁘네요
3년 동안 살던 이 집을 떠나가려고 짐을 싸고 있죠
생각나요 손 때 묻은 우리의 흔적들
어제 일만 같죠
*매일 그대 때문에 울고 웃던 날
하루 온종일 설레임 뿐이던 날
괜찮아 괜찮아 괜찮아
모두 다 여기 놓고 가면 돼
추억들 흔적들 모두
아직 그대 짐이 많이 남아 있었네요
그닥 미련따윈 없다고 생각했는데
왈칵 눈물나요
어떡하죠 하나하나 쌓여진 추억들
아직 선명한데
*Repeat
꿈을 꿨죠 그대와 나 이 집에서
둘이 사랑하며 함께하는 날
더 먼 미래에서 뒤 돌아보며
열심히 사랑했었다고
자랑스레 얘기 할거라 믿었는데
*Repeat

205

인연을 맺는다는 것

오희경

인터넷의 발달로 우리는 1초 단위로 연락을 주고받을 수 있게 되었다. 옛날에 인터넷이 발달하지 않아서 연락 수단이 잘 갖추어 있지 않았던 때, 친구들을 만나는 방법은 그저 놀이터에 나가는 일뿐이었다. 하지만 요즘은 실시간으로 서로 연락할 수 있어서 굳이 만나지 않고 카카오톡이나 다른 SNS 앱으로 연락을 한다. 그래서 그만큼 우리의 삶에서 '만남'은 줄어들고 있다. 주변에서 SNS를 통해 헤어진 연인의 소식을 확인하거나 그리운 친구의 소식을 확인하는 사람들의 모습을 종종 본다. 이런 모습을 보면 우리의 삶의 일부인 만남이 줄어들고 있긴 하지만 여전히 우리의 삶에서 만남이란 큰 역할을 한다는 것을 느끼게 된다. 한번 맺은 인연은 쉽게 지워지지도 잊히지도 않는 것 같다. 그래서 나는 과연 '인연을 맺는다는 것'은 무엇일까에 대해 시 '사람이 온다'와 노래 '어느 봄날'을 통해 생각해 보았다.

사람이 온다는 것은

사람이 나에게 온다는 것은 어떤 의미일까. 우리는 사람과 '만남'으로써 그 사람을 알아가고 그 사람과의 추억을 쌓는다. 그렇게 쌓은 추억들은 어느 순간 나의 일부분, 나의 삶이 되어 있다. 사람이 나에게 온다는 것은 시에서처럼 단순히 누군가를 만나다는 것 이상의 의미가 있다. 시에서는 '광채가 있는 사람, 팔목에 실을 묶는 사람, 내가 닫지 못하는 문을 닫아줄 사람' 등으로 나에게 오는 사람을 표현한다. 살면서 우리는 다양한 사람을 만난다. 나에게 좋은 영향을 주는 사람, 날 행복하게 해주는 사람, 느껴보지 못한 감정을 느끼게 해주는 사람. 이렇게 좋은 사람을 만날 수도 있지만 때로는 나를 모질게 만들거나 나쁘게 만드는 사람 또한 만난다. 나는 사람이 온다는 것은 내 삶의 한 부분을 내어주는 것이라고 생각한다. 그 사람을 만남으로써 나는 그 사람과 어느 한 부분이 같아지는 것이라고 여긴다. 시에서 '자기 힘으로 닫지 못하는 문이 하나씩 있는데 그 문을 닫아줄 사람이 온다'고 했다. 노래에서도 '매일 그대 때문에 울고 웃던 날'이라고 인연을 표현하고 있다. 시와 노래의 이런 표현들은 모두 공통적으로 만남의 의미를 단지 '만나는 일'이라는 의미가 아닌 그 이상의, '일부가 되는 것'이라는 의미를 표현하고 있다. 인연을 맺은 상대방을 나와 같이 표현하고 있다. 이런 표현을 통해서 사람이 온다는 것은 나의 마음속에 그 사람이 들어와 내 일부가 되는 것, 너와 내가 하나가 되는 것 같다.

이미 우리는 하나가 되었다.

어릴 때, 친하게 지냈던 친구가 있었다. 그 친구와는 하루도 빠짐없이 만나서 놀고 고민도 털어놓고 힘든 일이 있으면 위로해 주면서 정말 돈독하게 지냈다. 그런데 어느 날 그 친구가 전학을 가게 되었다. 서로 멀어지기 전에 만나서 "우리 멀리 떨어져 있어도 연락하고 지내자.", "우린 영원히 친구야."라고 울면서 서로 약속했다. 그 친구가 전학을 가고 한 달간 우리는 전학 가기 전처럼 매일 만나지는 못하더라도 자주 전화하면서 서로의 이야기를 하곤 했다. 그렇게 연락을 하고 있던 중 그 친구에게 어떤 사정이 있었는지, 어느 순간 우리는 연락이 끊기게 되었고 8년이 지난 지금 우리는 서로가 어떻게 살아가고 있는지 알지 못한다. 고등학생이 된 지금 문득 그 친구가 생각난다. 시에서 '누가 왔나 하고 느끼는 건 누군가가 왔기 때문'이라고 했다. 그 친구가 생각나 그 친구가 문득 그리운 것은 그 친구가 내 마음속에 왔기 때문일 것이다. 친구와 나는 처음 만나 친구가 된 순간부터 서로의 일부분이 되었다. 노래에서 '아직 그대 짐이 많이 남아 있었네요. 왈칵 눈물 나요' 이 구절은 떠난 사람을 쉽게 잊지 못하는 사람의 감정을 나타낸 것이다. 우리가 삶에서 사람을 만난다는 게 단지 만남 그 이상으로 의미를 가지고 있기 때문에 누군가를 만나 그 사람과 헤어지

게 되어 그 사람을 잊는 것에는 엄청난 고통과 슬픔이 따른다는 것. 그리고 절
대 완전히 잊지 못한다는 것을 나타낸다. 이 시와 노래를 읽으면서 나와 그 친
구의 만남이 정말 소중한 것이고 또 지금은 서로 만나지 못하지만 그 친구와의
이별 또한 내게는 소중한 것이라는 것을 느꼈다.

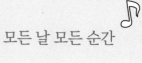

모든 날 모든 순간

폴킴

작은 기쁨

이해인 수녀

사랑의 먼 길을 가려면
작은 기쁨들과 친해야 하네

아침에 눈을 뜨면
작은 기쁨을 부르고
밤에 눈을 감으며
작은 기쁨을 부르고

자꾸만 부르다 보니
작은 기쁨들은

이제 큰 빛이 되어
나의 내면을 밝히고
커다란 강물이 되어
내 혼을 적시네

내 일생 동안
작은 기쁨이 지어준
비단옷을 차려입고
어디든지 가고 싶어
누구라도 만나고 싶어

고맙다고 말하면서
즐겁다고 말하면서
자꾸만 웃어야지

네가 없이 웃을 수 있을까
생각만 해도 눈물이나
힘든 시간 날 지켜준 사람
이제는 내가 그댈 지킬 테니

너의 품은 항상 따뜻했어
고단했던 나의 하루에 유일한 휴식처

나는 너 하나로 충분해
긴 말 안 해도 눈빛으로 다 아니깐
한 송이의 꽃이 피고 지는
모든 날, 모든 순간 함께해

햇살처럼 빛나고 있었지
나를 보는 네 눈빛은
꿈이라고 해도 좋을 만큼
그 모든 순간은 눈부셨다

불안했던 나의 고된 삶에
한줄기 빛처럼 다가와 날 웃게 해준 너

알 수 없는 미래지만
네 품속에 있는 지금 순간순간이
영원 했으면 해

만남과 이별

김금비

우리와 노래와 시

　우리는 세상을 살아가면서 많은 사람을 만난다. 우리는 수많은 사람을 만나면서 여러 사람을 만나고 또 이별하고 그러다가 자신에게 제일 맞는 사람을 찾아 그 사람과 결혼을 하고 자식을 낳고 그렇게 하루하루를 행복하게 살아간다. 나에게 맞는 사람을 찾는 과정에서 많은 여러 유형의 사람을 만날 수 있고, 또 그에 따라 많은 이별로 상처를 받을 수도 있다. 하지만 그런 과정을 겪으면서 많은 상처로 인해 자존감이 낮아지고 새로운 만남에 대해 두려움을 가지게 된다면 자신을 더 힘들게 하는 계기가 될 것이다. 나 또한 한 사람을 만났고 그 사람과 짧지 않은 만남을 가졌지만 결국 그 사람과 이별을 하고 매우 힘들어하던 시절이 있었다. 그럴 때마다 주변에서는 나를 응원해 주는 사람이 많았고 나 또한 그러한 응원들로 인해 용기를 얻을 수 있었다. 또 나에게 용기를 준 또 다른 것은 바로 노래였다. 나는 노래로 많이 위로를 받았고 그래서 지금은 예전처럼 밝은 아이로 바뀔 수 있었다. 힘들 때 들었던 노래는 많지만 제일 좋았던 노래가 바로 '모든 날 모든 순간'이었다. 이 노래는 이별과는 거리가 좀 있지만 만남과는 관계가 좀 있다고 생각했다. 이 노래는 사랑하는 사람을 만나서 행복하게 일상생활을 하는 노래이다. 이 노래와 관련 있는 시를 찾다가 '작은 기쁨'이라는 시를 보게 되었다. 나는 이 노래와 시가 우리가 살아가면서 꼭 겪는 일이라고 생각했고 이제 어떤 부분이 그러한지 설명해 보겠다.

사랑하는 사람을 만난다는 것

　이 노래와 시는 둘 다 만남에 관련된 내용이 담겨 있다. 우리 또한 한 남자와 한 여자가 서로를 만나게 되었고 그러면서 더욱 만남을 가지면서 사랑을 하게 되어 태어난 것이다. 우리의 부모님이 서로를 만난 것처럼 우리도 언젠간 우리가 사랑하는 사람을 만날 것이고 그 결과는 좋을 수도 있고 나쁠 수도 있다. 하지만 우리는 계속해서 새로운 사람을 만날 것이고 결국에는 결혼도 하게 될 것이다. '사랑의 먼 길을 가려면 작은 기쁨들과 친해야 하니' 라는 문장처럼 우리는 새로운 사랑을 찾아 떠나기 전에 먼저 사소한 것에도 우울해지거나 부정적으로 생각하는 것이 아니라 긍정적으로 생각하는 사람이 되어야 한다. 그래야 '이제는 내가 그댈 지킬 테니'라는 문장처럼 내가 사랑하는 사람을 지켜줄 수 있다고 생각하기 때문이다.

만남과 이별을 하면서 절대 잊지 않아야 하는 것

새로운 만남과 또 그로 인한 이별을 하면서 우리는 절대 잊어버리면 안 되는 것이 있다. 그것은 바로 나를 낮추지 않는 것과 용기, 그리고 긍정적인 생각이다. 그 만남을 가진 사람을 아무리 좋아하고 아무리 그리워하고 후회해도 달라지지 않는 것이 현실이다. 계속 후회하면 할수록 우리는 더 힘들어지고 '내가 도대체 왜 그랬지…'라는 부정적인 생각으로 나를 낮추면서 용기마저 잃어버릴 것이다. 그렇게 되면 우리는 새로운 사람을 만나기는커녕 평생 힘들어하고 평생 그 사람이 새로운 사람을 만나는 것을 보면서 하루하루를 부정적이게 살아갈 것이다. 우리는 아무리 그 만남을 가진 사람이 좋고 그립더라도 상대방이 이미 마음을 접었더라면 쉽게 잊을 순 없겠지만 계속 그리워하기보다는 빨리 잊고 내 스스로를 가치 있는 사람이라고 생각하고 긍정적으로 생각하고 생활하는 사람이 되도록 노력을 해야 한다. 그렇지 않으면 앞서 말한 것과 같이 나만 힘들고 나만 새로운 사람을 만나지 못한 채 하루 24시간을 힘들어 하면서 살아야 하기 때문이다.

Answer : Love Myself ♪

방탄소년단

제품이 사진과
다를 수 있습니다

하상욱

틀린 건
틀린 거야

다른 것이
아니라

눈을 뜬다 어둠 속 나
심장이 뛰는 소리 낯설 때 마주 본다
거울 속 너
겁먹은 눈빛 해묵은 질문
어쩌면 누군가를 사랑하는 것보다
더 어려운 게 나 자신을 사랑하는 거야
솔직히 인정할 건 인정하자
니가 내린 잣대들은 너에게 더 엄격하단 걸
니 삶 속의 굵은 나이테
그 또한 너의 일부 너이기에
이제는 나 자신을 용서하자 버리기엔
우리 인생은 길어
미로 속에선 날 믿어
겨울이 지나면 다시 봄은 오는 거야
차가운 밤의 시선 초라한 날 감추려
몹시 뒤척였지만
저 수많은 별을 맞기 위해 난 떨어졌던가
저 수천 개 찬란한 화살의 과녁은 나 하나
You've shown me I have reasons
I should love myself
빠짐없이 남김없이 모두 나
정답은 없을지도 몰라
어쩜 이것도 답은 아닌 거야
그저 날 사랑하는 일조차 누구의 허락이
필요했던 거야
난 지금도 나를 또 찾고 있어
But 더는 죽고 싶지가 않은 걸

슬프던 me 아프던 me 더 아름다울 me
그래 그 아름다움이 있다고 아는 마음이
나의 사랑으로 가는 길
가장 필요한 나다운 일
지금 날 위한 행보는 바로 날 위한 행동 날 위한 태도
그게 날 위한 행복
I'll show you what I got
두렵진 않아 그건 내 존재니까
Love Myself
시작의 처음부터 끝의 마지막까지 해답은 오직 하나
왜 자꾸만 감추려고만 해
니 가면 속으로 내 실수로 생긴 흉터까지 다 내 별자린데
내 숨 내 걸어온 길 전부로 답해
내 안에는 여전히 서툰 내가 있지만
내 숨 내 걸어온 길 전부로 답해
어제의 나 오늘의 나 내일의 나
I'm learning how to love myself
빠짐없이 남김없이 모두 다 나

자기愛

김여진

　나는 요즘 나를 사랑하는 법에 대해 고민을 자주 한다. 요즘 우리들은 자기 자신을 돌보지 않고 남의 시선을 더 중요시하며 진정으로 내가 하고 싶었던 내적인 이야기를 듣지 않으려 한다. 남이 나를 어떻게 생각하는지, 나에 대해 무슨 대화를 하는지, 왜 상대는 나를 싫어할까 등의 이유로 골머리를 앓는 사람이 많을 거라고 생각했고 나도 그런 경험이 있었기 때문에 나 자신을 조금 더 사랑할 수 있고 사사로운 감정에 사로잡혀 있지 않게 도움을 주는 시와 노래를 찾다가 하상욱 시인의 '제품이 사진과 다를 수 있습니다'와 방탄소년단의 신곡인 'Answer : Love Myself'을 고르게 되었다.

　愛
　나는 이 시와 노래에 공통점을 찾아보려 노력했다. 솔직히 둘이 두고 보면 별 공통점이 없지 않은가.
　노래는 그렇다 쳐도 시에서는 딱히 내가 얘기하고자 하는 주제의 느낌도 들지 않는다. 하지만 나는 이 시에서 내 경험을 덧붙여 생각하니 상대방에 맞춰 살지 말자는 내가 원하던 내용이 되었다. 내 주변에 있는 사람들은 내가 모두 활발하고 항상 밝으며 사교성이 좋다고 얘기를 한다. 하지만 나는 사실 내성적인 면도 가지고 있으며 처음 보는 사람에겐 낯을 가리고 혼자인 집과 혼자인 방에 들어가면 우울한 생각에 빠지고 사람이 많은 곳에 가면 한없이 작아져 나를 깎아내리는 생각을 많이 한다. 내가 힘들어 사실 나는 성격이 이렇다고 털어놓으면 대부분 자신이 생각한 성격과 다르다며 의아해 했다. 자신의 생각이 틀렸다고 생각하지 않고 자신이 생각했던 내 성격과 실제 성격이 다르게만 보는 것이다. '틀리다'와 '다르다'는 엄연한 차이가 있음에도 불구하고 자신의 생각이 틀렸다고 생각을 하지 않는 것이다.

他人

한창 내가 우울했던 시기에 중학교 때부터 친했던 친구 중 한 명이 유학을 가게 되었다. 사실 같이 가려고 했으나 같이 가지 못 했기에 아쉬움이 커 처음엔 내가 우울하다는 걸 인지하지 못했다. 하지만 시간이 지나고 자주 만나던 친구의 빈자리를 느끼니 어느 순간부터 삶의 의욕이 없고 너무 힘들었던 날에는 목소리라도 듣고 싶어 친구가 아침일 새벽에 전화해서 애써 괜찮은 척하며 내가 다니던 중학교와 멀리 떨어져 친구가 아무도 없는 학교에 적응 잘하고 있다고 거짓말을 한 적이 있다. 그때 친구가 다행이라고 자신도 잘 지내고 있다며 웃었다. 종종 전화를 하겠다고 나도 웃으며 전화를 끊자마자 펑펑 울었다. 사실 내가 이 학교에 왔을 땐 이미 서로 친구였고 나는 그저 다른 동네의 중학교에서 이 동네로 온 소수의 학생 중 하나였기에 친해지기 더욱 힘들었기 때문이다. 이때 내가 가장 타인의 시선에 목매여 살던 시기였던 것 같다. 초·중을 같이 나온 끈끈한 우정을 가진 무리에 내가 들어가기엔 쉽지 않았으며 친구들에게 모든 걸 맞추기란 굉장히 힘들었다. 친했던 친구 중 다른 한 명과 만나 밥을 먹다가 이 사실을 얘기하고 나니 그 친구도 나랑 똑같았다고 했다. 그 친구에게도 친구는 없었고 처음에는 혼자 밥을 먹었다고 했다. 그 얘기를 듣자마자 마음에서 울컥함이 올라왔다. 나와 그 친구도 서로 떨어져 있었지만 남의 시선을 의식하여 남에 맞추기 바쁜 하루를 보냈던 것이다.

Love Myself

2학년이 되고 어느 정도 자리를 잡은 나는 항상 같이 다니는 친구들도 있고 항상 웃으며 지내는 중이지만 이 행복한 순간에도 나는 남의 시선을 의식하는 버릇을 버리지 못했다. 남들에게 비춰진 내 성격에 비해 나는 자존감이 현저히 낮았고 자신감 또한 바닥이었다. 18살이라는 청춘의 시작인 나이에 우울하게 보내는 내 인생이 너무 쓸쓸하기도 하고 내 자신이 너무 불쌍했다. 이런 고민을 하던 중에 '걱정의 9할은 너가 만들어 낸 상상의 늪'이라는 문장을 본 적이 있다. 나는 이 문장을 보자마자 뒤통수를 누가 세게 때리는 기분이 들었다. 우리는 남에 시선에 얽매여서 자신이 만든 상상의 늪에 발이 묶여 저항하지 못하고 빠지는 것이었다. 어차피 이런 걱정은 내가 만들어낸 고민일 뿐이고 망상에 불과하다는 걸 느끼게 되었다. 요즘 유행하는 '소확행'이라는 단어처럼 우리 모두 작지만 확실한 행복을 추구하며 내 자신을 좀더 돌아보고 나 자신을 사랑하는 사람으로 거듭나길 바란다.

밤 하늘의 별을 ♪

양정승

밤하늘의 별을 따서 너에게 줄래
너는 내가 사랑하니깐 더 소중하니깐
오직 너 아니면 안 된다고 외치고 싶어
그저 내 곁에만 있어줘 떠나지 말아줘

너의 집 앞에서 한참동안 기다린 거야
니가 오는 길에 혹시나 마주칠까봐
널 만나게 되면 어떤 얘길 먼저 꺼낼까
우연히 널 만난 것처럼 보여야할텐데

첫눈에 반해 널 사랑했어
어떻게 표현할지도 몰라
눈치도 없이 나의 심장만 두근거려

골목을 돌아서 니가 걸어오는 게 보여
준비한 선물과 편질 전해줘야 하는데
용기를 낸 순간 니 곁으로 다가갔지만
안녕이란 말만 하고서 지나쳐버렸네

월식

안도현

젊은 아버지는 어머니에게
달을 따주겠다고 했겠지요
달의 테두리를 오려 술잔을 만들고
자전거 바퀴를 만들고
달의 속을 파내 복숭아 통조림을
만들어 먹여주겠노라 했겠지요
오래 전 아버지 혼자 사다리를 타고
지붕에 올라간 밤이 있었지요
사춘기의 풀벌레가 몹시 삐걱거리며
울던 그 밤,
그런데 누군가 달의 이마에다
천근이나 되는 못을 이미 박아
놓았던 거예요 그 못에다 후줄근한
작업복 바지를 걸어 놓은 것은
달빛이었고요 세월이 가도
늙지 못한 아버지는 포충망으로
밤마다 쓰라리게 우는 별들의
울음소리 같은 것을 끌어 모았을 거예요
아버지 그림자가 달을 가린 줄도 모르고
어머니, 그리하여 평생 캄캄한
이슬의 눈을 뜨고 살았겠지요

217

달과 별

이수현

인간관계에 치이고 이리 저리 치이는 그런 날. 기댈 곳도 없이 의지하고 싶은 그런 날, 나의 곁에 아무도 있지 않을 때 가끔 난 홀로 밤하늘을 올려다본다. 지쳐 있는 나의 곁에서 아무 말 없이 토닥이며 위로해 주는 듯 묵묵히 빛내주는 빛나는 별, 그 하나의 작은 별의 위로를 받는 동안은 아무 생각 하지 않고 그저 하루를 돌아보는 게 내 일상이 되었다.

밤하늘을 바라보는 나

이 시와 노래 모두 밤하늘에 관련된 이야기를 담고 있다. 지친 하루를 위로하려 그리고 마음속에 담겨있는 그대를 위해 밤하늘을 올려다본다. 지친 마음을 위로 해주는 빛나는 별, 힘든 나날을 이겨낼 수 있게 해달라는 간절한 기도 그 마음을 담아 밤하늘을 지켜주는 그리고 홀로 빛나는 달님에게 진심을 담은 소원을 빌어본다.

그저 빛나고 있는 달과 별

하지만 가끔 진심을 담아 홀로 빛나는 달에게 여럿이서 환한 빛을 내고 있는 별들에게 소원을 가득 빈다고 모두 다 이뤄지는 것은 아니다. 단지 소원 빌었다고 잘 되겠지 라는 마음으로 지내는 것이 아닌 그 소원이 이루어지도록 노력하고 노력하는 마음으로 지내다 보면 분명 빌었던 소원보다 더 좋은 소원이 이루어진다고 난 믿는다. 〈밤하늘의 별을 따서 너에게 줄래〉, 〈그저 내 곁에만 있어 줘 떠나지 말아 줘〉이 노래가 좋아진 이유가 위의 이 가사들이었다. 사랑하는 마음을 담아 사랑하는, 마음에 담겨있는 그대를 위해 헌신하고 희생하는 모습이 담겨져 있기 때문이다. 일에 지친 아버지의 상황을 나타내는 구절도 존재했다. 〈밤마다 쓰라리게 우는 별들의 울음소리〉라는 구절이 마음을 울리게 하였다.

빛나는 사랑과 마음

서로의 힘이 되어주려 손닿을 수 없게 멀리 있는 별을 따서 줄 정도로 상대방을 향한 마음이 간절하고 소중하다는 것을 알게 되었다. 그리고 소중하다는 뜻을 담아 "별을 따서 너에게 준다."라는 표현처럼 감성적이고 아름답게 전달할 수 있다는 것을 알게 되었다. 중학교 2학년 때 만나 연애하고 결혼한 우리 부모님도 서로에게 밤하늘의 달과 별을 따서 줄 정도로 빛나고 아름다운 사랑을 했을 거라 생각된다. 나도 부모님처럼 언젠가 한번쯤은 아름답고 소중한 그리고 간절하게 빛나는 마음을 가지고 반짝이는 사랑을 해보고 싶다고 생각한다.

유자차

브로콜리 너마저

바닥에 남은 차가운 껍질에
뜨거운 눈물을 부어
그만큼 달콤하지는 않지만
울지 않을 수 있어
온기가 필요했잖아,
이제는 지친 마음을 쉬어
이 차를 다 마시고 봄날으로 가자

우리 좋았던 날들의 기억을
설탕에 켜켜이 묻어
언젠가 문득 너무 힘들 때면
꺼내어 볼 수 있게
그때는 좋았었잖아,
지금은 뭐가 또 달라졌지
이 차를 다 마시고 봄날으로 가자

험난함이 내 삶의 거름이 되어

이정하

기쁨이라는 것은 언제나 잠시뿐
돌아서고 나면 험난한 구비가
다시 펼쳐져 있는 이 인생의 길

삶이 막막함으로 다가와
주체할 수 없이 울적할 때
세상의 중심에서 밀려나
구석에 서 있는 것 같은 느낌이 들 때

자신의 존재가 한낱
가랑잎처럼 힘없이 팔랑거릴 때
그러나 그런 때일수록 나는 더욱 소망한다
그것들이 내 삶의 거름이 되어
화사한 꽃밭을 일구어 낼 수 있기를

나중에 알찬 열매만 맺을 수만 있다면
지금 당장 꽃이 아니라고
슬퍼할 이유가 없지 않은가

열매와 봄날을 기다리며

김가은

2018년의 대한민국에서 고등학생으로 살고 있는 나. 학교를 다니다 보면 신경써야 할 일이 한둘이 아니다. 우선 내신 성적을 위해 열심히 공부해야 하며, 봉사, 동아리, 독서, 대회 등 모든 부분에 적극적으로 참여하며 생활기록부 실적도 쌓아야 한다. 이렇듯 우리나라의 고등학생은 어느 누구보다 바쁘고 힘들게 살아간다. 조사에 따르면, 우리나라 청소년의 사망원인 1위가 바로 자살이라고 한다. 아마도 학업 스트레스, 친구나 부모님과의 관계로 인해 학생들이 견디다 못해 극단적인 생각을 하기 때문일 것이다. 굳이 학생이 아니더라도 누구나 한 번쯤은 정말 세상 모두가 나를 힘들게 하는 것 같다는 날을 겪는다. 나도 버거운 일상에 힘이 들 때면 위로가 되는 노래를 들으며 힐링하고는 한다. 그러던 중 나는 브로콜리 너머저의 '유자차'라는 노래를 듣게 되었다. 이 노래의 가사를 보자마자 평소 좋아하던 이정하 시인의 '험난함이 내 삶의 거름이 되어'라는 시가 떠올랐다. 나는 삶에 지친 사람들에게 이 시와 노래를 소개해 보려 한다.

모두에게 힘든 '현재'

이 시와 노래의 첫 번째 공통점은 바로 현재 상황이 절망적이고 암울하다는 것이다. '험난함이 내 삶의 거름이 되어'를 보면 작가는 인생을 꽃밭을 일구어 내는 상황에 비유한다. 그에게 있어 삶은 '험난'하고, '막막'하다. 1연과 2연은 누구나 한번쯤 느껴봤을 감정들에 공감할 수 있도록 화자의 솔직한 경험들을 적었다고 볼 수 있다. 그리고 이 시의 화자는 점점 지쳐가는 중이라고 볼 수 있다. '기쁨이라는 것은 언제나 잠시뿐. 돌아서고 나면 험난한 구비가 다시 펼쳐져 있는' 것이 바로 '이 인생의 길'이기 때문이다. 화자는 울적해지다 못해, 세상의 중심에서 밀려나 구석에 서 있는 것 같다는 느낌을 받기도 한다. 이렇게 자신이 보잘 것 없고 팔랑거리는 '가랑잎'과 같은 존재라 느낄 때까지 간다면, 힘든 현실에 너무 지친 나머지 안 좋은 생각까지 하게 되는 것이다.

이와 비슷하게 '브로콜리 너마저'의 '유자차'는 한번 유자차를 마시고 난 후의 컵 안 모습이 그려진다. 이 컵의 바닥에는 '차가운 껍질'이 가득한 상태이다. 이 노래의 지은이는 차가운 현실에 지친 사람들에게 '온기가 필요했잖아'라고 말한다. 시는 화자 자신의 상황인데 비해 노래는 시의 화자와 같이 지친 사람들에게 말 하는 듯한 느낌이라는 점에서 조금 다르긴 하지만 이 시와 노래 모두 힘들고 지친 사람이 많다는 것을 보여주고 있는 것 같다.

다가올 희망찬 '미래'

그렇지만, 아직 우리는 세상을 놓아서는 안 된다. 이 시와 노래 모두 다가올 희망찬 미래를 기다리자는 메시지를 담고 있다는 점에서 두 번째 공통점이 나타난다. 보통의 사람들이라면 힘겨운 상황과 마주쳤을 때, 포기하고 말 것이다. 그러나 이 시의 화자는 험난함이 내 삶의 거름이 될 수 있다 생각하며 지금 당장은 꽃이 아니고, 열매를 맺을 수 없다 생각하더라도 언젠가는 '화사한 꽃밭'을 일구어 낼 수 있을 거라고 말한다. '나중에 알찬 열매만 맺을 수만 있다면 지금 당장 꽃이 아니라고 슬퍼할 이유가 없지 않은가'라는 부분에서는 특히 화자의 희망차고 긍정적인 삶의 태도가 잘 담겨 있다.

이와 같이 '유자차'의 '바닥에 남은 차가운 껍질에 뜨거운 눈물을 부어'라는 부분에서 노래 지은이의 긍정적인 태도를 엿볼 수 있다. 그리고 힘들고 지쳤을 때에는 예전의 좋은 추억들을 떠올리며 지친 마음을 쉬라 말한다. 이 시와 노래 모두 언젠가는 다가올 희망찬 미래를 위해 포기하거나 좌절하지 말고 나아가자는 이야기를 하고 있는 것이다.

따뜻한 기다림의 '위로'

한 송이의 꽃이 피는 과정은 기다림의 연속이다. 씨앗을 심더라도, 새싹조차 나지 않는 경우가 많다. 언젠가 맺을 열매까지 기다리는 것은 정말 힘들다. 힘들고 때로는 포기하고 싶어도 계속 살아가는 것은 우리 모두가 그 기다림을 견디고 있기 때문이라는 것을 이 시에서 엿볼 수 있다.

그리고 사람들은 유자차를 한번 마시고 나면 남은 차가운 껍질을 그냥 버린다. 그러나 그 '차가운 껍질'에 '뜨거운 눈물'을 붓는다면 처음만큼 달콤하지는 않지만 다시 한 번 유자차를 마실 수가 있다. 힘들었던 시절을 그냥 버려버리는 것이 아니라 그때의 기억을 가지고 살아간다면 고단한 인생에서 언젠가 문득 너무 힘들 때면 꺼내어 보고 의지를 다질 수 있는 기회가 된다는 것을 '유자차'를 통해 알 수 있다.

이렇듯 지친 사람들이 적극적으로 현실을 초월하려는 의지를 가지기는 어렵다. 그러나 이 시와 노래 모두 그냥 담담하게, 꿋꿋이 버티며 '알찬 열매'와 '봄날'을 기다린다. 애써 지금의 어려운 상황을 부정하지 않고 받아들이며, 포기하지 않고 계속해서 희망을 꿈꾼다는 점에서 나는 '험난함이 내 삶의 거름이 되어'와 '유자차'가 많은 사람들의 위로가 될 수 있다고 믿는다.

양화대교 ♪

자이언티(Zion'T)

우리 집에는 매일 나 홀로 있었지
아버지는 택시드라이버
어디냐고 여쭤보면 항상
"양화대교"
아침이면 머리맡에 놓인
별사탕에 라면땅에
새벽마다 퇴근하신
아버지 주머니를 기다리던
어린 날의 나를 기억하네
엄마 아빠 두 누나 나는 막둥이,
귀염둥이
그 날의 나를 기억하네 기억하네

행복하자
우리 행복하자
아프지 말고 아프지 말고 행복하자 행복하자
아프지 말고 그래 그래

내가 돈을 버네, 돈을 다 버네
"엄마 백원만" 했었는데
우리 엄마 아빠, 또 강아지도
이젠 나를 바라보네
전화가 오네, 내 어머니네
뚜루루루 "아들 잘 지내니" 어디냐고
물어보는 말에
나 양화대교 "양화대교"

아버지의 나이

정호승

나는 이제 나무에 기댈 줄 알게 되었다
나무에 기대어 흐느껴 울 줄 알게 되었다
나무의 그림자 속으로 천천히 걸어들어가
나무의 그림자가 될 줄 알게 되었다.
아버지가 왜 나무 그늘을 찾아
지게를 내려놓고 물끄러미
나를 쳐다보셨는지 알게 되었다

나는 이제 강물을 따라 흐를 줄도
알게 되었다
강물을 따라 흘러가다가
절벽을 휘감아돌 때가
가장 찬란하다는 것도 알게 되었다
해질 무렵
아버지가 왜 강가에 지게를 내려놓고
종아리를 씻고 돌아와
내 이름을 한번씩 불러보셨는지도
알게 되었다

아버지의 존재

이원준

당연히 우리 나이 때(18세)에는 부모님이 크게 편찮으시는 일이 극소수이다. 그런데 그 극소수에 포함된 것이다… 우리 아버지께서… 불행이 시작되는 줄만 알았다. 이젠 아버지를 볼 수 없고, 불러볼 수도 없고, 만져 볼 수도 없는 줄만 알았다. 그러나 아버지는 아버지의 이름과 존재답게 다시 일어나셨다.

아버지에게 찾아온 백혈병

2014년 10월. 아버지께서는 진주에서 건축 감리사로 일을 하고 계셨다. 원래는 나와 가족을 보러 금요일에 대구에 오셨지만 화요일인데도 대구에 와 계셨다. 난 너무 반가운 마음으로 아버지를 부르며 뛰어 들어갔지만, 금요일의 날 안아주시며 턱수염으로 부비부비 해주시던 아버지와는 많이 다른 모습이었다. 거실에서 이불을 꼭 덮고 주무시고 계셨기 때문이다. 초등학교를 졸업하고 중학교 1학년 철도 모르던 그때의 나는 아버지를 깨웠다. 피곤하신가? 아프신가? 모르고 있었다. 그러나 목소리는 많이 아프셨다. "아들 왔니?", "네, 왔어요."

내가 아버지께로부터 들었던 날 반기던 말 중에서 가장 짧고 힘들고 떨렸던 목소리다. 어린마음에 아버지께 물어봤다. "아빠 어디 아프세요?", "아녀 그냥 피곤한 거여." 어렸던 탓일까? 난 진실인지 알고 안심하고 있었다.

다음날 학교에서 돌아오니 집에 아버지께서 안계셨다. 전화를 걸었다. '뚜루루루… 연결이 되지 않아…' 아무 죄 없는 통화음과 전화기너머 아줌마가 미워지기 시작했다. 무슨 일이 있는 걸 직감적으로 깨달았다. 다시 전화를 걸었다. 한참 있다가 받으셨다. "어, 그래 아들." 어제보다 더 힘겨운 목소리였다. 전화기 너머 병원 냄새가 났다. 그날 저녁, 아버지께서는 급성골수성백혈병 진단을 받으셨다.

백혈병에 무릎 꿇은 의사

아버지께서는 대구 가톨릭병원에 입원하셨다. 가톨릭 병원에선 대중적으로 백혈병 환자에게 쓰는 항암제를 아버지께 투여했다. 항암제가 효과를 발휘할 것을 기대하며 의사가 피검사를 했다. 그러나 혈중 암세포 수치가 달라진 게 없었다. 당황한 의사는 검사 결과를 다시 봤지만 달라진 건 없었다.

그후 며칠이 지나고 아버지와 어머니 앞에서 의사가 죄송한 마음으로 무릎을 꿇고 말했다.

"치료 못하겠습니다. 서울로 가십시오. 죄송합니다…." 어머니께선 그게 무슨 말인지 다시 되묻기를 반복하셨다. 이젠 정말 희망이 없는 건가? 그렇게 아버지께선 서울아산병원으로 가셨다.

서울에서의 2년 반 그리고 나

아버지께서는 서울아산병원으로 가서 입원하셨다. 대구에 계셨을 때에는 병원에 얼굴이라도 보러 갈 수 있었지만 서울로 가시고 나선 목소리로만 볼 수 있었다. 이젠 금요일에 아버지를 볼 수 없었고 아버지께 기대어 잠을 잘 수도 없었다. 그렇게 난 내가 가장 믿던 아버지라는 그늘을 백혈병으로 한순간에 갑작스럽게 잃어버렸다. 그렇게 어두운 하루하루를 겨우 버티며 살았었다. 그런데 희소식이 들려왔다. 혈중 암세포 수치가 정상적으로 내려왔다는 것이었다. 너무나 기쁜 마음에 아버지께 전화를 했다. "아빠!! 이제 괜찮아요??", "그려!! 아들 생각하며 꼭 낫겠다고 다짐했지~" 그렇다. 아버지께서도 다시 나의 그늘이 되어 주고자 누구보다 열심히 노력하고 있으셨다. 상태가 좋아진 아버지께서는 대구 집에 잠시 휴식을 하러 오셨다. 2년 전과는 많이 다른 모습이셨다. 식사를 하지 못해서 뼈 밖에 남지 않은 매우 마른 아버지께서 소파에 앉아 계셨다. 아무렇지도 않게 학교에서 돌아온 나에게 정말 반갑게 인사를 하셨다.

그러나 마른 몸은 그늘이 되길 거부하듯이 더욱더 말라가셨다. 난 또 한 번 충격에 빠졌다. 상태가 많이 호전되었다는 연락과 정반대로 완전 마르신 아버지가 되었다니 상상도 못한 충격이었다. 그러나 예전의 내가 아니었다. 전혀 기죽지 않고 아버지라는 그늘이 없어도 살아갈 수 있도록 내 자신을 단련했다. 정말 매우 힘들었다. 울고 싶었다. 그러나 서울에서 노력하고 계실 아버지를 생각하며 정말 최선을 다해 단련했다. 그렇게 상태가 계속 호전되어 타인과 골수 유전자가 완전 일치하는 확률인 6억분의 1의 확률로 일치하여 완치를 거의 눈앞에 두고 이젠 꾸준한 약 복용만 남아 있는 상태까지 되었다. 그러나 아버지께서는 90kg에서 55kg까지 너무 몸무게가 줄어 일상생활이 거의 불가능할 정도까지 되었다. 너무나 슬프고 죄송했다.

난 이제 어린 애가 아니야

지금의 난 3년 전과 비교했을 때 정말 많이 성장했고 변했다. 전엔 아버지라는 그늘에서 있었다면 이젠 내가 나무가 되고 내가 내 자신을 기대게 할 수 있게 되었고, 아버지께서도 마음 놓고 쉴 수 있을 정도가 되었다. 그리고 전엔 백혈병을 원망만 했다면 지금은 백혈병도 이 또한 지나가리라 믿고 인생의 강물 따라 나도 같이 흐를 수 있게 되었다. 그래서 나의 변화를 잘 표현하는 정호승의 '아버지의 나이'를 선택하게 되었고, 아버지께서 경제활동을 못하셔서 오로지 어머니 혼자 아버지 몫까지 하며 야근과 당직을 숨 쉬듯 하시며 퇴근 후에도 집에서 일을 하시는 모습을 거의 매일 본다. 그래서 이젠 우리 가족이 더 이상 아프지 않고 행복하고 행복하게 살고 싶은 나와 나의 가족의 소망을 가장 잘 나타낸 자이언티의 '양화대교'를 선택하게 되었다.

All The King's Horses

Karmina

I knock the ice from my bones
뼛속에서부터 차가운 좌절감을 느껴
try not to feel the cold
서늘함을 애써 무시하려 하지만
caught in the thought of that time
과거의 그 기억에 사로잡혀 있어
when everything was fine
모든 것이 괜찮았던 그 때
everything was mine
모든 것이 내 뜻대로 이루어지던 때
all the king's horses and all the king's men
수많은 왕의 마차나 호화로운 시중 같은 걸로는
couldn't put me back together again
내 결심을 돌려놓을 수 없어
all the king's horses and all the king's men
수많은 왕의 물건들, 값비싼 금은보화들이라도
couldn't put me back together again
날 다시 돌아가게 할 순 없어

수선화에게

정호승

울지마라
외로우니까 사람이다
살아간다는 것은
외로움을 견디는 일이다
공연히 오지 않는
전화를 기다리지 마라
눈이 오면 빗길을 걸어가라
갈대숲에서 가슴검은
도요새도 너를 보고 있다
가끔은 하느님도
외로워서 눈물을 흘리신다
새들이 나뭇가지에 앉아 있는 것도
외로움 때문이고
네가 물가에 앉아있는 것도
외로움 때문이다
산 그림자도 외로워서
하루에 한 번씩 마을로 내려온다
종소리도 외로워서 울려퍼진다

외로움과 굳은 의지

박수연

누군가 한번쯤은 외로움을 타본다. 사람들은 그 외로움을 어떻게 견뎌낼까? 난 자신만의 굳은 의지. 결심을 가지고 점차 그 끝에 다가서며 그 꿈을 이뤄 낸 다면, 외로움은 행복으로 조금씩 채워질 것이다.

모두가 외로워

이 시와 노래의 공통점은 모두 외로움을 타고 있다는 것이다. 시에는 외로움은 당연한 것이다. 너만 외로운 것이 아니다. 모두가 힘드니까 너만 힘들어 할 필요 없다. 이런 시련은 서로 알아봐주며 함께하는 것이다. 견뎌내라. 세상은 외로움과 함께한다. 라는 뜻을 숨기고 있는 것 같다.

굳은 의지

훌륭하고 모두에게 존경받는 한 왕이 있었다. 모든 것이 괜찮았다. 모든 것이 자신의 뜻대로 이루어지고 모든 것이 자신의 손 안에 있었지만, 왕에게는 자신의 진정한 편이 없었다. 항상 자신은 혼자라고 느꼈고, 너무 외로웠다. 그에 왕은 너무나도 괴로웠고, 모든 것에 지쳤을 것이다. 그래서 왕은 자신만을 위해 긴 여행을 떠난 것이다. 자신의 존재의 이유를 찾기 위해서. 하지만 왕은 해본 적 없는 새로운 일에 대한 두려움을 느꼈고, 전의 익숙했던 환경으로 돌아가고 싶어 했지만, 그 두려움을 뛰어넘어 새로운 무언가를 해내보이고 싶어 하는 강한 마음가짐을 나타낸 것 같다. '부와 명예로는 내가 꿈을 향해 가는 걸 막을 수 없어. 그곳이 내 진짜 고향이니까'

넌 어떠니?

과연 사람들은 한 가지씩은 강한 목표를 가지고 있을까? 나에겐 없다. 그래서 포기를 쉽게 하고, 끈기가 없는 것 같다. 나의 미래를 위해서라도 나는 강한 마음가짐을 가져야 한다. 하지만 그건 쉬운 것이 아닌 것 같다. 그래도 난 이겨 내야 한다. 내 미래를 위해서. 또 사람들은 보통 외로움을 탄다. 하지만 그렇게 중요한 것은 아닌 것 같다. 외로움타도 살아갈 수 있다. 언젠간 자신의 외로움을 품어줄 사람이 나타나겠지. 모든 것이 잘 되면 좋겠다.

좋아해

치즈

문득 생각났어 너의 그 웃음이
익숙했던 너의 그 향기가
언제부터인지 낯설게 느껴져 마음이 붕 뜨네

문득 생각이 났어 널 처음 봤을 때
날 보던 네 눈빛에 움직일 수 없었던 순간이
왜였는지 이제 알겠어
한동안 잠 못들었어 머릿속 너가
들어 앉아 있는 그 자리가 어색해서

널 보고 싶단 말이 나와
널 사랑하고 있진 않을까
눈을 마주치면 터질 듯한 마음
네겐 들키고 싶지 않은데

널 좋아한단 말이 나와
널 사랑하고 있진 않을까
눈을 마주치고 하고 싶었던 말
네게 언제쯤 전할 수 있을까

택시

박지웅

내가
행복했던 곳으로 가주세요

행복이 뭘까?

안은정

행복이 뭘까?

'택시'는 원하는 목적지를 말하면 돈을 받고 태워다 주는 이동수단이다. 그런데 화자는 황당하게도 '행복했던 곳'으로 가달라고 말한다. 하지만 황당해 보이는 이 시는 사실 짧고 굵은 시이다. 대부분의 사람들이 이 말에 대해 너무나도 많이 공감하기 때문이다.

우리와 '택시'의 화자의 공통점이 있다. 바로 행복했던 곳으로 가고 싶어 한다는 것이며 이 말은 '지금은 행복하지 않으니 행복해지고 싶어!'라는 의미를 담고 있다. 길 가는 사람을 아무나 붙잡고 행복하냐고 물으면 그 말에 긍정의 대답을 하는 사람들은 몇이나 될까? 우리는 언제부터 행복을 갈망하게 된 것일까?

자, 그럼 근본적인 질문부터 해보자. '행복'이 뭘까? 행복이 도대체 어떤 것이길래 사람들이 그토록 원하는 것일까? 행복의 기준은 아마 사람마다 다 다를 것이다. 부와 명예가 기준이 될 수도 있고 자아실현 또는 욕구 충족이 기준이 될 수도 있다. 여러분의 행복의 기준은 무엇인가? 행복을 갈망하기 이전에 자신에게 있어 행복이란 어떤 것인지 정의를 내리는 것이 먼저이다.

소원

이 시와 노래에는 공통점이 있다. 둘 다 소원이 있다는 것. '택시'에서는 행복해지고 싶다는 소원이, '좋아해'에서는 좋아하는 사람과 사랑이 이루어지고 싶다는 소원이 있다. 이러한 소원은 누구나 한 번쯤은 빌어본 소원이다. 그리고 나도 이러한 소원을 빌어본 적이 있었다.

'좋아해'를 들여다보면 좋아하는 사람이 생겼을 때 그 사람으로 머릿속이

꽉 차고 그 사람이 하는 행동 하나하나가 나를 설레게 하며 좋아한다고 말하고 싶은, 그런 간질간질한 감정이 들어 있다. 나도 좋아하는 사람이 생겼을 때 딱 이런 감정이었다. 눈만 마주쳐도 가슴이 두근두근하고 입이 귀에 걸리는 것을 막을 수가 없었다. 좋아하는 것을 들키고 싶진 않은데 좋아한다고 말하고 싶은 복잡한 감정. 이 노래의 내용과 '좋아하는 사람과 이루어지게 해주세요!' 이러한 감정이 많이 공감되어 이 노래가 좋았던 게 아닐까, 하는 생각이 든다.

이 시와 노래의 또 다른 공통점은 둘을 엮어보면 사랑하는 사람과 이별한 사람이 떠오른다는 것이다. 사랑하는 사람과 이별해서 다행이다, 홀가분하다, 이렇게 생각하는 사람이 있을 수도 있지만 대체적으로는 이별 후에는 밥도 안 먹고 멍하게 있는 등 행복하지는 않은 상태이다. 그런 사람들은 택시를 타고 행복했던 곳, 즉 '좋아해'의 가사처럼 두근거렸을 때로 다시 돌아가고 싶지 않을까? 그래서 나는 이 시와 노래가 연결성이 있다고 생각되었다.

My life

나도 행복에 대해 스스로에게 질문을 해본 적이 있다. '난 어떨 때 행복하지? 어떤 삶이 만족스러운 삶일까?'하고 질문을 해보았는데, 나는 사랑하는 사람과 함께 있을 때 행복한 것 같다. 사랑하는 사람은 연인을 말하는 것일 수도 있지만 내가 말하는 사랑하는 사람은 연인을 포함한 가족과 친구들이다. 사람이 혼자서 살아갈 수 없는 것은 당연한 것이다. 그렇기 때문에 사랑하는 사람들과 함께 살아가는 것은 경제적 풍요보다 더 좋은 마음의 풍요라고 생각한다.

특히 사랑해서 연애를 하면 가슴의 두근거림이 느껴지고 내가 살아 있는 듯한 느낌이 드는 순간이 있다. 내가 누군가에게 있어 꼭 필요하고 소중한 사람이 되고 누군가의 사랑을 독차지한다는 것은 나의 존재감을 스스로 깨닫게 해주는 것뿐만 아니라 나의 가치를 느끼게 해주는 일인 것 같다. 사랑받는 것을 싫어하는 사람은 없을 테니까. 만약 나에게 "사랑하는 사람들과 함께 하지만 풍요롭지 못한 삶과 사랑하는 사람들이 곁에 없지만 풍요로운 삶"을 선택하라고 한다면 나는 전자를 선택할 것이다. 나에게는 '풍요로움'보다 '사랑'이라는 가치가 더 크기 때문이다.

싱크홀 ♪

모란이 피기까지는

김영랑

모란이 피기까지는
나는 아직 나의 봄을 기다리고 있을 테요
모란이 뚝뚝 떨어져 버린 날
나는 비로소 봄을 여읜 설움에 잠길 테요
오월 어느 날 그 하루 무덥던 날
떨어져 누운 꽃잎마저 시들어 버리고는
천지에 모란은 자취도 없어지고
뻗쳐 오르던 내 보람 서운케 무너졌느니
모란이 지고 말면 그뿐,
내 한 해는 다 가고 말아
삼백 예순 날 하냥 섭섭해 우옵내다
모란이 피기까지는
나는 아직 기다리고 있을 테요,
찬란한 슬픔의 봄을

구멍이 난 손을 벌리며
모든것이 사라졌다고
돌연하게도 너를 찾아온
그 놀라움은 고개를 들고
내 옷깃을 잡아 당기며
어디로든 숨겨달라고
그 날카로운 고통의 구멍에
곧 너의 삶은 간파당했네
No No No No No No No No
모두 도망가네
나를 대신할 그 모든 것들은
No No No No No No No No
시커먼 구멍은
숨어있는 나를 곧 낚아채겠지
무너져 버린 짙은 허상과
보이지 않는 삶은 속인 삶의 소유와
삼켜져 버린 병든 믿음과
사라져 버린 찌꺼기로 만든 손바닥

소유의 덧없음

이서빈

우리는 우리가 손에 쥔 것을 영원히 가지고 있을 수 있을까? 혹여나 우리가 소유했다고 믿은 것들이 단지 우리를 스쳐 지나가는 허상이 아닐까? 아름다움은 언제까지 우리 곁에 있을까? 이 문제들은 끊임없이 사람들을 괴롭힌다. 나는 이 이유를, 사람들은 누구나 소유를 좇으며 만약 자신들이 좇던 것이 실체가 아닌 허상이라는 사실을 알 때를 견뎌 내지 못하기 때문이라고 생각한다. 지금 이 시간 내가 소개할 시 '모란이 피기까지는'와 노래 '싱크홀'은 현대인들의 끊임없는 문제, '소유'를 다루어 앞서 나열한 문제점들의 해결 방법을 소개해 줄지도 모른다.

나는 어릴 적에 굉장히 아끼던 인형을 한 번 빨고 나니 형체가 없어져서 버린 적이 있다. 그때 엄청나게 울었다. 어린 마음에 아끼던 것이 사라지는 슬픔은 견딜 만한 것이 못 되었나 보다. 이와 같은 경험은 모두가 있을 것이라고 믿는다. 그래서 나는 '시 평행쓰기'의 주제를 '소유'로 잡았다.

소유라는 허상

'모란이 피기까지는'과 '싱크홀'은 추구하던 것이 없어진 상황을 설정했다는 공통점을 가진다. '모란이 피기까지는'의 화자(이하 '그')는 모란과 봄을 아름다움으로 추구하고 그것과 정서적으로 일체감을 느낀다. 그러나 결국 모란이 '뚝뚝' 떨어져 버린 날, 그는 '비로소' 봄을 여읜 슬픔에 잠긴다. 여기에서 그가 봄이 언젠가는 지나갈 것임을 알고 있었지만 소망과 기대를 버리지 않고 있었다는 사실을 알 수 있다. 그가 그토록 기다리던 봄은 오월 어느 날 찾아온 더위와 함께 사라져 버리고, 온 세상 천지에 모란도 자취를 감춘다. '모란이 지고 나면 그뿐, 내 한 해는 다 가고 말아'라는 시행을 통해 그의 인생에서 모란이 갖는 의미와 모란의 낙화로 인한 그의 슬픔을 충분히 짐작할 수 있다. 그는 그의 삶과도 같은 모란과 봄이 떠나가는 상황을 슬픔에 차서 바라보고 있다.

한편, '싱크홀'의 화자(이하 '나')가 그리고 있는 대상(이하 '너')는 손에 구멍이 나서 가지고 있던 모든 것을 다 잃고는 놀라움과 고통에 차서 '나'를 찾아온다. 그러나 '너'는 이미 모든 것을 집어삼킬 정도로 커진 구멍에 삼켜져 버렸고, '나'는 그런 '너'를 보며 두려움에 떤다. '너'가 '나'의 미래임을 잘 알고 있기 때문이다. 구멍은 '나'가 아무리 숨어봤자 결국 '나'를 찾아내 집어삼킬 것이다. '너'와 '나'가 가지고 있던 것들은 '짙은 허상'이 되어 무너져 버렸고, 구멍은 소유, 믿음 등을 모두 삼킨 채 유유히 사라진다. 이 노래의 작사가는 이 노래를 '우리가 평소 소유하고 있다고 믿고 있던 자신을 둘러싼 혹은 이미 자신을 완성시킨 소유물들이 어느 한 순간 남김없이 사라질 수 있다는 내용'이라고 설명한다. 나를 기쁘게 했던 소유물이 어느 순간 사라져 깊은 공허함 속에 빠질 수 있다는 것이다.

소유에 대한 의문

지금까지 본 두 작품의 내용으로는 전술한 질문의 답에 이렇게밖에 결론을 내릴 수 없다 : 손에 쥔 것은 영원히 가질 수 있는 것이 아니며, 우리가 소유했다고 믿은 것들은 우리를 스쳐 지나가는 허상이고 아름다움은 언젠가는 시들고 만다. 태어나서 죽을 때까지 죽어라 열심히 노력해서 얻은 그 모든 것들이 언젠가 없어질 실재 없는 허상에 불과하고, 이를 가지려는 우리의 노력은 마찬가지로 모두 헛된 것이다. 그러나 이러한 생각이 과연 옳은 것일까?

건강한 소유를 추구하는 세상

'모란이 피기까지는'은 '싱크홀'과 다르게 위 질문의 해답을 내놓는다. '모란이 피기까지는/ 나는 아직 기다리고 있을 테요, 찬란한 슬픔의 봄을'이라는 시행을 보자. '봄'은 이 시에서 모란이 지기 때문에 슬픈 시간이지만, 또한 모란이 피기 때문에 기쁜 시간이기도 하다. 그는 봄의 슬픔을 슬픔으로 끝나는 절망적 슬픔이 아니라 미래의 꿈을 가지고 있는 슬픔, 즉 아름다운 정서로 승화된 슬픔이라는 점을 '찬란한 슬픔의 봄'이라는 역설적 시어를 활용하여 강조하였고, 이를 '아직' 기다리고 있겠다는 말을 통해 그의 의지를 드러내었다.

나는 이 시를 읽고 내가 바라는 것을 추구하는 행위가 단지 그것을 영원히 가질 수 없게 된다는 이유로 어리석은 것이 되는 게 아니라는 생각을 했다. 물론 '싱크홀'에서 비판한 것처럼 소유에 대한 맹목적인 믿음과 집착은 삶을 파멸로 이끌 수 있는 잘못된 것이지만, 내 삶의 목적이 건전한 소유를 추구함으로써 충족된다면 그것도 바람직한 일이지 않을까?

문득 ♪

로이킴

네가 문득 떠오르는 날엔
아무 일도 손에 잡히질 않아서
결국 잘 감춰뒀던 너와의 추억을
혼자 몰래 꺼내보곤 해
내가 그렸던 우리의 모습은
참 멋지고 아름다워서
잊질 못하나 봐
결국 그 안에 너는 지워야겠지만
내 마음대로 되지가 않아
우리 다시 볼 순 있을진
모르겠지만 다 행복하자
살아가다 서로가 생각나도
그냥 피식 웃고 말자
최고의 꿈을 꾸었다고 생각하고
또 설레게 살자
그러다 다시 만나게 된다면
그때 생각해 보자아니 다시
생각을 해보니
그래도 너 없이 살아 가는 걸
견디긴 힘들 거야
너도 그러니 그럴까 그래 줘
이번엔 내가 더 노력할게
너를 아직도 이렇게 사랑하는데
지금 널 볼 순 없어도
기다릴 수 있는데
나는 왜 너에게 다시 다가가기
두렵기만 한지 모르겠어
우리 다시 볼 순 있을 진
모르겠지만 다 행복하자

문득

정호승

문득
보고 싶어서
전화했어요
성산포 앞바다는
잘 있는지
그때처럼
수평선 위로
당신하고
걷고 싶었어요

어느 날 갑자기

정시형

 길을 걷다 보면 우리는 많은 사람을 만난다. 길거리에서 친한 친구를 만날 수도 있고, 학교 선생님이나 주변 지인들을 만나게 된다. 함께 잘 어울렸던 사람과 마음이 맞지 않아 서먹서먹하게 지냈던 사람,

 다툰 적이 있어 아직까지도 감정이 남아 말도 하지 않는 사람들을 어느 날 갑자기, 특정한 시간에 만날 수 있게 된다. 음악을 듣다가 인기차트 목록 중에서 내가 좋아하는 가수의 노래 '문득'을 듣게 되었다. 노래 가사에서 문득 생각나는 사람들, 갑자기 보고 싶은 사람들을 떠올리게 하는 가사를 듣게 되었다. 듣다 보니 나도 문득 보고 싶은 사람이 생각났고, 가사와 비슷한 생각을 하게 된 것이 정호승 시인의 시에서도 느낄 수 있다. 어떤 점이 비슷한지 소개 할 것이다.

인연을 그리워하며

 첫 번째 공통점은 이 시와 노래 모두 어느 날 갑자기, 길을 걷다가, 혹은 무엇을 바라보다가 그와 관련된 인물을 갑자기 떠올린다는 것이다. 이 시에서는 갑자기 보고 싶은 사람이 떠올라 그 사람의 안부를 궁금해 하고, 괜히 한번 보고 싶어지는 그런 느낌을 준다는 것이다.

 보고 싶은 사람은 사랑했던 사람이 되거나, 정말 친하게 지냈던 친구, 가깝게 지내던 후배 혹은 선배가 될 수 있을 것이다. 사랑했던 사람과 늘 함께 해오던 일들을 갑자기 나 혼자 하게 되었을 때 그리움이라는 감정을 가장 잘 느낄 수 있을 것이다. 나도 그러한 경험이 있었기 때문에 이 시와 노래가사에 공감이 되는 것 같다. 나도 시 문득처럼 함께 걷던 길 위를 혼자 걷다가, 노래 문득처럼 멍하니 있다가 갑자기 그런 생각이 들었던 경험이 있다.

두 번째 공통점은 시와 노래 모두 그리워하는 사람을 떠올렸다가 아무렇지 않은 듯 다시 일상으로 되돌아간다는 것이다. 이런 모습까지도 공감되고 이해가 된다. 나의 모습을 시와 노래로 표현했다면 이 시와 이 곡이 되지 않았을까 싶다.

시간이 약이라는데

주변 누군가가 아프거나 힘든 상황에 있을 때. 흔히들 위로할 때 '시간이 약이야, 시간 지나면 괜찮아질 거야'라고 말한다. 그렇다. 이건 아픔을 잘 모르는 사람들이 하는 말이다. 많은 시간을 함께했고 누구보다 가까웠던 누군가를 잃고, 아무렇지 않은 듯이 살아가는 것이 가능할까? 예외적으로 몇몇 그런 사람을 본적은 있지만, 얼마 안 가 그리움에 눈물도 흘리고 슬퍼도 하더라. 나는 힘들어하는데 상대방은 어떨까? 이런 의문도 든다. 사람이라면 똑같이 힘들어하겠지만 밖에서 일상처럼 잘 지내는 상대방을 보면 나만 힘든 것 같아 더 슬퍼지기도 한다. 이럴 때 다른 사람들은 다른 일에 집중하여 힘든 걸 잊어보려 한다고 하더라. 공부도 해보고, 운동도 해보고, 새로운 취미를 찾아보기도 하며, 이별이 주는 유일한 장점은 자신의 숨어 있던 취미를 찾을 수도 있다는 것이다. 이렇게 시간을 보내다 보면 그리움이라는 감정이 무뎌진다. 시간이 흐른 뒤 감정이 거의 없어질 때쯤 이 노래처럼 옛 추억을 되새겨보다가 웃어넘기는 상황이 올 것이다.

우리가 지내는 일상에서 여러 사람을 만날 수도 있다. 이렇게 누군가를 만났다가 아파도 보고, 그러다 보면 자신이 더 성장하고 발전하는 것 아닐까? 당장은 힘들지만 결과적으로 보면 인연을 통해 잃는 것도 있지만 그만큼 많은 것을 얻을 수도 있다는 것이다. 그렇기 때문에 여러 사람을 만나보라고 어른들이 말하는 것이 아닐까.

우리가 사는 세상의 흐름

지금 우리가 사는 고등학생의 일상은 정신없고, 체계적인 시간을 보내다 눈을 깜빡할 사이 하루가 저물어가는 흐름에 살고 있다. 하고 싶은 일은 많고, 할 수 있는 시간은 없고, 반드시 해야 하는 일은 어렵고 힘든 일들이다. 이런 시기에 고민을 나누고 힘이 되어주는 사람이 필요할 것이다. 사람마다 그 힘이 되어주는 사람이 친구일 수도, 이성 친구일 수도 있다.

노래 가사처럼 과거의 일들을 좋은 추억으로 남기고 앞으로의 일에 집중해서 멋지고 훌륭한 사람이 되어 먼 미래에서 과거의 일들을 떠올리며 웃을 수 있도록 노력하는 것이 중요할 것 같다. 나는 이 노래를 들을 때 옛날 사람의 생각이 나기도 하지만 이 노래를 듣고 나서 나의 미래에 대해 노력해야겠다는 의지가 생기며 더 열심히 하고자 하는 생각을 하게 된다.

살면서 많은 사람을 만나고 스쳐 지나갈 텐데 사람 한 명 한 명 소중한 인연으로 생각하고 인연의 소중함을 알고 서로서로 돕고 의지하며 힘든 세상에서 힘내며 당당하게 살아갔으면 하는 마음과 슬픔을 이겨내서 자신이 더 발전할 수 있는 계기로 만들어 낼 수 있다는 것을 알려주기 위해서 이 노래와 시를 꼭 한번 권하고 싶다.

좋은 일이 있을 거야 ♪

있잖아 요즘 너무 이상해
복잡한 걱정거리만 늘어놓고
답답한 맘에 얘길 해 봤는데
원래 사는 게 다 그런 거래

조그만 실수에 예민하고
커다란 칭찬엔 어색해지고
알잖아 어차피 다 지난 일인걸
더 이상 무슨 말이 필요해

서둘지 말고 한걸음씩 즐겨봐
어때 느낌이 와 Oh!

Hi, Hi, Beautiful sunshine
싱그러운 봄바람 노래하는 저 새들도
Fly high everything's alright
웬만하면 크게 웃고 다시 시작해봐
오늘은 좋은 일이 있을 거야

아쉬운 마음에 짜증나고
속상한 마음에 눈물이 나도
누구나 열 번쯤은 겪을 일인걸
알잖아 무슨 말이 필요해

서둘지 말고 한걸음씩 즐겨봐
어때 느낌이 와 Oh!

나를 위로하며

삐뚤삐뚤
날면서도
꽃송이 찾아 앉는
나비를 보아라

마음아

힘에 부치는 오늘을 걷는 우리

조승희

누군가는 현대사회가 우울이 만연한 사회라고 한다. 맞는 말인 것 같다. 세상은 우리가 따라갈 수 없을 만큼 빠른 속도로 발전하고 책이나 방송에서는 4차 산업혁명이니 뭐니 하는데 내 일상은 그런 것과는 하등 관계없이 정체된 기분이다. 굳이 사회까지 갈 필요도 없다. 학교에서 친구들과 이야기를 나누다 보면 모두가 자신만의 방향으로 달려가는데 나만 갈피를 잡지 못하고 멈춰있는 느낌을 지울 수가 없다. 나만 그런 것도 아니다.

불안한 오늘

노래 '좋은 일이 있을 거야'의 첫 구절은 요즘 나의 심정을 대변한다. 늘 복잡한 걱정거리가 머릿속을 둥둥 떠다니고, 답답한 마음에 친구들에게 하소연을 하면 하나같이 자기도 그렇다며 한마디씩 거들어 결국 이야기는 '어휴, 인생이 다 그렇지 뭐'로 귀결된다. 힘만 빠지는 것이다. 조그만 실수에 예민하고 커다란 칭찬엔 어색해지고. 지난 일요일 밤 자려고 누웠다가 주말 동안 했어야 했는데 까먹었던 일이 급히 생각나 나 스스로에게 엄청나게 화가 난 적이 있다. 지금 다시 생각해 보면 1시간도 채 안 걸릴 일이라 당장 일어나서 해도 되고, 아침에 일찍 일어나 해도 됐었고, 이도 저도 아니라면 그냥 미뤄서 다음 주말에 해도 상관없을 일이었는데 그 당시에는 내가 했어야 한 일을 내내 까먹고 있었다는 것이, 그래서 내가 세워놓은 계획이 조금씩 뒤로 다 밀렸다는 것이 너무 화가나 참을 수가 없었다. 그럴 수도 있지, 하면서 넘길 수도 있었을 작은 실수에 뒤처지는 건 아닌가 하는 불안함에 너무 예민하게 굴었다. 누군가 나를 칭찬할 때에도 아닌데, 하는 생각이 먼저 든다. 칭찬은 칭찬으로 들어야 하는데 늘 부정부터 하고 본다. 시 '나를 위로하면'의 화자도 이 시를 쓰기 전까지 '삐뚤삐뚤 나는' 자기 자신에 대한 얼마나 많은 자기혐오와 우울을 겪었을까. 이러다 모두에게서 나만 도태되는 건 아닌가 하는 불안함, 똑바로 가야 한다는 강박감과 모종의 책임감이 늘 나를, 이 사회를 짓누르고 있는 것 같다.

다들 그런 거래

힘들다고 이야기하면 매번 듣는 말이 있다. '다들 그렇지 뭐, 너만 그런 것도 아니야' 이 노래에서도 나온다. '원래 사는 게 다 그런 거래' 이 말은 뒤처짐에 불안해 하는 나에 대한 위로임과 동시에 나를 무기력하게 만든다. 내가 겪는 이 힘듦이 나 홀로만의 것이 아니고 모두가 겪어나가는 하나의 과정 같은 것이라는 게 위안이 될 때도 있지만 정말 힘이 들고 지칠 때에는 다들 겪으면서 이겨내는 걸 나는 왜 이렇게 힘들어하지, 하고 나만 유난스럽고 나약한 것 같아 자기혐오가 밀려온다. 그래서 나 역시 이 힘듦을 꿋꿋이 헤쳐 나가야 한다는 의무감이 생겨 힘들어도 쉽사리 쉼을 결정하지 못한다. 그러나 나는 다르게 생각한다. 모두가 겪는 일이라 할지라도 나의 아픔이 사라지는 것은 아니다. 겨울철 많은 사람들이 감기에 걸리지만 그 누구도 아파 열이 펄펄 끓는 환자에게 "너만 감기에 걸린 것도 아닌데 유난스럽게 아파하지 마!"라고 이야기하지 않는 것처럼 우울감과 무기력증도 마찬가지다. 그런 힘듦을 100명이 경험하던 1000명이 경험하던 나의 아픔은 나의 것이고, 분명히 존재하는 것이다. 그걸 부정하면 안 된다고 생각한다. 다만 이 노래에서 말하는 것처럼 누구나 열 번쯤 겪을 일이니 뒤처진다고 조급해 하지 말고 자신의 아픔을 충분히 보듬어줄 수 있을 만큼 시간을 갖자.

쉬어가는 내일

요즘은 너무 힘든 일 투성이다. 목표는 하늘처럼 높은데, 현실은 저 지구 내핵 어딘가쯤 박혀 있는 것 같다. 늘 무언가를 더 해야 한다는 압박감에 시달리면서 변함없는 일상의 쳇바퀴를 굴리는 것이 힘에 부친다. 나는 지금도 충분히 힘든데 뭘 어떻게 더하라는 소린지. 그러고 나면 웃음도 나오지 않는다. 그러나 나는 이 노래, 이 시에서 힘든 현실만을 읽은 것은 아니다. 우리는 힘들지만 다시 일어나고, 불안한 오늘을 살아간다. 나도, 이 시도, 이 노래도 삐뚤삐뚤 날아가지만 꽃을 찾는 나비를 보며, 좋은 일이 있을 거라며 웃어넘기며 우리는 나를 위로하고 서로를 위로하며 함께 버텨나가는 것 같다. 오늘을 살아야 내일이 오기 때문이다. 오늘이 힘겨웠다면 내일은 쉬어가자. 나만 힘든 것이 아니라 다들 오늘이 힘겨우니 특별히 조급해 할 필요는 없지만, 다들 아프다고 해서 내가 아픈 것이 사라지는 것 또한 아니니 억누를 필요도 없다. 그러니 숨이 턱 끝까지 차오른다면 한 박자 쉬어가자. 모두의 속도는 다르다. 뒤처지는 게 아니라 각자의 속도가 다를 뿐이다. 나는, 우리는 삐뚤삐뚤 날아도 꽃을 찾을 것이다. 서두르지 말고 한걸음씩 즐겨보자. 모두 조금씩 덜 힘들고 힘들면 쉴 수 있는 사회가 되었으면 좋겠다.

느리게 걷자 ♪

장기하와 얼굴들

우리는 느리게 걷자 걷자 걷자
우리는 느리게 걷자 걷자 걷자
그렇게 빨리 가다가는 죽을 만큼
뛰다가는
아 사뿐히 지나가는 예쁜 고양이 한 마리도
못 보고 지나치겠네
우리는 느리게 걷자 걷자 걷자
우리는 느리게 걷자 걷자 걷자
점심 때쯤 슬슬 일어나 가벼운 키스로 하루를
시작하고
양말을 빨아 잘 짜 널어놓고 햇빛 창가에서
차를 마셔보자
우리는 느리게 걷자 걷자
우리는 느리게 걷자 걷자
그렇게 빨리 가다가는 죽을 만큼
뛰다가는
아 사뿐히 지나가는 예쁜 고양이 한 마리도
못 보고 지나치겠네
우리는 느리게 걷자 걷자
우리는 느리게 걷자 걷자
채찍을 든 도깨비같은 시뻘건 아저씨가
눈을 부라려도
적어도 나는 이제 뭐라 안해
그저 잠시 앉았다가 다시 가면 돼
우리는 느리게 걷자 걷자
우리는 느리게 걷자 걷자

자신

이환천

자신과의
싸움에서

매번지는
나를보고

내자신이
강하단걸

다시한번
느낍니다

느림의 미학

서정욱

사람들이 자신과 선택의 길에 놓일 때, '자신을 이겨라'라고 말한다. 그 이겨야 하는 자신 또한 내가 아닌가 이환천의 '자신'대로 내가 자신에게 지더라도 그 자신도 나니까 강하다. 즉 후회하지마라는 말을 재치 있게 말하는 것 같다.

자신에게 후회가 있다면 노래 '느리게 걷자'는 더 넓게 보자.

우리는 때론 바쁘게 지낸다. 시간이 가는지도 모르고 지내다 보면 벌써 하루가 다 지나가고, 산 정상만 향해 오르다가 내려오는 길에야 지나친 아름다운 것들을 볼 수 있는 것처럼 한 번씩은 서두르지 말고 좀 더 여유를 가지고 느리게 걸으며 지나친 아쉬움에 후회하지 말자.

답답한 거북과 성급한 토끼

나는 행동이 느긋하고 사람들이 볼 때 답답해 하는 경우가 많다. 멀리서 보면 부지런하고 낙관적인 사람, 가까이서 보면 답답하고 꼼꼼한 사람. 실제로는 그리 꼼꼼하지도 부지런하지도 않다. 나도 나 자신에게 가끔 답답함을 느낀다. 반면에 상대가 나를 답답하게 생각할 때 나도 상대를 왜 저리 급할까 라고 생각하기도 한다. 이런 것은 개인의 특성이다. 하지만 우리는 스스로 이런 점들을 개선하기 위해 노력하고 있다. 또한 이런 특성들마다 장단점이 있다고 생각한다. 거북이는 느리지만 단단한 껍질을, 토끼는 작지만 빠른 발을 가진 것처럼 말이다.

선택? 선택 선택!

우리는 살아가면서 무수한 선택의 길에 놓인다. 무엇을 먹고 언제 무엇을 할지, 누구를 만날지 같은 사소한 선택들부터 어느 대학을 갈지, 어떤 일을 할지와 같은 중요한 선택들까지. 선택의 길에서는 대부분 하나의 길만을 선택하고 나머지 길들은 포기해야 한다. 나머지 길들도 언젠가는 다시 갈 수도 혹은 영원히 가지 못할 길이 될지도 모른다. 자신만의 길을 시원하게 걸어가는 사람들이 부럽다. 나는 많은 선택들에 어쩔까 저쩔까 하고, 시간을 버려 겨우 하나를 고르면 나머지 것들에 미련이 남고 때론 후회하기도 한다. 그래도 내가 선택한 것인데 어찌하겠는가. 나중을 기약하고 지금에 만족해야지 안 그러면 두고두고 남은 후회라는 조각 때문에 뒷일에 지장이 될 것이다. 지나간 일에 후회 말고, 모든 일에는 의미가 있다고 믿어본다.

희망을 모험하는(?) 나

많은 꿈들 중 어려서부터 거의 한결같았던(과거에는 포괄적이었으나 점차 세부적이지만 바뀐)꿈이 두 가지 있다. 하나는 중등 국어교사 겸 소설 작가, 하나는 자유 예술인 겸 소설 작가. 후자는 5년이 거의 다 되어가는 새로운 꿈이지만, 이제야 조금씩 준비해 가고 있다. 대부분의 가족들이(특히 외가쪽) 심하게 반대했기 때문이다. 비슷한 사람들을 보면 내가 좀 늦게 시작했다고 생각하지만, 그래서 오히려 '부족하니까 더 열심히 하자'라는 마음이 생긴 게 아닐까? 어찌되었든 내가 정말 원하는 것에 한 발 한 발 다가갈 수 있으니까 말이다.

후회하는 나

언젠가부터 사진 찍는 것을 별로 좋아하지 않았다. 친구들이 찍자고 해도, 부모님이 찍자고 해도, 사촌들이 같이 찍자고 해도, 자주 만나는 사이, 맨날 보는 사이, 종종 볼 수 있는 사이…라고 생각해서였을까?

시간이 지나서야 앨범을 보거나 생각할 때, 많은 경험과 추억이 있었지만 별로 볼 수가 없었다. 앨범에는 주로 어릴 적만 있었으니까. 그래서 가족이든 친구든 누구든 좋아하는 사람들과 함께 사진을 자주 찍겠다고 마음먹었으나 어색할 때가 많았다. 그렇지만 엄마와 아빠, 부모님과 우리가 아주 좋아하고 잘 싸우지도 않았을 때 못 찍고, 언제까지나 함께 할 거라 생각했던 친구들도 각자만의 사정에 하나둘 헤어지고, 서로가 바빠진 사촌들조차 잘 만날 일이 없어져갔다. 그때 그때가 후회되고 미련 남는다.

나와 주변을 느리게 걷자

행복하면 시간이 빨리 지나간다고 안경을 쓰기 시작했을 적부터 갑자기 하루가 너무 빠르게 지나가는 것을 느꼈고 지금까지 너무 빠르게 지나가는 날들 속에서 천천히 살아온 것 같다고 생각한다. 그러나 항상 즐겁고 긍정적으로 살지는 않았고 고민거리가 아예 없지도 않았다. 물론 크면서, 시간이 지나갈수록 이런 저런 상황들은 더욱 커지고 생겨나기 마련이다. 어떤 사람들이라도 이 같을 때가 있다. 우리 마음속에는 천사와 악마가 있다 하고 같은 공간에 있어도 누구는 UFO를 봤고 누군가는 못 봤다고 한다. 내가 오래 간직하고자 하는, 제발 잊어버리고자 하든 우리가 지나온 순간순간의 기억들 중 분명히 혹은 조금 조금씩 남아 있다. 성격, 행동, 슬펐을 때, 기뻤을 때, 개성과 입맛, 자신이 좋든 말든 수많은 기억의 파편들이 퍼져 있다. 그것들은 추억으로도, 트라우마로도 생겨날 수 있다. 세월이 흐르고 나이를 먹고 할수록 새로 생기고 잊혀지며 정리되어 갈 것이다. 어떤 것이든 추억이라면 오래 보관하며 때때로 꺼내보고 싶고 트라우마라면 빨리 잊어버리고 싶다. 누구나 그럴 것이다. 결론은 이긴 나와 진 나, 그리고 그런 나의 주위를 한 번 더 둘러보자. 반성과 성찰로써가 아닌 되돌아보는 시간도 가져보자. 천천히 여유롭게.

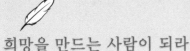

희망을 만드는 사람이 되라

정호승

길 ♪

B1A4

이 세상 사람들 모두 잠들고
어둠 속에 갇혀서 꿈조차 잠이 들 때
홀로 일어난 새벽을 두려워 말고
별을 보고 걸어가는 사람이 되라
희망을 만드는 사람이 되라

겨울밤은 깊어서 눈만 내리어
돌아갈 길 없는 오늘 눈 오는 밤도
하루의 일을 끝낸 작업장 부근
촛불도 꺼져 가는 어둔 방에서
슬픔을 사랑하는 사람이 되라
희망을 만드는 사람이 되라

절망도 없는 이 절망의 세상
슬픔도 없는 이 슬픔의 세상
사랑하며 살아가면 봄눈이 온다.
눈 맞으며 기다리던 기다림 만나
눈 맞으며 그리웁던 그리움 만나
얼씨구나 부둥켜 안고 웃어 보아라
절씨구나 뺨 부비며 울어 보아라

별을 보고 걸어가는 사람이 되어
희망을 만드는 사람이 되어
봄눈 내리는 보리밭길 걷는 자들은
누구든지 달려와서 가슴 가득히
꿈을 받아라
꿈을 받아라

천원이 아쉬워 집까지 걸었던 매일
유난히 길고 길던 우리 하굣길
그 길을 걸으며 이야길 나누면
(시간이 참 짧았어)
네가 있기에 외롭지 않았어
골목을 누비고 모래 먼지 날리고
서로가 서로의 영웅이 되어
동네를 지키고
네가 슈퍼맨 내가 배트맨 하며
치고 박고 싸우던 그때는
우리가 최고
늘 찾던 우리 집 뒷담벼락 말투부터
서로가 닮더라 아직 꺼내보지
못한 우리들 비밀
향기 가득 남아있는 우리 걷던 길
매일 울고 웃으며 걸었던 길
함께 맹세한 약속을 잊지 않길
다시 만나는 그 날에
웃을 수 있게 변치 않길 바래
너와 나만은 함께 걸어온
길에 끝에서
약속해 약속해 어두운 길에서
한 없이 방황하고
매일이 지겨워서 꿈이 없었지
그 길의 곁에서 항상 힘이 되어준
(네가 있었기에)
이렇게 난 걸어갈 수 있었어
배고파도 나누어
먹던 빵 한 쪽 이유 없는
반항들도 많았죠
누구보다 쿵짝이 잘 맞는 우리

어두운 세상 속 빛날 꿈

황은혜

이 세상에는 수없이 무한한 꿈들을 가진 사람들이 많다. 그중에 나도 포함이다. 하늘을 나는 파일럿이 되고 싶은 사람, 학생들을 가르치는 지도교사가 되고 싶은 사람, 음악으로 사람의 마음에 감동을 주는 사람 등 각자 살아온 삶에 따라 무엇을 하고 싶고 무엇을 원하는지 다 다를 것이다. 정호승의 '희망을 만드는 사람이 되라'에서 "꿈조차 잠이 들 때 홀로 일어난 새벽을 두려워 말고 별을 보고 걸어가는 사람이 되라 희망을 만드는 사람이 되라."라는 시 구절이 있다. 나의 꿈조차 어둠 속으로 사라지고 잠이 든 것 같지만, 끝까지 그 꿈 놓지 않았을 때 만들어지는 희망의 값어치는 얼마나 말로 형용할 수 없을까? 당장이라도 그 꿈과 같이 어둠 속으로 빨려 들고 싶은 나이지만 포기하지 않고 이 길을 걸어간다.

걸어가는 길에는 항상 시련이

먼저 정호승의 '희망을 만드는 사람이 되라'는 시는 어떤 역경 속에서도 포기하지 않고 희망을 만들어서 그 꿈을 마침내 받아내는 의미를 가지고 있는 것 같다.

세상을 살아가다 보면 수많은 시련과 역경에 시달린다. 그게 시험 성적이 될 수도 있을 것이고, 자신의 진로 결정 문제가 될 수도 있을 것이다. 나도 꿈이 있었다. 내가 존경하는 음악 선생님처럼 학생들 앞에서 음악을 가르치며 함께 노래 부르는 음악교사의 꿈. 하지만 음악교사가 되려면 성악이나 피아노 등 전공으로 삼을 만한 악기가 무조건 하나는 있어야 한다. 아직 피아노 실력이 너무나도 부족하지만 언젠간 피아노 실력이 늘어서, 원하는 대학, 원하는 음악과에 합격하여 학생들 앞에서 음악을 가르치는 꿈을 어둠 속 깊이 보내버리지 아니하고, 희망을 만들어 가고 있다.

"우리 그때 참 행복했지?"

하지만, B1A4 '길'이라는 노래는 학창시절 온 동네방네 돌아다니며 친구들과 놀았던 그 시절이 지나고, 이젠 서로 붙잡지 않고, 각자의 길을 걸어가야 하기에 떠나보내야 할 상황이 온다고 노래하고 있다. 이 가사처럼 지금 이 꿈을 꾸기 전 나한테는 초등학생 때 철없던 시절이 있었다. 친구들과 모여 다니며 문구점에서 불량식품 먹기를 좋아했고, 동네 아파트 앞에서 인라인스케이트를 타다가 무릎이 다 까진 그런 추억이 있다. 그때만 해도 10년 뒤가 지금이 될지 몰랐고, 항상 초등학생 때 꿈을 적어보라 하면 '선생님!', '그럼 나는 대통령!' 하던 그 시절이 있었다.

하지만 이제 지금 와서 되돌아보니 노래 가사처럼 '네가 슈퍼맨 내가 배트맨 하며 치고받고 싸우던' 그날들은 다 지나가고 벌써 고등학생이 되어서 자신의 꿈을 향해, 그리고 정들었던 친구들과 다른 길을 걸으며 살아가야 할 날들이 얼마 남지 않았다. 음악교사가 꿈인 나에게는 아직 충분한, 피아노를 전공으로 삼을 만한 실력이 되지 않는다. 그렇다고 해서 포기하고 꿈도 잠재울 것이 아니라, 멀리서도 항상 나를 응원해 주었던 사람들을 바라보며 시련과 역경을 극복하고 이 길을 걸어갈 것이다.

별과 같이 반짝 빛나는 길

자신이 잘하는 것이 무엇인지, 그리고 이게 잘하고 있는 것이 맞는 건지 항상 고민되는 순간이 있을 것이다. 정호승의 시처럼 나의 꿈이 비록 아직은 저 멀리 손으로 잡을 수 없는 별 같다 해도 희망을 만들어낼 것이고, B1A4의 노래처럼 철없던 시절이 지나가고 이젠 각자의 길을 위해서 서로를 보내줄 줄 알고 멀리서라도 힘내라고 말해 줄 수 있는 사람이 되고 싶다.

사람들에게 별을 보라 하는 의미는 무엇일까? 깜깜하고 아무것도 보이지 않을 것 같은 밤하늘에 반짝반짝 홀로 빛을 내고 있는 별이 아름다워서 위로를 주기 때문일까? 나도 언젠간 사람들에게 별과 같은 존재가 되어주고 싶고, 그리고 별과 같은 사람뿐만 아니라, 이 찰흙으로 덮인 나에게 반짝하고 떠오르는 꿈이 이루어지면 좋겠다는 마음에서 이 길을 걸어갈 것이라 다짐한다.

전하지 못한 진심

방탄소년단

외로움이 가득히 피어있는 이 garden
가시투성이 이 모래성에 난 날 매었어
너의 이름은 뭔지 갈 곳이 있긴 한지
Oh could you tell me?
이 정원에 숨어든 널 봤어
And I know 너의 온긴 모두 다 진짜란 걸
푸른 꽃을 꺾는 손 잡고 싶지만
내 운명인 걸 Don't smile on me Light on me
너에게 다가설 수 없으니까
내겐 불러줄 이름이 없어
You know that I can't
Show you ME Give you ME

개화(開花)

이호우

꽃이 피네, 한 잎 한 잎

한 하늘이 열리고 있네

마침내 남은 한 잎이
마지막 떨고 있는 고비

바람도 햇볕도 숨을 죽이네.
나도 가만 눈을 감네

초라한 모습 보여줄 순 없어
또 가면을 쓰고 널 만나러 가
But I still want you
외로움의 정원에 핀 너를 닮은 꽃 주고 싶었지
바보 같은 가면을 벗고서
But I know 영원히 그럴 수는 없는 걸
숨어야만 하는 걸 추한 나니까
난 두려운 걸 초래해 I'm so afraid
결국엔 너도 날 또 떠나버릴까
또 가면을 쓰고 널 만나러 가
할 수 있는 건 정원에 이 세상에
예쁜 너를 닮은 꽃을 피운 다음
네가 아는 나로 숨 쉬는 것
But I still want you I still want you
어쩌면 그때 조금만 이만큼만
용길 내서 너의 앞에 섰더라면
지금 모든 건 달라졌을까
난 울고 있어 사라진 무너진
홀로 남겨진 이 모래성에서
부서진 가면을 바라보면서
And I still want you But I still want you
But I still want you And I still want you

가면을 벗고 꽃이 되어라

박윤택

사람에게는 여러 감정이 있다. 율곡 이이 선생의 〈율곡전서〉는 다음과 같이 말한다. "사람의 정(情)에는 기쁨(喜), 분노(怒), 슬픔(哀), 두려움(懼), 사랑(愛), 미움(惡), 욕심(欲)의 일곱 가지가 있을 뿐이니, 이 일곱 가지 외에는 다른 정이 없다." 하지만 정말 이렇게 느끼는 감정이 전부일까? 사람의 감정을 이 일곱 글자로 모두 표현할 수 있을까? 감정을 느끼지 않는 사람은 없다. 또 사람들은 살아가면서 수도 없이 많은 감정을 느낀다. 나와 이 글을 읽는 모두에게도 똑같지 않을까? 나는 이호우의 '개화'와 방탄소년단의 '전하지 못한 진심'을 통해 내가 일상에서 느끼는 자기혐오의 감정, 그리고 그와 반대되는 애틋한 사랑과 소중함의 감정에 대해 써 보려고 한다.

하늘을 여는 건 보잘것없는 꽃

사실 이 시는 내가 평소에 생각하는 바, 이야기하고자 하는 바와는 다르다. 그렇다면 내가 이 시를 고른 이유는 무엇일까? 그저 우연찮게 보게 된 이 시가 마음에 들어서, 표현이 기억에 남아서 정도일 것이다. 또 그렇다면 이 시는 무엇을 말하고 있을까? 시는 전체에 걸쳐 어떻게 보면 보잘것없는 꽃 하나의 내용을 담고 있다. 그 보잘것없는 꽃잎 하나가 피는 것을 하늘이 열린다고 표현하고, 꽃 하나의 탄생에 바람도 햇볕도 숨을 죽인다며 꽃이라는 작은 생명의 탄생을 마치 우주적인 사건인마냥 표현하고 있다. 시는 생명의 탄생을 이처럼 고귀하고 신비롭게 형상화하고 있는데 정작 이 시가 마음에 들어 선택한 나는 그렇게 느끼지 않고 있다. 이를 통해 내가 말하고자 하는 것은 무엇일까? '전하지 못한 진심'을 살펴본 뒤 다시 이야기해 보도록 하자.

가면을 쓴 사람

나는 지금 연애를 하고 있다. 내가 아닌 다른 사람을 사랑하고 있다. 그런데 나는 나 자신을 사랑하지 않는다. 특히나 요즘에는 자기혐오에 가까운 감정을 느낀다. 나는 왜 남들처럼 키도 크고 잘생기지 못하며, 특정 부분에 있어 미숙할까? 라는 질문을 수도 없이 했다. 그리고 내가 보기에 빛나는 내 주변의 사람들과 나를 비교하며 자신을 채찍질한다. 그래도 난 너를 사랑한다며 내가 싫어하는 나를 가리고, 나도 싫어하는 나를 넌 좋아해 줄까 하는 두려운 마음을 가지고 사랑하는 사람을 만난다. 이 노래는 내 상황과 닮아 있지 않은가? 노래의 화자는 초라한 자신을 가면으로 가리고 '너'를 만나러 간다. 어쩌면 너도 날 떠나진 않을까 하며 두려워한다. 나의 모습과 같다. 내가 보기에 부족한 부분을 가리기 위해 키높이 신발을 신고, 조금이라도 나아 보이려고 시간을 쓰고, 어떤 옷을 입어야 단점을 부각시키지 않을까 하며 수도 없이 고민하는 나의 모습과 같다. 이제 다시 생각해 보자. 나의 모습을 닮은 '전하지 못한 진심'과 나의 생각과는 다른 '개화(開花)'를 통해 알 수 있는 것은 무엇일까?

가면을 벗고 꽃이 되어라

내가 태어난 날, 나를 낳은 부모님의 마음은 어땠을까? 우리 아버지는 나를 낳자마자 평소 자주 피우시던 담배를 하루아침에 끊으셨다. 우리 할머니는 김해에 계시다가 내가 생겼다는 소식을 듣자마자 차를 타고 내가 있는 곳으로 달려오셨다. 70억이 넘는 많은 사람이 있는 이 세상에서 보잘것없는 꽃과 같은 나의 탄생을 우리 가족들은 마치 하늘이 열리듯 중요하게 여기고 소중하게 여겼다. 그렇게 태어난 나는 성장해서 가족들이 나에게 해준 것처럼, 또 '개화(開花)'처럼 나의 존재를 소중히 여겼을까? 고귀하고 신비롭게 여겼을까? 그렇지 않았다. 오히려 정반대에 있는 '전하지 못한 진심'과 같았다. 부모님이 최선을 다해 만들어주신 나의 생활환경도 부모님의 유전자를 통해 만들어진 나의 모습도 내 마음에 들지 않았다. 좋아하지 않았다. 싫어했다. 보잘것없는 나를 바람과 햇볕처럼 숨죽이며 지켜보고 하늘이 열림과 같이 여겨주던 가족들과 달리 나는 나를 가면으로 가렸다. 나를 초라하게 여겼다. 구체적으로 나를 조금이라도 더 나아 보이게 하려고, 초라해 보이지 않으려고 애를 썼다. 작은 내 키를 가리기 위해 발을 들고 다니고 키높이 신발을 신고 늘 키에 대해 민감해 했다. 체형을 가리기 위해 마음에 들지 않는 옷을 사기도 하고, 다른 사람의 별 의미 없는 이야기에도 크게 상처받았다. 가장 중요하게 늘 나 자신을 폄하하고 까내렸다. 그럴 필요가 있었을까? 세상엔 나보다 키가 작은 사람도 많다. 나보다 피부가 검은 사람도 많다. 그중에서는 그런 사실에 연연하지 않는 사람도 많다. 내 주변에 있는 사람들도 그렇다. 그러나 그것에 대해 왜 나는 그렇지 못한지를 한탄하며 또 다른 자기혐오에 빠졌다. 이제는 나는 나를 왜 싫어하는지 모를 만큼에 도달했었다. 하지만 사랑하는 사람들은 늘 나에게 얘기해 주었다. 네가 모자라도 난 네가 좋다고. 늘 해주던 말인데도 요즘 따라 참 고맙고 다행스럽게 느껴진다. 그들이 있어서 자기혐오에서 벗어날 수 있을 것만 같은 기분이 든다. 세상에는 나와 같은 고민을 하는 사람이 참 많을 것이다. 외모, 환경, 인간관계, 성격 등… 수많은 이유로 자신을 혐오하는 사람이 많을 것이다. 다른 사람들은 뭐 그런 걸로 고민하냐며 경시하겠지만 나는 그 어려움과 힘듦을 잘 알고 있다. 나 말고 그런 사람들 모두가 이 사실을 알았으면 좋겠다. 부족하지 않을 수는 없지만 부족함까지도 사랑해주는 사람이 주변에 꼭 있을 거라는 사실을. 그리고 '전하지 못한 진심'의 가면을 쓰던 나에서 나를 꽃으로 여기는 '개화(開花)'의 바람과 햇볕으로 변해가는 나처럼 꼭 극복했으면 한다.

바라보기 ♪

마음이 알고가, 낯선 길인데도

니 숨결이 머문 자리는
너무 그립다. 그립다 못해 아프다.
누군가를 두 눈에 담았을 뿐인데 … 눈물이
그랜 내 삶의 이유입니다
겁 없는 사랑이라서
사랑이 아픔을 앞서 나가서
바라보는 일이 내 전부래도
버릴 수 없는 그대입니다

어제도, 그래 오늘도 반쯤 날
미치게 망가트려놓고
아무리 애써봐도 지워지지 않을 그리움
나를 사랑하지 않아도
거칠 것이 없는 나라서,
이 사랑에 모든걸 내던집니다

내가 너를

나태주

내가 너를
얼마나 좋아하는지
너는 몰라도 된다

너를 좋아하는 마음은
오로지 나의 것이요
나의 그리움은
나 혼자만의 것으로도
차고 넘치니까…

나는 이제 너 없이도
너를 좋아할 수 있다

바라본다는 것

황선익

우리는 세상을 살아가며 수많은 사람들을 마주치고 지나친다. 이런 일상이 반복되다가 유난히 눈에 자주 보이는 사람, 특별하게 느껴지는 사람을 마주치고 사랑이라는 감정을 느낀다. 이 사랑이라는 감정 하나에서 두 가지 경우로 다시 나누어진다. 사랑을 표현하고 원하던 바를 이루는 평범한 사랑, 표현하지 못하고 속으로만 끙끙 앓다가 끝나는 짝사랑. 나는 오늘 짝사랑에 대해 얘기해 보려 한다.

바라만 보아도

노래의 제목과 가사에서도 나오듯 짝사랑을 하게 되면 어느 순간 자신도 모르게 그 사람을 바라보고 있다는 것을 깨닫는다. 또 바라만 보는 게 전부지만 그로 인해 삶의 원동력을 얻는다. 하지만 때로는 다가가지 못하고 바라만 보는 자신이 미워지고 한심할 때도 있다. 마음은 다가가라 말 하지만 몸은 얼어붙는다. 또 그 사람이 웃는 모습을 바라볼 때면 자신도 덩달아 기분이 좋아지고 옅은 미소를 짓게 하고 그 사람이 축 처져 있는 모습을 보면 괜스레 걱정이 되기도 한다. 누군가에게는 바라보는 일이 사소한 일일 수 있겠지만 다른 누군가에게는 바라보는 일이 큰 의미를 주는 일일 수 있다. 바라보는 일만으로 기분이 좋아지고 때로는 속상해지는 마치 롤러코스터를 타는 느낌을 주기도 한다.

내 삶의 이유

짝사랑을 할 때면 신기하고도 이상한 경험을 하게 된다. 어디서 어떤 일을 하더라도 그 사람이 생각나는 경험이다. 나는 특히 밤에 잠자려 누워 하루를 돌아볼 때. 다른 시간에도 자주 떠오르지만 잠을 자려 자리에 누워 천정을 바라볼 때 유독 심했던 것 같다. 눈을 뜨든 눈을 감든 머릿속엔 그 사람의 사소한 말과 행동들이 상기되어 잠들지 못한다. 내가 그 상황에서 이렇게 말을 했다면 더 좋았을 걸, 말투를 좀 부드럽게 할 걸 등 수많은 생각들이, 내가 했던 실수들이 주마등처럼 지나간다. 하지만 때는 늦었음을 알아차리고 더 괴로워한다. 그렇게 뒤척이고 뒤척이다 결국 창으로 들어오는 아침 해와 이른 아침부터 울어대는 매미 소리에 날밤을 새고 휴대폰을 보다 어느 순간 나도 모르게 깜빡 잠들어 오후에 잠에서 깨어난다. 거짓 같겠지만 이번 여름방학 때 직접 겪었던 일이다. 이처럼 짝사랑을 하다보면 그 사람 덕분에 힘든 일상을 견뎌내 그 사람에게 고마워하지만 때로는 일상 속에서 그 사람과 내가 교차할 때 내게 눈길을 주지 않는 그 사람이 미워질 때도 있지만 결국 그 사람 덕분에 힘든 삶을 살아가고 있음을 깨닫고 다시 고마움을 느낀다.

항상 뒤늦게 깨닫는 것

짝사랑을 하다 보면 항상 뒤늦게 깨닫고 후회하는 것이 있다. 바로 기회이다. 곰곰이 생각해 보면 이때까지 놓쳤던 기회가 너무 많음을 알게 된다. 그리고 그때의 내게 묻는다. 그때가 기회였는데 왜 그 기회를 멍청하게 놓쳤냐고. 기회를 놓친 것을 후회하고 또 그 후회가 고통으로 바뀌어 내게 돌아온다. 그리고 이 악순환이 매일매일 계속됨을 알게 된다.

혼자만의 사랑이더라도

짝사랑을 끝내는 방법은 두 가지 뿐이다. 고백하든지 깔끔히 포기하든지. 하지만 두 가지 방법 모두 결코 쉬운 일이 아니다. 첫 번째 방법인 고백은 용기 없이는 불가능한 일이다. 괜히 고백했다가 나 혼자 설레발친 거면 어떻게 하지? 했다가 실패해서 괜히 서먹해지면 어떻게 하지? 등의 수만 가지 생각이 머릿속을 스쳐간다. 두 번째 방법까지 말한다면 첫 번째 방법은 쉬운 방법임을 알게 된다. 두 번째 방법은 앞서 언급했듯이 깔끔하게 잊는 방법이다. 이 방법도 사람마다 차이는 존재한다. 쉽고 깔끔하게 잊어버리는 사람, 잊어야지, 잊어야지 다짐해도 결국 지우는 데에 실패하고 가슴속에 묻어두고 살아가다 한 번씩 그 사람이, 그 기억이 상기되어 괴로움을 느끼다 다시 괜찮아지고. 이 과정을 수없이 반복되며 살아가는 사람. 나는 전자와 후자 중 후자에 해당하는 사람인 것 같다. 가사에 등장하는 인물도 마찬가지이다. 바라보는 일이 전부라도 차마 그 사람을 놓을 수도, 잊을 수도 없는 상황에 처한 게 말이다. 나는 오래전 이런 경험을 해본 적이 있었다. 그때도 지금처럼 한 사람을 좋아하고 있었다. 하루하루를 보내던 중 그 사람의 마음은 다른 사람을 향해 있다는 것을 알았을 때. 그 사람을 잊기로 했다. 하지만 잊으려고 할 때마다 계속 좋았던 순간들만 머릿속에 떠올라서 쉽사리 잊을 수 없었다.

신묘한 일들의 연속

짝사랑은 힘들고 지쳐도 쉽사리 포기할 수 없는 것이다. 그래서 더 아픈 것이다. 자신이 할 수 있는 일이 바라보는 일. 그것 하나뿐이라도 그 사람을 바라볼 수 있음에 아무리 힘든 일도 견뎌낼 수 있는 것이다. 그 사람의 사소한 말한마디, 사소한 행동 하나에 행복하다가도 우울해지고 우울하다가도 행복해진다. 또 나도 모르게 그 사람을 찾고 있고 그 사람에게 말은 못 걸더라도 괜스레 마주치기라도 하기 위해 괜히 길을 빙 둘러서 가고 그 사람을 마주치면 속으로 좋아하고 꼭 눈은 그 사람을 바라보지 않아도 마음만은 항상 그 사람을 향해있고 어디에서 무얼 하던 그 사람만 떠오르는 신기하고도 묘한 경험을 하고 그 신기함 때문에 그 사람이 더 보고 싶어지는 경험도 하게 된다. 지난 1년 동안 참 많은 일을 겪어왔기에 나 말고도 짝사랑을 하고 있는 다른 사람을 보면 그 사람이 얼마나 힘들지 이해하게 된다. 짝사랑으로 힘들어하는 다른 사람의 고민을 상담해 줄 때, 그 사람의 고민은 잘 풀어져 가는데 정작 나의 고민은 미궁 속으로 빠져드는 이상한 경험을 한다. 참 이상하다.

수고했어, 오늘도

옥상달빛

빵

류시화

내 앞에 빵이 하나 있다
잘 구워진 빵

적당한 불길을 받아
앞뒤로 골고루 익혀진 빵

그것이 어린 밀이었을 때부터
태양의 열기에 머리가 단단해지고

덜 여문 감정은
바람이 불어와 뒤채이게 만들었다

그리고 또 제분기가 그것의
아집을 낱낱이 깨뜨려 놓았다

나는 너무 한쪽에만 치우쳐 살았다
저 자신만 생각하느라고

제대로 익을 겨를이 없었다

내 앞에 빵이 하나 있다

속까지
잘 구워진 빵

세상 사람들 모두 정답을 알긴 할까
힘든 일은 왜 한번에 일어날까

나에게 실망한 하루
눈물이 보이기 싫어
의미 없이 밤 하늘만 바라봐

작게 열어둔 문틈 사이로
슬픔 보다 더 큰 외로움이 다가와 더 날

수고했어 오늘도
아무도 너의 슬픔에 관심 없대도
난 늘 응원해, 수고했어 오늘도

빛이 있다고 분명 있다고 믿었던
길마저 흐릿해져 점점 더 날

수고했어 오늘도
아무도 너의 슬픔에 관심 없대도
난 늘 응원해, 수고했어 수고했어 수고했어 오늘도

라랄라라라라라 라라라 라라라라라라라라
라라 라라라라 라라라 라라라

수고했어 오늘도
아무도 너의 슬픔에 관심 없대도
난 늘 응원해, 수고했어 오늘도

인문계 고등학교에서 예체능으로 살기란

조수빈

"누구나 한번쯤은 고민해 봤을 문제가 뭘까?"라고 묻는다면 나는 "내가 좋아하는 것이 뭔지 나의 진로는 뭔지 고민해 봤을 거야."라고 답할 것이다. 사실 자기가 좋아하는 것을 찾는 시기는 사람마다 다른데, 우리나라에선 너무나 빠르게도 중학교 때, 고등학교에 진학하려고하면 자기 진로를 생각하는 것이 더욱 더 중요해진다. 대학진학을 바로 앞에 두고 있기 때문이다. 다행히 나는 좋아하는 것이 있었다. 이 귀여운 구절을 보면 안다. '내 앞에 빵이 하나 있다 잘 구워진 빵' 나는 어렸을 때부터 집에 오븐을 이용해서 여러 종류의 빵을 구워 왔고, 좋아하게 되었다. 이것이 오늘날의 진로를 선택하는 데 영향이 있었다.

단순히 하고 싶은 것?

하지만 단순히 좋아하고, 하고 싶은 것만으로는 한계가 있었다. 인문계가 아닌, 특목고를 희망했던 나와 그 반대였던 부모님과 갈등이 생겼기 때문이다. 미래가 불확실하고, 고된 일을 해야 하는 직업을 싫어하시던 부모님은 인문계 고등학교를 진학해서 4년제 대학을 졸업하고 공무원직을 하기를 희망하셨다. 자식의 안정된 미래를 생각하는 부모님의 말도 설득력 있는 말이었다. 부모님의 동의가 없으면 원서를 쓸 수 없기 때문에 결국 인문계 고등학교를 진학했지만 이게 정말 맞는 길인지는 의문이 들었다. '덜 여문 감정은 바람이 불어와 뒤채이게 만들었다'라는 구절처럼 정말 그냥 나의 생각은 헛되고 그저 어린생각뿐이었을까 그때부터 나는 정말 커서 좋아하는 것을 해야 할지 아니면 안정적인 직업을 해야 할지 고민이 되었다.

너는 좋겠다, 예체능이라서

치열하게 경쟁하는 인문계고등학교에서 예체능이 설 자리는 없어보였다. '4년제에 서울에 있는 좋은 대학교'를 희망하는 친구들 사이에선 더더욱 그래 보였다. 수시로 대학을 가기위해서 생활기록부를 채우기 위한 목적으로 학교를 온 친구들과 나의 거리가 너무 멀었다. 교내에는 항상 그 친구들을 위한 동아리와 대회 뿐이었다. 그리고 몇몇 친구들은 가끔 이런 말을 하기도 한다. "너는 좋겠다, 예체능이라서 이렇게 힘들게 공부 안 해도 되잖아.", "전문대가려면 인문계에 왜 온 거야? 부모님한테 미안할 거 같은데." 이런 말들은 나에게 고스란히 상처로 돌아온다. 나도 자격증 공부하고 학원 다니면서 실력 비교 당하기도 하고, 제빵선생님에게 지적 한마디라도 당하면 나 스스로 자학하곤 한다. '나에게 실망한 하루 눈물이 보이기 싫어 의미 없이 밤하늘만 바라보면'서 내가 그때 왜 그런 어이없는 실수를 했을까, 나는 왜 제대로 하는 게 없을까 하면서 후회만 한다. 그리고 그 끝은 항상 꿈에 대한 후회로 돌아와서 '빛이 있다고 분명 있다고 믿었던 길마저 흐릿해져 점점 더 날' 괴롭히곤 했다.

학교공부도 해야 하고 할 일이 많아서 너무 바쁘고 지치는데 저런 말 한마디에 하루에도 몇 번씩이나 기분이 오르락내리락 한다. 사실 저런 말을 들으면 "너나 잘하라."고 받아쳐 주고 싶지만 괜히 큰 싸움이 될까 봐 삼키고 또 삼킨다. '나는 너무 한쪽에만 치우쳐 살았다. 저 자신만 생각하느라고 제대로 익을 겨를이 없었다.' 그렇게 주변 반응만 생각하느라 정작 내 자신은 돌보지 못 했다.

그래도 나는

학원에서 혼나도, 학교에서 안 좋은 말을 듣고 일이 안 풀리더라도 처음엔 우울했지만 이젠 괜찮아졌다. 내 주변에는 부정적인 말을 해주는 사람들보다 나를 믿고 응원해 주는 사람들이 더 많다. 한쪽에만 너무 치우쳐서 정작 내 마음에 상처 받은 건 생각하지 않았지만, 이제는 나도 잘 구워진 빵처럼 나도 주변도 같이 생각 하고 싶다. 그리고 오늘도 여러 말들을 많이 들었고, 잠시 우울해 하기도 했던 나에게 수고했다고 말해 주고 싶다. 비록 인문계 고등학교에서 예체능을 하고 있지만 여러 가지 여건이 좋지 않아도 이만하면 괜찮다고, 잘 했다고 나에게 말하고 싶다.

좋아하는 일을 늦게 찾아도, 찾았더라도 실천하지 못할 것 같아도 괜찮다고. 그냥 힘든 하루를 충실하게 살아온 것 만 으로도 정말 수고했다고 노래와 시를 추천해 주고 싶다.

기다리다 ♪

윤하

나 혼자서만

이정하

그대는 가만히 있는데
나만 안절부절못했습니다

그대는 무어라 한 마디도 하지 않는데
나만 공연히 그대 사랑을
가늠해 보곤 했습니다

예나 지금이나 변함없는
그대를 두고 나 혼자서만
부지런히 사랑과 이별 사이를
들락날락했던 것입니다

부족하면 채우려고 애를 쓰지만
넘치면 그저 묵묵히 있을 수 있다는 걸
그대 그윽한 눈빛은 내게 가르쳐주었지요

조용히 지켜보는 것이 사실은
더욱 큰 사랑임을
어쩔 수 없이 난 인정해야 했지요

어쩌다 그댈 사랑하게 된 거죠
어떻게 이렇게 아플 수 있죠
한번 누구도 이처럼 원한 적 없죠
그립다고 천 번쯤 말해 보면 닿을까요
울어보고 떼쓰면 그댄 내 맘 알까요

서운한 일들만 손꼽을까요
이미 사랑은 너무 커져 있는데
그댄 내가 아니니 내 맘 같을 수 없겠죠
그래요 내가 더 많이 좋아한 거죠

아홉 번 내 마음 다쳐도
한번 웃는 게 좋아
그대 곁이면 행복한 나라서
싫은 표정 한번조차도 편히 지은 적 없죠
그대 말이면 뭐든 다 할 듯 했었죠

천년 같은 긴 기다림도 그댈 보는 게 좋아
하루 한 달을 그렇게 일 년을
오지 않을 그댈 알면서
또 하염없이 뒤척이며
기다리다 기다리다 잠들죠.
그댈 위해 아끼고 싶어 누구도 줄 수 없죠
나는 그대만 그대가 아니면
혼자인 게 더 편한 나라 또 어제처럼
이곳에서
기다리고 기다리는 나예요

나 혼자서

손유진

우리는 살아가다 보면 누군가를 만나게 되고 사랑에 빠지게 되고 결국, 상대방과 함께 새싹 같은 여린 사랑을 시작하게 된다. 하지만 이러한 순간에도 상대방과의 여린 사랑도 시작할 수 없는 사람들도 있다. 때로는 용기가 없어서, 때로는 상대방과 너무 멀리 있어서, 때로는 바라볼 수밖에 없어서 등의 많은 이유를 가지고 있을 것이다. 이러한 모습을 보고 우리는 '짝사랑'이라고 말한다.

짝사랑은 나도 모르게 어느 순간 찾아와 나를 한사코 놔두지 않고 괴롭힌다. 자꾸 상대방을 생각나게 만든다. 그러다가 먼저 다가가 볼까, 고백해 볼까 수많은 고민을 하지만 결국은 실패한다. 이런 수없는 순간들이 나를 괴롭히다가 끝내 상대방과의 사랑이 이루어질 수 없음을 인정한 채 짝사랑을 끝낸다.

나도 이와 다르지 않게 짝사랑을 시작했고 짝사랑을 끝냈다. 그러던 어느 날 친구와 함께 노래방을 가게 되었는데 친구가 윤하의 '기다리다'라는 노래를 불렀다. 그렇게 가사를 보며 듣던 와중 문득, 나의 짝사랑했던 그때가 떠올랐다. 그래서 이 노래와 내용이 비슷한 이정하의 '나 혼자서만'이라는 시와 함께 나의 그 순간들과 시와 노래의 공통점을 찾아보기로 했다.

일방통행

이 시와 노래에서 나와의 공통점은 이 시와 노래 모두 나 혼자만의 일방통행 사랑을 하고 있다는 것이다. 먼저 시를 들여다보면, '예나 지금이나 변함없는 그대~'라는 부분이 있는데 앞부분에서 '그대'는 가만히 있고 무어라 말도 하지 않는다는 것이 예나 지금이나 변함이 없다는 뜻이다. 그렇다는 말은 예나 지금이나 '그대'는 변함없이 가만히 있고 아무 말도 하지 않은 채 있지만 나 혼자서만 똥마려운 강아지마냥 안절부절못한 채 다시 좋아할까 포기할까를 수없이 반복하고 있다는 것으로 해석할 수 있다. 그리고 이 시처럼 노래에서도 '오지 않을 그대 알면서 또 하염없이 뒤척이며~'라는 부분이 있는데 이 부분에서도 '그대'는 내가 그립다고 천 번 말하고 울어보고 하루 한 달을 그렇게 일 년을 기다린다 해도 '그대'는 변함없이 돌아오지 않는다는 것을 알지만 혹시나 하는 마음으로 하염없이 이불 속에서 뒤척이며 혼자서 계속 기다린다는 것으로 해석할 수 있다. 그렇다면 이 노래에서 나오는 주인공도 '그대'만 기다린 채 혼자서 일방통행 사랑을 하고 있다는 것을 알 수 있다.

나도 이 시와 노래와 같은 경험이 있다. 나도 모르는 순간에 빠져든 일방통행 사랑인 짝사랑을 시작했을 때는 나는 상대방도 없는 혼자만의 사랑을 했다. 상대방은 항상 똑같이 가만히 있고 말이 없었지만 나는 이 시의 화자처럼 어떻게 해야 할지 몰라서 나 혼자서 괜히 안절부절 하며, 상대방은 나를 알기나 할까 나에게 호감은 있을까 하며 상대방이 나에 대한 마음의 크기를 나 혼자 공연히 가늠해 보곤 했다. 그 마음의 크기가 변함이 없을지라도. 그렇게 혼자서 '계속 좋아할까 아니면 이렇게 그냥 포기해야 할까'라는 수없는 고민의 반복 속에서 하루, 이틀, 삼일 상대방이 나에게 호감을 가져다주는 그날만 바라며 그렇게 4년이라는 시간동안 기다렸다. 사실 개와 내가 잘 되지 않을 것이라는 걸 알면서도 혹시나 하는 마음으로 그렇게 나 혼자서 부지런히 사랑과 이별을 수없이 들락날락하며 개를 기다렸었다.

사실, 개는 내가 좋아하고 있다는 사실도 몰랐을 것이다. 조용한 일방통행의 사랑은 상대방이 모르는 경우가 많기 때문이다.

일방통행의 멈춤

하지만 누구나 열심히 달리다 보면 숨이 차서 달리는 것을 멈추는 순간이 있고, 자동차도 달리다 보면 기름이 떨어져서 멈추는 순간이 있다. 이와 같이 짝사랑도 하염없이 한 사람만 바라보며 좋아하다 보면 어느 순간 지쳐버려 짝사랑을 멈추는 순간이 있다. 나도 그랬다. 위의 시의 화자와 노래 가사의 주인공과는 달리 나는 4년간의 짝사랑 동안 퍼부었던 나의 사랑을 한순간에 멈추어버렸다. 갑자기 고장난 자동차처럼, 다리의 힘이 풀려 넘어져버려 달리기가 중단된 것처럼 한순간에 멈춰버렸고 끝났다. 하지만 이 시와 노래에서는 미래에도 나는 '그대'를 조용히 지켜보며 나 혼자만의 사랑을 하고 '그대'만 좋아하다가 평생 혼자가 될지라도 나는 '그대'만을 기다리겠다고 말하고 있다.

바로 이 부분이 이 시와 노래와 나의 차이점이다. 나는 옆에서 혼자 상대방을 지켜보며 마음졸이며 상처받는 것을 포기한 반면, 이 시의 화자는 나 혼자서 안절부절하며 혼자서 상대의 마음의 크기를 가늠해 가며 우리가 이루어질 수도 있다는 기대를 하기보다는 우리가 이루어질 수 없다는 사실을 인정하고 그냥 마음 편하게 조용히 '그대' 곁에서 바라보는 것을 선택했다.

그리고 위의 노래에 주인공도 아무리 마음의 상처를 받아도 몇날 며칠을 기다려도 돌아오지 않아서 평생 기다리다가 혼자가 된다 해도 주인공은 '그대'가 아니면 안 되기 때문에 계속해서 기다리는 것을 선택했다. 아마 나라면 이렇게까지 순애보 정신을 발휘하여 좋아하지는 못할 것 같다. 아무리 내가 상대방을 너무 좋아한다 하더라도 좋아하는 동안 받은 상처를 생각하면 더 이상 바라보기도, 기다리기도 힘들 것 같다. 하지만 이 시의 화자나 이 노래의 주인공은 자신이 생각한 것 이상으로 '그대'를 사랑하고 있는 것처럼 보인다. 그렇기에 아무리 마음의 상처를 입어도 계속해서 바라보고 기다리는 것을 선택했을 것이다.

뒤늦은 고백

이렇게 짝사랑을 하는 사람들은 모두 상대방에게 자신의 마음을 고백하는 것에 대해서 많은 고민을 한다. 아마 고민하는 큰 이유는 자신의 용기 내어 고백한 것에 대해서 거절을 당할까 봐 라는 두려움이 제일 크기 때문이 아닐까 라는 생각이 든다. 나 또한 그러한 이유로 4년이라는 시간동안 고백 한 번 시도해 보지 못한 채 짝사랑을 끝냈기 때문이다. 그렇게 짝사랑을 끝낸 사람은 시간이 지나서 자신이 순수하게 좋아했던 그 시절을 나름 추억처럼 머릿속에 가지고 다니기도 하며 가끔은 그때를 회상해 보며 친구들과 이야기해 보기도 한다. 그런데 누군가는 시간이 오래 지나고 나서 스쳐 지나가는 말로 자신이 과거에 좋아했던 상대방에게 자신이 과거에 좋아했다는 사실을 말하기도 한다.

이처럼 나도 시간이 한참 지난 후 스쳐 지나가는 말로 상대방에게 과거에 좋아했다는 사실을 말했었다. 여기서 시와 노래와 나의 두 번째 차이점이 나타난다. 시와 노래 모두 다 계속해서 바라보며 기다리는 것을 선택했기에 그 이후 '그대'에게 고백할 가능성은 낮다고 보는 게 빠를 것이다. 하지만 나는 상대방을 계속 바라보며 기다리는 것을 포기 했지만 시간이 지난 후 나는 나의 진심을 전했다. 오랜 시간이 지나고 나서 한 나의 뒤늦은 고백은 부끄럽다거나 거절당할까 봐 무섭다거나 그러지 않았다. 오히려 그때 4년 동안 좋아하며 전하지 못했던 나의 진심을 전하게 되어서 한결 마음이 편해진 것 같았다. 돌아오는 대답은 부정도 긍정도 아닌 그때 알아봐주지 못한 미안함에 대한 사과였지만 뒤늦게라도 나의 진심을 전할 수 있어서 좋았다. 오히려 내가 가장 순수하게 좋아했던 사람이 있다는 사실이 가끔은 나를 웃음 짓게 만들기도 한다. 그만큼 순수하게 오랫동안 좋아할 사람은 그 순간 말고는 나타나지 않을 것 같기 때문이다.

만약, 시의 화자나 가사의 주인공이 살아 있었다면 많은 시간이 지나서 상대방이 나를 가물가물하게 기억할지라도 한번쯤은 자신의 마음을 스쳐가는 말로 고백해 보라고 말해 주고 싶다. 어쩌면 그때 받았던 상처나 답답했던 마음을 보상받을 수 있을지도 모를 것 같다.

Higher ♪

누군가 나에게 절대로 하지 말라고
그래도 난 기어코 하고 말거야
그 누가 뭐라해도 아무것도 들리지 않아
모든 걸 내 뜻에 날 맡길 거야

Going higher 날 막을 수는 없어
내가 가는 이 길에 더 이상 두려움은 없어
Going higher 내가 바라던 순간
눈부시게 빛나는 또 다른 날 보게 될 거야

내가 넘을 수 없는 큰 벽이 있을지라도
뛰어 넘을 수 있어 할 수 있어
그 어떤 시련이 와도 절대 난 흔들리지 않아
이겨 낼 수 있어 난 문제없어

내 가슴속에 숨 쉬는 타오르는 열정이
날 데려가 저 멀리 더 높은 곳으로

Going higher 날 막을 수는 없어
내가 가는 이 길에 더 이상 두려움은 없어
Going higher 내가 바라던 순간
눈부시게 빛나는 또 다른 날 보게 될 거야

(Find a way to my heart)

Going higher 날 막을 수는 없어
내가 가는 이 길에 더 이상 두려움은 없어
Going higher 내가 바라던 순간
눈부시게 빛나는 또 다른 날 보게 될 거야

진정한 여행

나짐 히크메트

가장 훌륭한 시는 아직 씌어지지 않았다
가장 아름다운 노래는 아직 불려지지 않았다
최고의 날들은 아직 살지 않은 날들

가장 넓은 바다는 아직 항해되지 않았고
가장 먼 여행은 아직 끝나지 않았다
불멸의 춤은 아직 추어지지 않았으며
가장 빛나는 별은 아직 발견되지 않은 별

무엇을 해야 할지 더 이상 알 수 없을 때
그때 비로소 진정한 무엇인가를 할 수 있다
어느 길로 가야 할지 더 이상 알 수 없을 때
그때가 비로소 진정한 여행의 시작이다

271

괜찮아

김가을

살다 보면 누구에게나 올 것이라 생각한다, 내가 지금 미래를 제대로 준비하고 있는지, 미래에 무엇을 할지, 내가 하고 있던 일이라면 지금 잘하고 있는건지 고민하고 혹은 내가 하고 싶었던 일을 못하게 되었을 때, 힘들어서 포기하고 싶을 때, 내가 하고 싶은 일은 있지만 뜻대로 되지 않을 때 등… 인생의 정체기라고 말할 수 있는 시기가.

어떻게 해야 할지

나한테도 그런 시기가 왔었던 것 같다. 나는 중학교 때까지만 해도 언젠가는 내가 하고 싶은 것이 생길 것이고 그때 가서 진로를 결정해서 열심히 그 진로를 위해 노력하면 될 것이라는 생각을 가지고 있었지만 고등학교에 올라와서 나는 내 나이가 성인이라는, 이제 사회에 나가 내가 내 생활을 꾸려 가야 된다는 칸으로 점점 닿아갈수록 진로를 정해야하는 압박감 속에서 무엇을 해야할지, 무엇을 해야 나에게 가장 맞고 후회 없을 것인지 꾸준히 고민을 해왔다. 그러나 막상 나는 내 자신이 잘하는 것도 딱히 없다고 생각했었고 하고 싶은 것은 고를 수 없이 이것저것 많았기 때문에 결정을 쉽게 할 수 없었고 진로를 끝내 정하지는 못했다.

하지만 난

나는 좀 막막했었다. 현실은 고등학교 졸업을 코앞에 두고 있고 눈 한번 감았다가 뜨면 고3이라는 시험이 올 것이라고 알고 있었지만 가고 싶은 과도 정하지 못하였으니… 막막했었다. 우울한 기분을 좀 덜어보려고 내가 평소 좋아하는 취미인 노래를 들었었는데 그때마다 들은 노래가 에일리의 'higher'였다. 나는 이 노래의 가사는 물론 멜로디를 좋아해서 언젠간 다른 사람에게도 소개시켜 주고 싶었는데 이러한 기회가 찾아왔고 노래에 대해 글을 쓰기 위해 이 노래와 비슷한 시도 찾아야 해서 시를 찾던 중, 나짐 히크메트의 '진정한 여행'이라는 시를 찾았고 이 노래와 정말 잘 어울린다고 생각했다. 이 시와 노래는 둘 다 미래에 대한, 나는 할 수 있고 이제 시작이라는 희망적이고 긍정적인 내용을 담고 있는데 나는 higher를 들었을 때처럼 진정한 여행이라는 시를 읽었을 때도 우울한 감정과 복잡했던 고민들이 정리되는 느낌을 받았었다. 그리고 이젠 더 이상 고민은 잠시 내려두고 내 자신을 믿으며 그 시간에 자기개발을 좀더 하기로 결정 내렸다.

그래서 이젠

나는 이 시와 노래를 추천한다. 나처럼 무엇을 해야 할지 모르겠는 사람이나 아니면 하고 싶은 것은 있지만 막상 도전하려고 하니 두려운 사람, 무언가를 하고는 있지만 힘들어서 포기하고 싶은 사람 등등 … 여러 가지로 인해 지금 힘들어 하는 사람들에게 꼭 한번은 읽어보고 들어보라고 추천을 하고 싶다. 그리고 나는 이렇게 생각한다. 이 시와 노래의 가사처럼 내가 무엇을 해야 할지 모르겠고 어느 길로 가야 할지 모르겠을 때 그게 시작이라고, 어떤 시련이 와도 흔들리지 않고 자신을 믿으면서 살다 보면 언젠가는 행복이 찾아올 것이라고 그리고 진정으로 내가 하고 싶은 것을 찾았을 때 그 꿈을 향해 포기하지 말고 노력하면 이루어질 수 있을 것이라고. 물론 나도 처음부터 희망적인 생각과 마인드를 가지고 있었지 않았고 아직은 진로도 정확히 정하지 못한 작고 평범한 고등학생일 뿐이지만, 누구보다 그 시기가 힘들다는 것을 알고 있기 때문에 다른 사람에게 응원의 메시지 정도는 할 수 있을 것이라고 생각한다. 지금 이 글을 읽고 있는 당신, 내 글에 공감이 되고 해당되는 상황이라면 꼭 한번쯤은 듣고 읽어보길 바란다. 그리고 파이팅!

I fall in love too easily

Chet Baker

나의 사랑하는 생활

피천득

I fall in love too easily
I fall in love too fast
I fall in love too terribly hard
For love to ever last

아빠는 말씀하셨다.
너무 작은 것들까지 사랑하지 말라고.
작은 것들은 하도 많아서
네가 사랑한 그 많은 것들이 언젠간
모두 널 울게 할 테니까.
나는 나쁜 아이였나 보다.
난 아빠가 그렇게 말씀하셨음에도
빨간 꼬리가 예쁜
플라밍고 구피를 사랑했고,
분홍색 끈이 예뻤던
내 여름 샌들을 사랑했으며,
크리스마스 선물로 받은
갈색 긴 머리 인형을 사랑했었고,
내 머리를 쓱쓱 문질러대던
아빠의 커다란 손을 사랑했었다.
그래서 구피가 죽었을 때,
강아지를 잃어버렸을 때,
샌들이 낡아서 버려야 했을 때,
그리고 아빠가 돌아가셨을 때,
그때마다 난 울어야 했다.
아빠 말씀이 옳았다.
내가 사랑한 것들은
언젠간 날 울게 만든다.

My heart should be well-schooled
'cause I've been fooled in the past
but still I fall in love too easily

I fall in love too fast.

나는 사랑에 너무 쉽게 빠져요
나는 사랑에 너무 빠르게 빠져요
나는 사랑에 지나칠 정도로 깊이 빠져요
그래서 그 사랑이 오래 가지를 않네요

내 마음은 사랑이 무엇인지에 대해
교육을 받아야만 해요
과거에 난 사랑에 속아 넘어갔거든요
그래도 난 여전히 사랑에 너무 쉽게
빠지네요

나는 사랑에 너무 빠르게 빠져요

쉽게 사랑하고 쉽게 잊지 못하는 것

안서현

그 대상이 사람이든 물건이든, 우리는 살면서 꽤나 많은 것들을 사랑하게 되고 또한 잊게 된다. 잊을 수 없지만 때로는 잊어야만 하는 것들도 존재하기 마련이다. 피천득의 시 '나의 사랑하는 생활'은 내가 살면서 읽은 시들 중 마치 내가 쓴 시인 것마냥 나의 감정을 가장 잘 대변해 주는 글이다. 그만큼 나의 뇌리에 가장 깊숙이 박혀 있는 글이고, 무언가를 사랑하다가 지치거나, 필연적으로 그 대상을 보내야만 하는 일이 생기면 늘 꺼내보는, 내가 보관하고 있는 글들 중 가장 첫 번째에 자리하고 있는 글이다.

사랑하지 않는 사람은 없다

이 시와 노래, 그리고 나는 굉장히 닮아 있다. 너무 쉽게 사랑에 빠지고, 너무 빠르게 사랑에 빠지고, 너무 깊이 사랑에 빠져서 그 대상이 불가피한 이유로 떠나가게 되면 사랑에 속아 넘어갔다고 느껴 배신감에 울게 된다. 내가 말하고 싶은 사랑은 단순한 남녀 간의 사랑만을 뜻하는 것이 아니다. 이 세상 모든 만물 간의 사랑이다. 그리고 지금 나는 내가 사랑하는 방법에 대해서 말하고자 한다. 나도 사랑을 하고, 당신 또한 사랑을 한다. 사랑하지 않는 사람은 없다. 그 사랑이 옳은 사랑이든, 삐뚤어진 사랑이든.

내 한 품이 너무도 작아서 모든 것을 끌어안을 깜냥이 되지 않다, 그래서 버려야만 했다.

엄마는 내 방에 들어오면 늘 그냥 지나치지 못하신다. 방 안이 쓰레기더미 같아서 차마 입을 대지 않고는 도무지 참을 수가 없다는 것이다. 하지만 내 방이 더러운 것은 단순히 내가 게으르기 때문이 아니다. 나름의 위치와 나름의 정렬이 있다. 그 양이 너무도 방대해 어쩔 수 없이 너저분해 보일 뿐이다. 지나간 모든 것들에 의미를 부여해서 어떤 물건이든 쉽게 버리지 못하는 사람들이 있다. 내가 그러하다. 이건 엄마가 준 거니까. 이건 친구가 써 준 메모지니까. 이건 이래서, 저건 저래서.

내 방의 모든 물건에는 각자의 사연과 각자의 사랑이 있다. 그 이야기들이 하나하나 너무도 절절해서 나는 그 어떤 것도 쉽사리 놓을 수 없다. 심지어 펜하나를 버릴 때도 나는 그 펜을 손에 올려두고 깊은 회상에 빠진다. 이 펜은 언제 어디서 누가 줬었지. 나와 이러한 시간들을 함께 보냈었지. 수고했다, 참 수고했어. 버리고 나서도 돌아서는 발길을 쉽게 떼지 못한다. 그 물건을 사랑해서, 그 물건과 함께한 시간을 사랑해서, 혹은 그 물건을 건네 준 사람을 사랑해서.

아프지 않게 사랑하는 법, 혹은 덜 아프게 사랑하는 법

나는 늘 고민해 왔다. 과연 아프지 않게 사랑하는 법이 있을까? 혹은 덜 아프게 사랑하는 법이라도 있을까? 아프지 않게 사랑하려면, 그 사랑을 아껴야만 했다. 사랑이라는 그 자체에 아픔이 포함되어 있기 때문이다. 내 수많은 고민들은 그저 모순된 질문들이었을 뿐이다.

고로, 아프지 않게 사랑하는 법은 없다. 아프지 않으려면, 사랑을 하지 말아야지. 사랑이 곧 아픔이니까. 사랑은 영원할 수 없기 때문에 언젠가는 보내주어야 한다. 그 사랑이 식어서 보내야 할 수도 있고, 여전히 사랑하지만 모종의 이유로 떠나보내야만 할 수도 있다. 사람은 한낱 작은 존재여서 그 운명들을 거스를 수 없다. 이별은 불가항력적인 것이고, 고작 18년밖에 살지 않은 나도 그 짧다면 짧은 시간 동안 수많은 이별들을 겪어 왔다.

내가 가장 좋아하는 구절도 내가 좋아하는 시, 노래의 내용과 일맥상통한다. '좋은 것을 좋은 때에 좋은 만큼 좋아하기' 후에 아프게 된다 하더라도 당장 사랑하기를 아끼지 말자. 지금에 집중하자. 후에 아프게 된다 하더라도, 적어도 사랑을 덜 준 것에 후회하며 아파하지는 않게.

You better know 🎵

레드벨벳

어두운 밤이 지나 빛을 품은
새벽이 잠을 깨우고
세상은 분주하게 너를 맞을 준비해
눈부시도록
커다란 벽 앞에 홀로 멈춰 선 채
상처로 닫혀버린 네 눈빛
처음의 설레임 빛나던 이끌림
지금은 어디쯤에 있는지
네 심장을 뛰게 했던
소중한 꿈이 널 부를 때
포근하게 널 감싸줄
나의 이 노랠 들어줄래
You better know
눈부신 빛을 따라 하루를 그려
You better know
이런 널 기다려온 세상이 있어
So are you ready or not
이 순간을 놓치지 마
시간이 흘러가잖아
Tick tock tick tock
You better know
언제나 너의 곁에 내가 있을게
서투른 아이처럼 헤매는 건 당연해
이 낯선 길에
느리게 피어난 저 들꽃처럼
천천히 쉬어가도 돼
지쳐있던 너의 맘을 달래줄
바람 필요할 때
향기롭게 불어오는 나의
이 노랠 들어줄래

달팽이의 생각

김원각

다 같이 출발했는데 우리 둘밖에 안보여
뒤에 가던 달팽이가 그 말을 받아 말했다
걱정마
그것들 모두 지구 안에 있을 거야

277

언제나 너의 곁에 내가 있을게

안수진

우리는 고등학생 2학년이다. 매일 가는 학교에서 우리는 친구들과 소소하게 일상적인 이야기도 나누며 웃고, 장난꾸러기처럼 장난도 치고, 보충시간 선생님 몰래 빙고도 하며 즐거운 하루를 보낸다. 하지만 그런 즐거운 학교에서도 '학생'인 우리는 쏟아지는 수행평가, 상승 곡선을 이루기 위해 열심히 공부해야 하는 시험기간, 하나라도 더 받기 위해 열심히 참가하는 각종 대회, 동아리, 독서, 봉사 때문에 스트레스를 받는다. 하지만 '내가 이루고 싶은 꿈이 있으니까 열심히 하는 거야!'라고 생각하며 묵묵히 노력한다. 하지만 진로가 막막하고, 과연 내가 잘하고 있는 걸까? 라는 생각이 항상 드는 우리에게는 따뜻한 위로가 필요하다. 시험 기간이었던 어느 날, 레드벨벳의 'You better know'라는 노래를 듣게 되었는데 지친 나를 위로해주는 따뜻하고 넌 잘 될 거라는 희망의 목소리를 들려주어서 마음이 편안해졌던 적이 있다. 그 뒤로도 노래 가사와 멜로디가 너무 좋아 내가 제일 좋아하는 곡들 중 하나가 되었다. '달팽이의 생각'이라는 시는 우연히 인스타그램을 하다가 발견한 시인데, 이 시를 보고도 마음이 따스해지며 위로를 받은 적이 있다. 그래서 이 노래와 시가 비슷한 것 같아 이 시와 노래, 그리고 우리 세상에 대해서 이야기해 보고자 한다. 지금부터 어떤 면에서 내가 이 시와 노래의 내용, 그리고 우리의 모습들이 비슷하다고 느끼는지 소개해 보겠다.

누군가를 포근하게 감싸주는 말

너무 힘들어 눈물이 날 때, 모든 걸 포기하고 싶을 때 누군가 당신에게 따뜻한 말을 건네준 적이 있는가? 또는 그런 사람에게 따뜻한 말을 건네준 적이 있는가? 이 시와 노래의 첫 번째 공통점은 포근한 희망을 담은 위로의 한마디를 건네고 있다는 점이다. 이 시에서 두 마리의 달팽이가 기어가고 있다. 그 때, 한 마리의 달팽이가 "다 같이 출발했는데 우리 둘 밖에 안보여."라고 말한다. 아마 이 달팽이는 다 같이 출발했는데 조금씩 뒤처지더니 같이 출발했던 이들이 아무도 보이지 않게 되자 초조하고 걱정되었던 것 같다. 그러자 같이 느리게 가고 있던 달팽이 친구가 말한다. "걱정 마 그것들 모두 지구 안에 있을 거야" 이 달팽이의 말에는 초조해 하는 친구에게 너무 걱정하지 말라며 모두 지구 안에 있으니 우리도 열심히 최선을 다해 계속 간다면 언젠간 그 친구들과 함께 있을 수 있을 거라는 포근한 위로와 응원을 담고 있는 것 같다. 이 말을 한 달팽이가 뒤에서 가고 있는 것도 힘들어하는 달팽이 친구가 포기하지 않도록 뒤에서 뒷받침해 주고 있는 게 아닐까?

노래의 가사 또한 처음부터 끝까지 나를 포근하게 감싸준다. 이 노래의 제목이자 가사의 많은 부분을 차지하고 있는 'You better know'는 '아는 게 좋을 거야'라는 뜻이다. 이 노래는 무엇을 아는 게 좋을 거라고 말해주고 있는 걸까? '눈부신 빛을 따라 하루를 그려 You better know 이런 널 기다려온 세상이 있어' 이 가사를 보면 괜스레 힘이 난다. 이 가사를 지은 이는 깜깜한 어둠보다는 힘차고 활기찬, 밝은 우리의 꿈을 담은 빛을 따라 우리의 하루를 그리고 그런 우리를 기다려온 세상이 있다는 걸 아는 게 좋을 거라고 말하고 있는 것 같다. 이 가사를 들으면 내가 이 세상에 꼭 필요한 소중한 존재가 된 것 같아 기분이 좋아지고 힘도 난다.

또 이 노래에는 '서투른 아이처럼 헤매는 건 당연해 이 낯선 길에'라는 가사가 있는데, 나도 이와 비슷한 말을 친구에게 해 준 적이 있다. 기타를 처음 배워 힘들어하는 친구에게 '처음부터 잘하는 사람은 없어!! 계속 계속 조금씩 하다 보면 언젠가는 잘 할 수 있을 거야!!'라고 응원해 준 적이 있다. 나는 이 노래를 듣고 위로가 되고 힘이 된 것처럼, 친구도 나의 말을 듣고 힘이 났을 것 같아 기분이 좋다. 다들 이렇게 포근한 말로 누군가에게 힘을 준 적이 있을 것이다.

이 시와 노래, 그리고 우리의 모습 모두 지쳐서 힘들어하는 누군가에게 따뜻하고 포근한 한 마디의 마법으로 힘이 나도록 하고, 그 사람의 마음에 잠깐의 소나기를 걷어 내고 아름답게 생겨난 무지개를 선물해 주고 있는 것 같다.

우리는 느려도 괜찮아

"내일까지 숙제다~", "7교시까지 완성하세요" 바쁜 일상 속에 살고 있는 우리들. 세상은 너무나 빠르게 돌아간다. 이런 빠른 하루하루 속에서, 그 속도를 채 따라가지 못하고 뒤처져 따라가기 바빠 힘들어 하는 친구들이 많다. 나는 그리고 이 시와 노래는 말해주고 싶고, 말해 주고 있다. "우리는 느려도 괜찮아". 이 시와 노래의 두 번째 공통점은 둘 다 '느려도 괜찮아'라는 토닥임을 전해주고 있다는 것이다. 시에서 달팽이는 '우리도 빨리 가자'가 아닌 '그것들 모두 지구 안에 있을 거야'라고 말하며 느리게 가도 괜찮다는 걸 말해 주고 있는 것 같다. 이 달팽이는 비록 다른 것들보다 느리게 가고 있지만 모두 지구 안에 있을 테니 언젠간 우리도 그곳에 도달할 수 있을 것이라고 희망을 주고 있는 것 같다. 느리게 가도 괜찮으니 슬퍼하는 친구 달팽이와 더 많은 걸 보고 느끼며 가고 싶었던 걸까?!

노래에서도 '느리게 피어난 저 들꽃처럼 천천히 쉬어가도 돼'라는 가사를 통해 느려도 괜찮다는 위로를 전해주고 있다. 우리는 모두 아름다움과 각자의 예쁜 꿈과 소망들을 가진 한 송이의 꽃이다. 꽃은 빨리 피는 꽃도 있고, 느리게 피는 꽃도 있다. 빨리 피던, 느리게 피던 꽃들은 모두 아름답다. 이 가사는 그걸 말해 주고 싶었던 것 같다. 느리다고 해서 못난 건 아니다. 힘들 땐 천천히 쉬어가며 느리게 피어도 우리는 모두 아름다운 꽃이 될 테니까 !!

나도 '느려도 괜찮아'라는 응원 덕분에 더욱 더 성장한 일이 있다. 나는 수학을 못하는 편이라, 시험기간 때 급해지면 빨리 빨리 모든 문제들을 많이 풀어보려고 했었다. 그때 수학선생님께서 느려도 괜찮으니까 하나하나 꼼꼼하게 알고 가라고 하셨다. 그 말을 듣고, 너무 조급해져 있었던 나의 마음은 침착해지면서 더욱 더 잘 풀게 되었다. 이때 나는 느리게 가도 할 수 있구나 라는 걸 느끼면서 너무 빠르고 급한 우리 세상이 안타까우면서도 조금은 더 느려졌으면 좋겠다는 생각을 했다. 이 시와 노래, 그리고 나의 경험까지 우리 세상은 느려도 괜찮다는 걸 말해 주고 있다. 느리게 가면 빨리 가는 사람은 못 보고 지나치는 소소하고 아름다운 것도 보고 느끼며 배울 수 있다. 예쁜 집을 빨리 짓고 싶어서 급하게 빨리 짓는 사람의 집은 언젠가 무너지고 말 것이다. 천천히 가도 괜찮다. 느려도 괜찮다. 우리는 느린 만큼 더 성장할 수 있을 것이다.

포근하고 느린 세상을 꿈꾸며

지금까지 내가 소개한 시, 노래, 그리고 나의 경험들은 이 세상이 포근하고, 느려도 괜찮다는 것을 알려주고 있다. 하지만 아직까지도 우리 세상은 덜 포근하고, 조금은 너무 빠르다. 우리 모두 잠깐 하던 일을 천천히 내려놓고 주위를 둘러보는 게 어떨까. 나보다 앞에 있는 조급함에 시달리는 친구들, 뒤에서 따라오느라 힘들어하는 친구들에게 "느려도 괜찮아! 천천히 쉬면서 하자."라는 포근한 말로 친구들을 감싸주는 게 어떨까. 그리고 나 자신도 포근하게 감싸주는 게 어떨까. 바쁜 세상 속 너무 힘들어 지쳐버린 우리들에게 응원과 위로의 토닥임을 전하는 이 시와 노래를 친구들에게 보여주고 들려주고 싶다.

"언제나 너의 곁에 내가 있을게." 우리 모두 으샤으샤 아자아자 파이팅♡

Mess is mine ♪

Vance Joy

병원

윤동주

살구나무 그늘로 얼굴을 가리고,
병원 뒤뜰에 누워, 젊은 여자가
흰 옷 아래로 하얀 다리를 드러내 놓고
일광욕을 한다.
한나절이 기울도록 가슴을 앓는다는
이 여자를 찾아오는 이,
나비 한 마리도 없다.
슬프지도 않은 살구나무 가지에는
바람조차 없다.
나도 모를 아픔을 오래 참다
처음으로 이곳에 찾아왔다.
그러나 나의 늙은 의사는 젊은이의
병을 모른다.
나한테는 병이 없다고 한다.
이 지나친 시련, 이 지나친 피로,
나는 성내서는 안 된다
여자는 자리에서 일어나 옷깃을 여미고
화단에서 금잔화(金盞花) 한 포기를 따
가슴에 꽂고 병실 안으로 사라진다.
나는 그 여자의 건강이,
아니 내 건강도 속히 회복되기를 바라며
그가 누웠던 자리에 누워 본다.

You're the reason that I feel so strong
당신은 내가 강하다고 느끼게 하는 존재에요
The reason that I'm hanging on
내가 버틸 수 있는 이유이기도 하고요
You know you gave me all the time
당신도 그대가 그 모든 시간을 나에게 줬다는 걸 알죠
Oh, did I give enough of mine?
그런데, 내 시간도 당신에게 충분히 줬던가요?
Hold on, darling
잠시만 기다려봐요, 그대여
This body is yours,
이 몸은 당신 거에요
This body is yours and mine
이 몸은 당신 것이고 내 것이기도 해요
Well hold on, my darling
잠시만요, 나의 그대여
This mess was yours,
이 엉망인 문제들은 당신 것이었어요
Now your mess is mine
이제 당신의 문제들은 나의 문제이기도 해요
Your mess is mine
당신의 문제는 내 것이에요
Bring me to your house
당신의 집으로 날 데려가 줘요

공감과 협탁 위의 약

서연주

　세상을 살아가는 누구나라면 친구 한 명쯤은 가지고 있을 것이다. 학교에서 만난 친구일 수도 있고, 여행 중에 만난 친구일 수도 있고, 어쩌면 내 바로 옆의 이웃일지도 모른다. 없더라도 괜찮다. 마음만 통하면 만들 수 있으니까. 간단하게 생각하면 편하다. 우리네 삶에서 심장병 환자가 자신의 침대 협탁 위에 심장병 약을 놓아두듯, 친구는 그렇게나 가까이 있다. 비유가 조금 이상한가? 하지만 앞으로 내가 하려는 이야기와 직접적으로 관련된 이야기이다. 그래서 앞으로 할 이야기는 바로 '삶을 살아가며 언제 찾아올지 모를 고통에 대비하여, 친구라는 약은 어떤 치료 작용을 해줄 수 있을까'라는 것이다.

공감이 주는 약

　나는 그 치료 작용이 '공감'이라고 생각한다. 그래서 나는 위의 노래와 시를 골랐다. 내가 생각하는 이 시와 노래의 공통점은 '공감'에 있다. 시의 마지막 문장을 들여다보자. '나는 그 여자의 건강이, 아니 내 건강도 속히 회복되기를 바라며 그가 누웠던 자리에 누워 본다' 화자는 '그'가 누웠던 자리에 누워 봄으로써 상대방에게 공감하려는 듯한 태도를 취한다. 노래에서도 이런 태도가 드러난다. 노래의 가사를 보면, '이 엉망인 문제들은 당신 것이었어요 이제는 당신의 문제들은 나의 문제이기도 해요'라는 부분에서 노래 속의 화자와 상대방의 공감이 드러난다. 물론 시나 가사에 나온 화자와 대상간의 관계가 친구가 아니지 않냐는 물음이 떠오를 수 있다. 하지만 위의 관계들에서 떠오른 걱정은 우정 관계에서 떠오르는 걱정과 같은 구조를 띤다. 결국 위의 시와 노래에서 나타나는 공감은 그저 대화할 때 맞장구치는 것처럼 가벼운 것이 아닌 서로의 문제, 서로의 아픔과 같은 힘겨운 것에 대한 공감이다.

내가 받았던 약

나 또한 위의 시나 노래 속의 화자처럼 상대방의 아픔에 대해 공감해 본 적이 있다. 온 몸이 자주 아파서 매 주마다 병원을 가고, 종합병원이라는 별명을 가진 친구였는데, 가끔 그 친구와 서로 힘든 것, 아픈 것을 털어 놓는다. 고등학교 생활을 하면서 허리가 아프고 머리가 아픈 것, 조별 과제를 하다가 생긴 불편한 상황에 대한 불안감 따위를 말이다. 이러한 공감은 서로에게 안정감을 가져다준다. 아픔을 천천히 진정시켜주며, 서로에게 친밀감을 준다. 서로의 상황을 공감함으로써 따뜻한 관심이, 걱정이 퍼져 나간다. 나와 친구 또한 그런 것을 느꼈고, 그렇게 몇 년째 서로 공감하며 우정을 이어왔다.

모두에게 필요한 약

공감이 이렇게 나와 내 친구 사이에 자리 잡은 것처럼, 많은 사람들이 서로의 문제를 나누었으면 좋겠다. 우리 모두 각자의 사정을 가지고 있다. 각자의 걱정을 가지고 있으며, 자신만의 문제를 가지고 있다. 흔히들 사연 없는 사람은 없다지 않는가. 하지만 바쁜 세상 속 많은 사람들은 점점 서로에 대한 관심이나 걱정을 잃어버린 채 사는 것 같다. 그들은 종종 그것들을 자신의 마음속에 꽁꽁 숨겨두었다가, 더 이상 견디지 못해 자신이 쓰러졌을 때쯤에야 조심스레 말하고는 한다. 하지만 이미 쓰러졌을 때는 너무 늦었다. 결국 한참을 앓아 눕고 나서야 일어날 수 있을 테니까. 하지만 이렇게 힘들 때도 쓰러지지 않게 할 방법이 있다. 아까 말했던 침대 협탁 위에 올려둔 심장병 얘기를 기억하는가? 우리 모두는 자신만의 작은 협탁 위에 자신의 약을 올려둘 수 있다. 한 치 앞도 모르는 세상 속에 언제 나타날지 모를 고통을 앗아가 줄 수 있는 그런 약을 말이다. 그 약은 당신이 세상살이에 지쳐 쓰러지기 전에 당신을 구원해 줄 수 있을 것이다. 과도한 경쟁에 많은 사람들이 지쳐가는 이 사회에서, 모두가 약 한 통을 가져다 놓고 잠들기를 바란다.

범퍼카 ♪

한요한

걍 때려박어 범퍼카
범퍼카면허도 필요 없지 엉덩짝 걷어차
이 노래 의미 찾는 XX 다 어쩌다
그 지경까지 갔니 생각 없이
다 꼬라박아 범퍼카
is kamikaze bumpercar

풀꽃

나태주

자세히 보아야 예쁘다
오래 보아야 사랑스럽다
너도 그렇다

야 이 XX 이거 내 2017 빛나 어쩔까
돈 안 되는 꼰대 이제 래퍼들은
다 한 줄로 집합
작년 각설이 또 왔다 인마
해쉬태그 XXXX
초록창에 무식이들 키보드쓰레기
무지개 반사 범퍼카
카카드륵 파칵칵 유행 따라가자
붙들어 매두라구 혁띠
사랑한다 미안해 자기야
유행 따라가서 (straight up) 떡칠
말마따나 아들내미 복권이지
엄마 나 한다면 해
기타 무사시 혹 다시 들어와
들이받아 아마추어 턱걸이

걍 때려박어 범퍼카
범퍼카면허도 필요 없지 엉덩짝 걷어차
이 노래 의미 찾는 XX 다 어쩌다
그 지경까지 갔니 생각 없이
다 꼬라박아 범퍼카
is kamikaze bumpercar

두 개의 인생

최진규

    인생을 살다 보면 여러 일이 많이 일어난다. 특히 나는 중학교 때 많은 일을 겪었고, 그로 인해 받은 피해나 가한 피해들이 있었지만, 그것을 통해서 많은 것을 배웠다. 반항하고 싶을 때 반항하고 하기 싫으면 하지 않는 그런 성향이 있긴 했다. 반면에 잘 지낼 때는 그 누구보다 잘 지내고 서로 배려하며 생활하는 그런 모습도 있었다. 다른 2가지의 모습이 나한테서 일어나고 있었다. 그렇지만 전혀 다르지는 않을 것이다. 분명히 공통점이 있을 것이라고 생각한다. 물론 공통점을 찾기는 힘들 것이다. 하지만 나는 있다고 생각한다. 그래서 살짝 상반되는 노래와 시를 준비해 왔다. 다른 것 같은 노래와 시 속에서 공통점을 찾을 수 있는 그런 인생을 앞으로는 살고 싶다.

상반되는 시와 노래

    누가 봐도 이 노래와 시를 읽었을 때는 '뭐지?' 이런 생각이 들것이다. 왜냐하면 너무 상반되기 때문이다. 하지만 저 속에서 공통점을 찾아볼 것이다. 일단 공통점을 찾기 전에 차이점을 보자면 시는 살짝 사랑시인 것 같고 노래는 흥이 깊고, 너무 과격하기도 하며 딱 봤을 때 안 좋은 인식을 가질 수 있다고 생각한다.

과격한 노래의 진실

    그런데 노래를 자세히 보자. 왜 비속어 같은 것들을 사용하면서 저런 노래를 부를까? 조금만 생각해 보면 알 수 있다. 세상에 불만을 토해내는 것이다. 다른 사람들보다 심하게 표현하는 것이긴 하지만 어쨌든 표현의 한 방법이다. 여기서 시를 섞어보자. 저런 것들까지 자세히 보아주고, 오래 보아주고 좋은 말들을 해준다면 그 속에서 저런 노래를 하는 사람들은 똑같은 불만을 표출하더라도 방법이 저렇게 과격하지는 않을까 싶다. 저렇게 표현한다는 게 나쁘다는 것은 아니다. 그것은 분명 표현하는 사람의 자유이기는 하다. 다른 것 같은 시와 노래가 하나가 되면 새로운 것을 탄생시킬 수 있을까.

나의 경험

어린 시절, 내가 생각 없이 행동할 때 나는 시와 노래 중에 굳이 뽑자면 노래와 비슷한 삶을 살았다고 생각한다. 노래처럼 내가 하고 싶은 대로 하고, 소위 말하는 듯이 '빠꾸 없는 인생'처럼 내 마음대로 행동하고 판단하며 살아가곤 했다. 그런데 그 와중에도 나를 좋아해 주는 사람, 예쁘게 봐주는 사람들이 있었다. 항상 주변에서 내가 힘들 때 응원해 주시고, 잘못된 점은 크게 꾸짖어 주시고, 할 수 있다고 응원해 주는 사람들도 있었다. 그것은 별거 아닌 거 같지만 너무나 힘이 되었다. 중학교 때 '김태성' 선생님과 우리 엄마한테 너무 미안하고 감사하다. 두 분이 지금의 나를 만들어 주신 것 같다. 내가 판단하기에 나는 저 시와 노래가 합쳐진 사람 같다. 남들이 보기에는 공통점 없는 시와 노래일 수도 있지만 나한테는 지금의 나를 설명할 수 있는 합체라고 볼 수 있다. 공통점은 쉽게 찾을 수 있다. 저 시를 쓴 사람은 내가 마음대로 판단해서는 안 되지만 사랑하는 이를 생각하고 썼을 확률이 컸을 것이다. 노래를 부른 사람도 가사를 보면 사랑했던 사람을 생각하며 썼을 확률이 있다. 즉, 둘 다 사랑하는 사람에게 표현을 한 것이다.

새로운 의미

나도 앞으로 사람들에게 사랑을 표현할 것이다. 여기서 나는 사랑을 줄 수 있는 법을 배웠다. 착하고 성실한 아이나 과격하고 조금 불성실한 아이라도 그 아이들 속에는 사랑이라는 큰 힘을 가진 무기가 있다. 사랑을 통해 달라 보이는 외면적인 부분을 가진 아이들을 새로운 아이로 만들 수 있다는 것이다. 내가 하고 싶은 말은 그것이다. 외면적으론 충분히 달라 보일 수 있다. 하지만 그 속에는 어마어마하게 많은 공통점이 있을 것이다. 겉면이 다르다고 차별하지 말고 공통점을 하나하나 찾아가며 맞춰 가다 보면 우리의 인생은 행복해지지 않을까 싶다.